想你的时候微微甜

XIANG NI DE
SHIHOU
WEI WEI TIAN

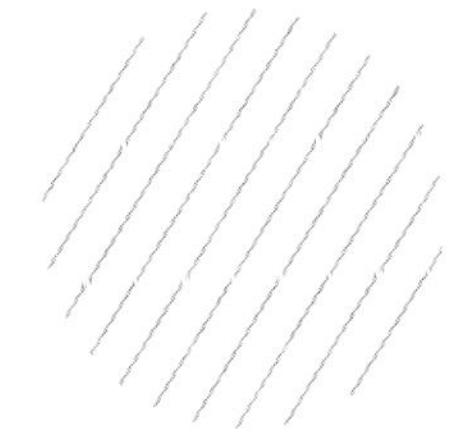

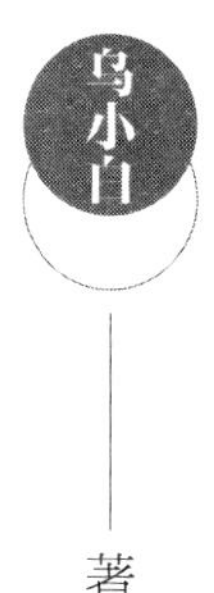

著

江苏凤凰文艺出版社
JIANGSU PHOENIX LITERATURE AND
ART PUBLISHING, LTD

图书在版编目（CIP）数据

想你的时候微微甜 / 乌小白著. — 南京：江苏凤凰文艺出版社，2018.5

ISBN 978-7-5594-1353-6

Ⅰ. ①想… Ⅱ. ①乌… Ⅲ. ①长篇小说－中国－当代 Ⅳ. ①I247.5

中国版本图书馆CIP数据核字（2017）第272860号

书　　名　想你的时候微微甜
作　　者　乌小白
出 品 人　柯利明　吴　铭
特约监制　段雪坤
选题策划　郑心心
责任编辑　姚　丽
特约编辑　郑心心
出版发行　江苏凤凰文艺出版社
出版社地址　南京市中央路165号，邮编：210009
出版社网址　http://www.jswenyi.com
印　　刷　三河市龙林印务有限公司
开　　本　880×1230毫米　1/32
字　　数　258千字
印　　张　9
版　　次　2018年5月第1版，2018年5月第1次印刷
标准书号　ISBN 978-7-5594-1353-6
定　　价　39.80元

目 录 content

第一章　战斗娘传说

（一）

在电梯里，我用力地咀嚼口香糖，对着镜子理了理头发。

镜子里的姑娘背着个脏兮兮的帆布双肩包，浓眉大眼，精神矍铄，一头斜分的檀棕色短发夹杂几缕姬胡桃，碎刘海儿没过眉睫，BF 风牛仔外套的袖子卷至手肘，右上臂绣了一圈线头虬结的英文字母，从远处看，跟戴了个红袖章似的，散发出一股“朝阳群众”除暴安良的庄严气息，神圣不可侵犯。

旁边站了一个络腮胡子的毛脸糙汉，手机贴嘴，撕心裂肺地喊：“我放不下你！真放不下！”

我听在耳中，不由得悲从中来，感叹这沧桑世间处处都有浓得化不开的情伤。尚在惆怅，忽听那汉子又悲伤地吼了一嗓：“我那车撑死坐六个，真的放不下你了！除非你愿意坐后备箱！”

“咣”一声，我强行关闭脑洞。

很快，电梯停在七楼，我面色一凛，迈开大步走了出去。

商场七楼是餐饮区，出了电梯往右走，不出三十步，就是一家刚刚开业的蒸汽海鲜餐厅。在餐厅门外，我停顿片刻，做了几次深呼吸。就像一根速冻薯条扔进了油锅似的，四面八方的服务员汹涌而至，以我这个饥肠辘辘的外乡人为圆心，以走廊为半径，迅速围成了一个人声鼎沸的大圈，纷纷热情招徕，各式各样的菜单一窝蜂递过来，都快怼我脸上了。而我气定神闲，对这些外界噪声充耳不闻，眼观鼻，鼻观心，继续做完了几个热身动作。扭扭脖子，抖抖手腕，然后徐徐舒出一口长气，就像一只剽悍的斗鸡在决战前竖起了颈子上的羽毛。

我，回来了。

十八岁离开槐南市，已阔别六年之久。

如今，我背着当年逃跑时唯一带在身边的旧包袱，回到了故乡。同样风尘仆仆，而心境却截然不同。彼时我困顿绝望，无枝可依，在这座陡然陌生的城市里东碰西撞，惶惶如丧家之犬，恓恓如漂泊之萍，而此时却胸怀七分豪迈与三分肃杀，衣榴裙击兮不负昂藏，绣手弹铗兮隐寒光。

千里迢迢，回来“收人头”。

新店开业海鲜六八折，餐厅里，几乎满座，一桌一桌蒸汽缭绕，人声鼎沸，略带腥气的海鲜味混着粥底的米香扑鼻而来，甚是诱人。我谢绝了服务生殷勤地带路，说了声“找人”，然后，一步一步，笔直地走近那个靠窗户的包厢。

那里一家七口正在聚餐，龙虾、扇贝、大螃蟹在蒸屉的箅子上滋滋地冒着热气。

男女老少，觥筹交错，谈笑风生，其乐融融。

坐在最里边、面朝我的那位男性老者，今年五十九岁，衣着体面，稀疏的偏分发型一丝不苟，焗得乌黑，头顶却暴露出一圈灰白的发根。他面皮黝黑，脸色阴沉，笑起来嘴角不动，刚毅戾深的眼神丝毫未变，看起来依然像板着脸，峦壑般的抬头纹与浓浓囧字眉组成了一个标准的“三八”。

这位是我亲大伯，安德高。

尽管已有六年未见，但这张苦大仇深的老脸，就算他用拉皮术把包皮拉到脸上再拍一车黄瓜我也认得出来。短暂一瞥之下，我眼底的血管都快炸裂了——六年前，就是这位老人家逼得我背井离乡、流落街头，历尽栉风沐雨之苦，最终走上了一条虽心狠手辣、胡作非为、欺男霸女、人面兽心但我知我是好女孩的不归路。

我左右张望一眼，从旁边拽了把空椅子，拖进包厢，毫不见外地挤进了他们的家庭聚餐。

椅脚是金属的，划过地砖，发出一记刺耳的尖利声响。

满桌的亲戚齐齐一惊，纷纷朝我看来，那些眼神中充斥着不满、疑惑、鄙夷，还有些许警惕。安德高的儿媳靠门坐着，怀中抱着个不满一岁的小男婴，肥嘟嘟的，像一头浑圆柔软的小海豹。看见生人，这婴儿开始不安分地挣扎躁动起来，扔掉手中的玩具飞机，扁起小嘴，眼看就要号哭。

安德高皱起眉头，沉声呵斥："你干什么的？出去！"

我对他的厉喝充耳不闻，大喇喇坐下来，伸手捏了捏小婴儿的脸颊："哎哟，小王八蛋还认生呢，我也是你的姑姑啊！"

孩儿他妈还一脸懵逼，斜对面穿炭灰色西装的李大腾站了起来，一脸惊喜："你是……安雁朵？你是朵朵！"

"腾哥。"

我点点头，打了个招呼。

"你刚回来吗？你跑哪儿去了？这些年我满世界找你！你是不是成心躲着我们？"李大腾蹬开椅子，刷地跳了出来，一个箭步冲到我面前，弯下腰，热情地抓住我的肩膀上下打量，语无伦次又连珠炮般抛出一堆问题，"喂，你怎么夸嚓一下就长得这么高了？怎么还变白了？小乌鸦，你去韩国整容了吗？你看你，这一头杂毛染得也太夸张了吧？有红有黄的，想凑齐三原色啊？灰色是不想说，蓝色是忧郁吗？哎，朵朵，你把我的小乌鸦藏哪儿去了？快把那个人格交出来……"

他一会儿掐掐我脸，一会儿揉揉我头，狂喜之色溢于言表，就差摇着尾巴伸出舌头来舔我几口了。

我将手指竖在嘴边，示意他安静点，制止他激动的唠叨："别叫我朵朵，我改名字了。”

“什么？”李大腾一愣。

我从屁股兜里摸出身份证，冲他亮了亮。

他疑惑着接过去，一字一顿念出来：“安——瓦——砾——”

“没错，我现在的名字，叫安瓦砾。”我笑吟吟地接口，眯起眼睛，环顾围坐在圆桌边这齐齐整整的一家人，毫无笑意的凛冽眼神扫过，与他们的目光逐一相触，“改这个名字，是为了提醒我自己，出身清贫，没什么好自卑的。吾与富贵而诎于人，宁贫贱而轻世肆志焉！就算我只是一颗碎石子，也会慢慢磨掉恶人的一层皮！”

满桌的人瞬间都慌了神，安德高瞠目结舌，说不出话，只重重一搁筷子。

李大腾咳嗽一声：“过去的事——”

“腾哥，跟你没关系。”我果断一摆手，不客气地打断了他的话，“还拿我当兄弟，你就坐旁边歇会儿，别和稀泥。”

我知道，此刻他进退两难，最好的选择就是两不相帮。

过去，他是跟我磕头结拜过的大哥，我小他一岁，还有另一个义弟小我两岁，腾哥对我们处处维护。但现在，他又多了一个身份，就是我堂妹安雁卉的未婚夫。

我大伯安德高有两个子女，大儿子安雁龙的性格，与小女儿安雁卉正好走上两个极端。一个狂妄自私、好色成性；一个却腼腆单纯、温顺软弱。因此，在我眼中，安雁卉这个小姑娘虽然蠢，却是他们家唯一尚有良知的人，跟我关系也不算太僵。

今天这个场合似乎挺隆重，李大腾一套炭灰色西装崭新挺括，安雁卉的米色开衫里面穿了件雪纺小红裙，勾勒出纤细的腰身，脸上化着淡妆，面色白净，眉似新月，长发如瀑，半掩香肩，温温柔柔目光似水，清灵不可方物。她眼见李大腾被我斥走，似乎有心替未婚夫解个围，略显局促地站起来，结结巴巴，和我套近乎：“朵朵，好、久不见了，你变得、变得好漂亮……”

她的秉性一向如此，谁凶，谁强势，她就害怕谁，每回紧张起来说话总是结巴。

我冲她笑了笑，算是善意的回应。

“不管你改叫什么名字，瓦砾也好，珍珠也好，总归我还是你的大伯，你还是我侄女。”安德高按捺下心中怒火，又摆出了一副家族长辈的架子，不动声色地吩咐道：“既然坐下了，那就一起吃个饭吧！”

“不必了，我过来处理一点事情，马上就走。”

“处理什么事？”

“听说，你们一家人聚在这里庆祝卉卉订婚，所以，我特意赶过来道贺，拿回属于我自己的东西。”

“什么东西？”安德高机械地反问，面色阴晴不定。

“我爸妈留下的房子和商铺，全都是我的，一块砖头你也甭想拿走！”面对一桌人复杂的目光，我坦坦荡荡表了个态。

“哦，就这点事啊。我们亲戚之间，有什么话不好商量，干吗要说得这么苦大仇深的呢？你这个小姑娘啊，这么多年性格都没怎么变，心眼儿忒小，一点儿都不大气！”安德高一脸木然，嘴角动了动，露出一个讥诮而高冷的笑容，“再说了，你一个女孩儿家，迟早得嫁人吧？你赶紧找个有房有车有票子的老公，才是正经事，非要霸着我们老安家那么多房产，你对得起你爸爸在天之灵吗？”

他说得振振有词，可我的内心却毫无波动，甚至想笑。

六年过去了，连计划生育的基本国策都革新了，这个老顽固的思想倒是一点儿变化也没有，还是满嘴的歪理邪说。“女孩子迟早要嫁人，安家的房产就该留给姓安的”这一套说辞，我从小到大听过无数遍。他曾筹划过，要把大儿子安雁龙过继来给我爸抚养，户口上到我家，奈何我爸一生勤奋，对这个酗酒烂赌一事无成的哥哥素来不齿，委婉地顶了他几句，大意是：“哥，余生不用你指教了，我自己凑合过吧！”

十一岁那年，我遭遇人生最大变故，父母罹难双双离世，从此我在大伯家过上了寄人篱下的生活。

那段时间，我记忆中最深的恐惧，就是他酗酒之后，那张分外严酷凶残的通红的脸孔，以及随即会钻入我耳中的滔滔不绝的严厉苛责、呵斥与恶毒挖苦，偶尔还难免受些皮肉之苦。不过，听说他现在是胃癌晚期，烟和酒都已经戒了。

我嚼了嚼口香糖，吹出一个乳白色小泡泡，炸出啪一声轻响。

“法律上，我是第一顺序继承人，没你什么事儿。你要真觉得能说服我爸，可以下去跟他谈谈。”

“我跟你爸还用谈？我们可是亲兄弟！几十年手足之情！”

“是吗？你儿子当年猥亵我的时候，你说出那一句肥水不流外人田的时候，你考虑过亲兄弟的在天之灵吗？你顾念过一分手足之情吗？”我毫不犹豫、大大咧咧地将陈年隐痛说了出来，目光掠过安德高，斜睨着满身横肉一脸蠢相正在发愣的安雁龙。

全桌人的脸色都变了，有的震惊，有的畏缩。安雁龙的老婆刚结婚三年，从没见过我，突然在此时听我说出这么一番话，整个人都骇得呆住了。

李大腾难以置信地插嘴问：“你说啥？这是真的？什么时候的事？”

“你以为，我高一从自己家里搬出去，租个破房子住，窗户是报纸糊的，大热天冲个凉都不敢脱衣服，真的是为了体验生活？”

“这么大的事，你怎么不早点告诉我？”

“告诉你，又能怎样？那时候你也才十几岁——”

“胡说八道！”

暴怒的安雁龙截断了我的话，他一扭头见老婆面露惊吓之色，孩子也在哭，顿时恼羞成怒，推开椅子走过来，一边不干不净地骂着“小逼崽子血口喷人，早知道你没安好心”，一边习惯性地想要动手推我。我抬起下巴，嘴一张，像个豌豆射手似的，准确地把一坨嚼得黏糊糊热烘烘的口香糖吐在他脑门儿上。趁他停下来抹脸，我倏地一拍桌子长身而起，飞快欺近，右手牢牢叉住他脖子，脚下顺势一绊，迅速将这个曾经欺辱过我的臭傻逼撂倒在地。

这是一个擒拿招式，我实战演练了无数遍，动作干净利索。

从十八岁，到二十四岁，大好的青春年华，我在异乡如同风中的破塑料袋一样飘摇六年。鬼知道我经历过什么，如今才会带着两大坨熊熊燃烧的肱二头肌重返故里，假装归乡省亲。总之，以我现在的身高、力量和经验，一口气放倒五条普通的大汉，不费劲儿。普通的大汉，我普通地撂倒，旁边懵逼的亲戚，在懵逼地瞧。

安雁龙猝不及防，刚打一个照面就躺下了，狼狈地爬起来唾骂："妈的，你还敢动手？是我们家把你个小贱种养大的！从小你就是白眼狼，克死亲爸妈，长大还有脸回来抢房子？贱逼！"

"你嘴巴放干净点！"李大腾忍无可忍，上去揪住未来大舅子的衣领，他虽然矮对方半个头，但胜在壮实，打起来也算势均力敌。

大妈见情势乱了，双手一拍大腿，哭喊着控诉起来，句句昧着良心说我昧良心。

安雁卉站在一旁手足无措，今天这场聚餐，本是为了庆祝她和李大腾的新房装修完成，而此时，自己亲哥哥却与未婚夫怒目对峙。她紧张得目光左右直闪，不知怎样才能安抚双方，她的头脑里缺少这种紧急应变机制。

我退回桌边，微笑着欣赏这难得的画面，右手不自觉攥紧一个空酒瓶，又慢慢松开。

"小兔崽子闹够了没有？"安德高急了，一把推开椅子，对我怒目而视。

"站起来干吗？想决斗？地方太小，你那套王八拳施展不开！"我好整以暇地抬起一只脚，踩在椅子上，像窑子里拦姑娘的流氓一样用手肘撑着膝盖，脑袋一歪，仰天打了个朗声哈哈："我十八岁那年，你也就能跟我打个平手，现在我二十四岁了，您老都骨质疏松了吧，还想逆袭不成？"

想来，我的眼神锐利阴鸷，因为安德高不由自主地摸了摸脖子。

当初我离家出走之前，破釜沉舟，跟他打过一架，结果是两败俱伤。那天，我差点儿被他们两口子联手打吐了血，而安德高的左颌角上，那道狰狞翻凸的长疤仍在。我恨他逼我辍学嫁人，一菜刀劈过去，倘若他躲得慢一点，抑或刀口移动几厘米，那剧烈搏动的颈动脉就能喷出华丽丽一排扇形血箭了。

安德高后退半步，转头冲李大腾怒叱：“大腾，你还想不想做我安家的女婿了？”

李大腾闻言略一迟疑，安雁龙趁机甩开了他的钳制，一转身，气势汹汹地与父亲并肩而立。

面对他们的宿敌，同时也是侄女以及堂妹。

安雁卉拉住了她爸的胳膊。

“爸，你别这样，朵朵她受过不少苦了……”她声音在发抖，含蓄而哀愁地表达了自己的恳求，连话都不敢说得太直白。

我叹了口气，卉卉还是温柔又善良，可惜笃孝，所以，只能是个温柔善良的蠢姑娘。

大妈眼见形势不妙，哭喊一声“辛辛苦苦养了个白眼狼，造孽啊”，倒地昏了过去。

装死这个杀手锏，她用了这么多年也不嫌腻歪，反而在演技上更加精进了。每每局面对己不利，便立时施展出来，只要敌方不是老、孕、病、残、狗，就能以一招“我躺尸你随意”秒杀对手，反败为胜。凭借这一门神技，她率领着一家四口，在拒缴物业费、遗弃老父母、疯狂吃绝户和驱逐亲侄女等战役中带头冲锋，屡建奇功。装死，堪称碰瓷界的一招鲜。

只有面对我的时候，她才可能会产生“既生瑜，何生亮”的感慨——她有碰瓷神技，我会坟头蹦迪。

“哎哟，看来这回死透了！”我蹲下去，用筷子捅了捅老太婆的菊花，见她面皮抽搐一下又拼命忍着不动，特别喜感。我顿时笑出了声，兴高采烈地扯着嗓子吆喝起来，招呼大家一起欣赏这个老活宝躺尸的英姿：“我大妈真是一位贤妻良母啊，知书达礼、善解人意，大喜的日子给各位死个妈助助兴。放心吧大伯，就冲着你们对我的养育之恩，今天您二位的棺材钱，我包了！”

安雁卉正抱着她妈哀哀呼喊，我向她招招手：“来，搭把手，翻个面，两边都晾晾你妈才能凉得快一点，这样等她下了油锅地狱，炸得更脆，口感更好——”

“小畜生你作死是吧？要不是瞧在你爸面子上，十年前，我早就打死你这个小贱种了！”安德高气得浑身直哆嗦，发型都抖凌乱了。他颤巍巍地指着我，向儿子下达命令：“我看她就是回来找死的，你给我打！打死她，我来抵命！我六十岁的一条老命拼你一条二十岁的命，值了！”

安雁龙张牙舞爪地扑过来，满嘴喷着肮脏的口头禅，一如从前。我深知他的弱点在哪儿，一个闪身勾踢以迅脚不及掩裆之势踹中他下体。

他痛嚎一声，一手捂住裆部，一手扶着桌子，半蹲的身体蜷得跟个虾球一样。

可能他们都以为，我第一次打倒安雁龙只是个巧合，是个意外，所以仍然动不动就对我挥舞拳头跃跃欲试。不过，即便他们不肯正视现实，我也有办法让他们清醒过来，多年养尊处优的他们，和一路披荆斩棘的我，如今，已经不是一个重量级的对手了！

我冷眼环顾左右，抠了抠鼻孔，在安雁龙背上揩净手指：“真可惜啊，在你第一次把手伸进我衣服的时候，我就该当场废了你，那时候还有《未成年人保护法》罩着我呢……”

“朵朵，别说了！”李大腾把我拽过去，一脸沉痛，“我们走！”

“去哪？你别影响我报复社会啊！”

“别闹了，外面服务员都报警了。”

“她说的是真的假的？你真做过那种事？她真是你亲堂妹吗？”

——这一句话，是安雁龙的媳妇问的，她抱着娃在旁呆坐半天，这会儿终于缓过神来了，倏地站起身来逼近丈夫，连声质问。安雁龙气急败坏，不耐烦地一扬手把她推开：“你能不能别添乱？！”

他的声音凶狠且响亮，把自己亲儿子吓得哭哭啼啼，孩子妈一气之下抱着儿子跑出去，看架势估计是回娘家了。

安德高气得暴跳如雷，骂骂咧咧地往地上摔筷子，因为只有这玩意儿摔不破。大妈发现儿媳妇跑了，急得在地板上也躺不安稳，俩眼睛偷偷睁开了一条细缝，小眼珠子滴溜溜直转。安雁卉一边应付着服务员的询问，一边来回扫视父母和未婚夫，又窘又怯，可怜兮兮的。总之，现场一团糟乱。

“别理他们了，你住在哪？我开车送你回去，好不好？”

李大腾深恐冲突加剧，急着催我。

“好啊。”

我顺从地转过身，任由李大腾扯着我往外走，心中冷冷一笑：你们以为此刻局面已经是最糟的了吗？

要知道，这个故事才刚刚开始！

（二）

六年之前，我的名字还叫安雁朵。

安家取名依然按族谱排字，德字辈之下，是雁字辈。安雁朵、安雁卉，这一对堂姊妹的名字，既唯美又清新，充满了长辈们的美好祝福。

从我记事起，父母就是所有亲戚当中经济条件最好的，他们夫妻俩的名下有一家公司、两处房产、四间商铺，还有好几辆车。我爸是个责任感爆棚的男子汉，自从1992年结婚之后辞职下海，每天起早贪黑地忙着公司生意，吃的却是自带便当，除非有应酬，否则从来都舍不得下馆子去吃顿好的，偶尔甚至两块发糕或一个酒酿饼也能把午餐糊弄过去。我妈则是一位本本分分的职场白领，朝九晚五，业余时间全部用在做饭和家务上。她略有洁癖，总爱把家里收拾得一尘不染，还喜欢研究美食，伺弄猫狗与花草。我家一直住在健康路75号院，这个小区在槐南城里颇有名气，属于生态型住宅区，绿化面积远超平均水准，外观设计采用了20世纪90年代末期的“新中式”风格，田园外观，优雅大气，尤显清贵。小区后门靠山脚下建有一片别墅群，我小学时经常吆五喝六地喊同学一起翻越后门上山探险。

我天生外向，除了同住小区的孩子，还结识了很多周边的小伙伴。那是20世纪90年代后期，别的孩子大都还穿着不合身的运动服，而我一个礼拜穿的裙子从没重过样。从那时起我就知道，在这个小城市里，我算得上是家境优裕、鲜衣美食，我也是父母捧在手掌心里的一枚小公举。

然而，在我十一岁那年，父母不幸在高速路上出了车祸，意外过世。

丧事结束后，亲戚们迟迟不肯散去，许多人都自告奋勇愿意抚养我这父母双亡的孤女，抢着要承担监护责任。最后，我大妈一招“装死杀”吓退了其他竞争对手。于是，由家族全体长辈默许，以及街道办与社区居委会共同做主，将我的抚养权和监护权确定交予了我亲大伯，安德高。

一般听说我大伯叫安德高的人，都会追问：那你爸爸一定叫安望重吧?

不，我爸爸叫安德民。

我妈妈叫汤君。

这两个熟悉而亲切的名字，很快就像印在了我记忆深处最后最美的一片秋叶上。

凛冬的一阵寒风刮过，它们就盘旋着，不甘地凋落了。

作为我的监护人，大伯先是理直气壮地把他的户口迁到我家。随后，他们全家人都搬了过来，四口人霸占了我家三间大卧室，反而把我撵进书房，只能睡在一张窄小的折叠行军床上。我妈生前最宠爱的两只奶牛猫和一条金毛犬，也全部被驱赶到楼上的露台，不准进屋，没到一年的时间就先后送出去了。

安雁卉想邀请我一起睡卧室，遭到了她母亲的严厉警告：“千万不能接近那个命硬的，她能克死父母，就能克死别的亲人！”

我当时年少气盛，又值青春叛逆期，更加见不得我家猫狗们受委屈，对大伯这些不合理的安排十分抵触，悲愤之下，跟他们起过无数次冲突，没少挨打，逐渐从心生厌恶，到相互憎恨。就因为一句“监护人有权管理被监护的未成年人的财产”，大伯先后卖光了公司股份，又卖了几辆车子，供他全家挥霍。

那段时间，我只要一踏入家门，就觉满腔恨意五内俱焚，在每个泪崩的夜晚疯狂思念着父母，在悲恸中睡去，又从噩梦中醒来。

我曾以为，寄人篱下之苦，莫过于此了。

然而，我万万没有想到，十四岁时，我才迎来了人生中最为黑暗的时刻——堂兄安雁龙十八岁了，刚刚从一所职高毕业，终日待业在家，无所事事。他仗着自己身高体壮，又深得父母溺爱，不停地找机会对我侵凌、骚扰，从口头侮辱发展到动手动脚，逼得我忍无可忍，从家里搬了出去，勤工俭学，自己挣钱租房子住。

就这样，我大伯和他的家人，活生生演绎了一出“鸠占鹊巢”。

那段时间的黑暗之中，倘若还有一丁点亮光的话，那么都来自我的两个拜把兄弟。

李大腾，于彦峰。

李大腾跟我同住一个小区，而且是别墅区，他父亲是槐南市里有名的炒货大王，跟我父母也认识，两家孩子之间的友谊顺理成章。

于彦峰随母亲住在附近的平房里，家境很一般。我起初以为他没有爸爸，后来才知道他父亲是铁路工人，常年跟着施工队伍在外奔波，每月回家住一两天，像走亲戚似的。我打小就顽皮好动，抓蛇、掏鸟、逮蜈蚣都是小菜一碟，是健康路那一带赫赫有名的孩子王，整天率一队熊孩子在外面野，玩得一身黑泥，李大腾送我一个外号“小乌鸦”。而于彦峰则性格内向，腼腆自卑，一直没有交到过好朋友，每次溜出来一起玩，他只会怯生生地跟在我身后。所幸，在我领导的一大帮小屁孩里，他长得最好看，因此我总是愿意带他玩。

我们从小玩到大，完全可以用“青梅竹马”来形容，李大腾经常提出要把自己的亲弟弟送给我爸妈，换我去给他当妹妹。

后来，我连遭父母去世和大伯欺凌的打击，一度郁郁寡欢。有次路过郊区的关帝庙，李大腾心血来潮拉着我磕头结拜，信誓旦旦“有福同享，有难同当”，然后拍着我的头说：“小乌鸦，你别难过，现在我也是你的亲人了！”

于彦峰当年可能才十岁，依然是我的小跟屁虫，一时鬼迷心窍，他也懵懵懂懂地跟着我们跪拜下去。

李大腾看了他一眼，笑着对我说：“看，你有两个亲人！”

根据年龄排大小，李大腾自然是大哥，我排老二，于彦峰的年纪最小，从此他就踏上贼船成了我们俩的小弟。我们三人互相扶持，彼此安慰，跌跌撞撞地度过了青春期，度过了惨绿年华。

再后来，我考上了外地的一所“211”大学，同时，我也即将年满十八周岁，不需要监护人了。安德高可能感到危机迫近，开始动起歪脑筋，跟大妈合计着，想干脆把我嫁出去，以便合理地霸占我家所有财产。快开学时，他撕了我的录取通知书，逼着我去相亲，把我气疯了，跟他们一言不合，大打出手，我从厨房抄起一把菜刀砍中那个老恶棍的脖子，顿时血染刀锋，大妈吓瘫了，尖声狂喊“杀人了”，我也以为自己失手杀死了大伯，匆匆拎起个书包，离家出走，仅收拾了几件内衣。

这一走，就是六年。

我不敢去学校，害怕被大伯及其家人找到，于是便四处流浪，沿途打点零工赚钱糊口，一路从江南走到了漠北。那些年里，有时候我照着镜子，就像在观摩一个时代施加于女性的屈辱。

一个月前，我终于回到阔别已久的槐南市，那一天阳光明媚，穿过枝叶，在人行道的地砖上漏出摇晃的光斑。走在健康路 75 号附近，抚摸着老城区的砖墙，我心中充满了失落和遗憾——家，就像我爱的那个少年，哪怕只有一天，我没能陪在他身边，都感觉生命像被剜去了一块，不再完整。

教我开车的师父曾经关心地问我：“你家还有亲戚吗？”

彼时，我俩仍身陷大西北，在沙尘飞扬的公路上，我飙着一辆颤抖怪吼的平头大货车，狠狠一脚将油门踩到了底，轻蔑地仰头一哂：“我家亲戚？给脸他们才是亲戚，不给脸就是一群吃相难看的白眼狼！”顿了顿，我的目光无意识飘远，又压低声音，燥涩地补充了一句：“也许，我在这世上还有两个亲人吧，已经好几年了，谁知道呢……”

现在想来，这些话真是字字含泪、声声泣血。

（三）

走进电梯，李大腾按亮了 B2 楼层，殷切道：“我车停在负二层。”

我伸手按亮B1，莞尔一笑：“我车在负一层。”

李大腾先是一愣，很快，脸上绽开一个欣慰得有点夸张的笑容：“你可以啊，自己买的车吗？那你这回算是衣锦还乡了吧？行，我坐你的车，正好，等会儿让卉卉开我的车带他家人回去。”

“她技术怎么样？”

“还行吧，反正她开车呢，稳赚不赔。上次关后备箱，没留神夹进去一根树枝，活生生拔出一棵行道树拖回家了。”

“哈哈哈这个傻孩子一点没变……”

我们说说笑笑，走出电梯，到了负一层。我径直找到C区的停车位，站在一辆深红色的皮卡旁边，开锁，拉车门，抬高右腿敏捷地跳上驾驶座，一气呵成。李大腾呆呆地站在车头，又吃了一惊：“这就是你的车？你一小姑娘，开一皮卡？”

我笑嘻嘻地抬手，做了个邀请他上车的手势：“小城市就是好，蓝牌皮卡也能进市区。”

李大腾仔细打量一下这辆皮卡，举步上车，坐在我旁边：“这价格，其实可以买个一般的SUV了。”

“城市SUV弱爆了！我这车多好啊，皮实、耐操、空间又大，真爷们儿的不二之选！普通姑娘喜欢大众甲壳虫，文艺姑娘喜欢宝马MINI，而我，福特猛禽才是我的挚爱啊！”我拽下沉甸甸的双肩包，习惯性地往副驾驶座位上一扔，正好丢在李大腾腿上，咚的一声，砸得他龇牙咧嘴，小声嘟囔了一句：“艾玛，你这包里装的是十八般兵器吗……”

“抱歉，可能是电筒、小刀之类。”我发动车子，朝车库的出口开去，“跑西北线的老司机，都比较重视单兵装备，力求在险恶的环境中顽强地生存下去。”

“这六年，你去了哪儿？”

“我运气还不错，刚走了不到两个月就遇到我师父，一直跟着他在外地开大货，从没证开始跟车，后来考了证，就自己跑长途，虽然是累了点但工资真心高啊……”

“等等，”李大腾打断我的自述，“为什么不跟我联系？”

“哦，没什么特殊原因，就是太累了吧。这几年，我吃、睡、玩基本都在路上，睡卡车卧铺的时间，比在床上睡的时间都多。”我面带微笑，一席话平静地道出六年辛酸，就像在说着别人的故事。

李大腾沉默了片刻，问我：“你这次回来，是路过，还是定居？”

“定居。”

“太好了！那你……是不是真的要报复他们？”

“报复倒也谈不上，我只是在尽力修正自己过去做错的事情。过去，我一味忍气吞声，纵容大伯侵犯我家的利益，其实违背了第十二届全国人民代表大会的会议精神，公平正义才是社会和谐的基本条件！”

李大腾哑然失笑：“小丫头满嘴的套路……那，有没有什么我能帮你的？”

“正巧有一件事，你能帮得上忙。”我笑了笑，打方向变个道，跟着前方缓慢的车流驶出这条窄路，“方便的话，请你尽快把卉卉娶回家吧。”

“为什么？我们都不急——”

“再拖几个月，她家可能就拿不出嫁妆了。”我截断他的问话，含蓄表态：“她的原生家庭太糟糕了，我不针对她，但怕她被误伤。”

“卉卉是个挺好的姑娘……”

“我知道，但法律规定继承遗产就要承担父债，万一安德高夫妻出什么意外，会连累安雁卉。”

“其实，按照本地风俗，一般嫁出去的姑娘，跟娘家遗产没啥关系。”

“嗯，就因为这个混账逻辑，所以我家的财产，安德高可以理直气壮夺过去给他的儿子！我身为我父母遗产唯一的合法继承人，却被逼得流落街头、背井离乡……难道我们老安家有祖传皇位需要安雁龙继承吗？我告诉你，腾哥，亲戚和强盗分开来对付都不可怕，亲戚总归要讲两分情面，强盗可以用法律制裁，最可怕的就是沾亲带故的强盗，夺我大屋、占我商铺，把公司股份都卖得一干二净，可是我如果跟他翻脸，肯定还会有人指责我不懂人情不孝长辈，六亲不认——呵呵，六亲不认？这也太美化我了，我何止六亲不认，再多几门亲戚我也照样不认！”

说到后来，我的笑声透出几分尖锐与刻毒，李大腾明显无言以对了。

车内的空气凝滞半晌，他突然没头没脑地感慨了一句：“唉，我一直抱怨自己这几年累，可是跟你相比，我感觉自己真的幸福多了……”

“你感到幸福了吗？”我挑一挑眉，目不斜视地笑了笑，“放心，可能只是错觉。”

他一阵愕然：“什么——”

大概是想追问什么意思，我转过头朝他一笑，打断了他的问话：“到了！”说话间，我们已经驶入了健康路75号院，就停在我家的楼下。李大腾震惊地望着我：“这不是……卉卉他们家吗？你不会就住在这里吧？你真的住在这儿？安德高他们能同意吗？”

我径自停好车，转身冲他一笑，歪着头问：“腾哥，给你介绍几个朋友，来不来？”

第二章　三个红名玩家

（一）

我上初中的时候，槐南城里有著名的两大高手——“南猫北虎”：“南猫”是个身手敏捷的漂亮女生，而“北虎”则是个身高腰围都是一米八的男生。其中，“南猫”就是健康路第十一中学的安雁朵，在传说中，她是个眼睛像铜铃般大、喜欢昼伏夜出的猎杀者，身高一米六五，腿长两米八，因为她无论从哪个刁钻的方位都能一脚踹飞对手，不但胸以下全是腿，而且眉目英武，自带领袖气质。

李大腾曾在一篇作文中精准地描写我，“乃黑凛凛一条彪形大妞”。

他这样写道：“如果人生是款游戏，她绝对是个红名玩家！就算对面几个小流氓都有一身腱子肉，在她眼里，也就是一盘儿荤菜！朋友，你玩过网游吗？见过战士A怪吗？如果你不懂什么是A怪，那我根本无法向你形容那个残忍又霸气的1v5巷战场面……”

所以，我们弟兄三人无论干什么傻事，通常都是我杀气腾腾冲在第一位。

今天也是一样。

我带头往楼上走去，这是一栋叠拼型别墅，我家住上叠，入户楼梯设计在室内，这样上层住户进出时便不受天气影响，户内面积两百多平方米，加上赠送的顶层阁楼花园，约莫有三百多平方米，空间还是极大的。

李大腾虽然狐疑，但是没有多话，只是紧紧跟在我身后，亦步亦趋。我斜觑过去，总感觉他神色之间透出点心惊胆战。老丈人家毫无预兆地突然易了个主，他感到惊慌，这倒也很合理。

我按响了门铃，里面传来脆生生的童音："谁呀？"

"既然你诚心诚意地发问了……"

我话还没说完，门就猛地被推开了，一个眉宇间透着机灵劲儿的双马尾小萝莉蹿出来，身形瘦小，看起来不过五六岁年纪，动作倒是挺敏捷，张开双手像个猴儿一样跳进我怀里，满口亲热地嚷嚷"妈妈你回来啦""妈妈这个房子好大啊""妈妈他是谁呀"，叽叽喳喳说个不停。

李大腾倒抽一口凉气，瞪大了双眼。

"这孩子是——"

他话还没问完，从厨房那边传来一声粗暴的训斥："小笼包，你又跳瓦砾妈妈身上了？"

厨房那边，有个中年男子探出半拉身子，嘴里叼着支烟。这是一个看起来面目沧桑的老男人，行走时右脚略跛，看相貌有四十多岁，胡子拉碴，头发乱糟糟的东翘一撮西翘一撮，眉间皱纹非常深，似乎过了许久落魄潦倒的生活。时为春寒料峭的三月初，气温在10℃左右，但他上身只穿了一件深灰色旧衬衫，不怕冷似的敞着衣襟，露出两坨硕大的胸肌，以及一丛茂盛的胸毛，脏兮兮的低腰牛仔裤还没有系皮带，人鱼线醒目，古铜色的几排腹肌十分张狂。

我不悦地翻了他一白眼："杨大烟枪，孩子在家里你还抽烟？赶紧掐了！"

老杨咧了咧嘴，连忙摘下烟头，转身在水池里按熄了。

"好香啊！爸爸，你烧了什么好吃的？"

小笼包眨了眨乌亮的大眼睛，跳下地去，又一阵风似的卷进厨房。

老杨一边佯怒斥责“说多少遍了，别拿你那小脏手碰我的菜”，一边笑呵呵地跟了过去。

“这孩子……她叫你什么？你们俩是……是……”李大腾死死地抱着脑袋，瞪着我，好像快疯了，“那个男的又是谁？”

我笑盈盈地看着小屁孩的背影，长长的两根辫子一甩一甩，穿毛呢连衣裙，粉嫩可爱。她脑袋挺大的，身材却特别瘦小，明明已经有六周岁了，但身高和体重的发育却只能堪堪达到五岁的标准，一米一都不到，才三十斤。

六年前，她还是个刚会走路的小婴儿，我开着车，她就在车里玩，在漫漫路途中慢慢长大。

“小笼包是我干女儿，我一手带大的。”我微笑着给李大腾解释，每当看向干女儿，我都感觉自己眼神很宠溺，“这孩子从小就没有亲妈，特别缺母爱，所以认了十几个干妈，我们一路上遇到所有开车的、修车的，只要是女的，对她又好，她都会喊别人妈妈——哦，杨叔是我师父，也是小笼包的亲生父亲，他今年三十九岁，虽然看着像九十三岁似的。”

顿了顿，我总结道：“迄今为止，我身边的男人都是小怪，真正的BOSS还没出现呢。”

李大腾不信：“那，小峰呢？”

我的心里又是莫名一痛，短暂地沉默后，轻描淡写地呵呵了一声：“对啊，他是我的菜，还是盘儿硬菜。”

杨叔一只胳膊夹着小姑娘走了出来，笑着说：“不好意思，闺女太淘，让客人见笑了。”

“这是我哥，李大腾。这位是杨叔，我师父。”我给他们简短地做了个介绍，李大腾急忙扬手招呼：“哈哈，杨叔。”杨叔和善地笑笑，把手里不断挣扎的小姑娘放地下，瞬间板起脸，警告她不许再顽皮。我问他：“小曦呢？”

他一扬下巴：“在楼上吧。”

“腾哥，跟我上来，带你去见个大胸美女。”我带领李大腾上了楼，沿着楼梯的木质扶手，转向左边，走向一阵轻快音乐《Sunshine Girl》传来的房间。房门敞开着，明媚的阳光透过直通露台的落地大窗，照在略显黄旧的木地板上。窗边，趴着一只肥头大耳的黑黄纹狸花猫，正在懒洋洋地晒太阳，看都不看我们一眼。猫咪旁边的避光处，但见一名容貌清秀、气质娴静的长发大胸美女穿着深V运动内衣和蜜桃臀紧身裤，正面对我们，侧卧在瑜伽垫上，气定神闲地做单手平板支撑。她左手屈肘支撑身体，腹肌紧绷，神态却很悠闲；右手捏着一个崭新的螺丝起子，从地板上的一个大玻璃碗里扎水果吃。

别人吃水果用牙签，她用起子。

也算是通过特殊工具生动地诠释了自己的职业与身份。

她是西部大城一家修车铺的老板，大我四岁，小笼包的第二个干妈，和我认识也足足有五年了。每一次看见她，不是在撸扳手，就是在举轮胎，一两百斤重的卡车大轮胎在她手上就像个呼啦圈似的，身材练得前凸后翘，极致妖娆。长期的间接日晒，使她肤色呈现出健康诱惑的蜜糖色。最近很流行车厘子红，她手指甲与脚趾甲都涂了幽幽的赤调，像中了剧毒一样，非常符合她妖艳贱货的气质。

“小曦，刘曦蔓，曾经是蓝翔的校花，现在是汽修厂老板娘。”我给李大腾介绍，“据说，她的身高和胸围都是一米六八。”

李大腾忙不迭地点头致意：“刘小姐，真是身强体壮，有把子力气！”

我啼笑皆非。

身为炒货大王的儿子，李大腾算是个市井富二代，出手阔绰，却一直不太招女孩子喜欢。他继承了父辈的勤劳朴实勇敢，成绩优异，上的是“985”大学，而且祖上两代都是党员，爷爷还是老地下党，根正苗红。小时候，他就是一个耿直boy，赞美女孩的词汇永远都这么匠心独运，比如“身强力壮”之类，简直分分钟让对方想掀桌，大耳贴子糊他熊脸。

刘曦蔓虽然一贯如此豪放，但没料到会有个陌生人进来，叉了一片哈蜜瓜的螺丝起子顿在半空中，有点小尴尬，坐起身来打了个哈哈：“我，修车的，拿这个最顺手，新的，比牙签干净多了。”

“这是我哥，李大腾。”

我话还没说完，腾哥居然羞涩地别开了脸。

她坐的位置太低，乳沟醒目，李大腾忙不迭移开视线，脸都涨红了。

刘曦蔓冲我抛了个意味深长的媚眼，用夸张的口型无声地问我：“处男？”我白了她一眼。她笑嘻嘻地跳将起来，趿上人字拖，啪哒啪哒，风情万种地扭着腰肢走到椅子边，拎起搭在椅背上的一件白色羊绒长衫，问我：“人来了没？我有时间冲个澡吗？”

“去洗，去洗，顺便把你大脑也洗一下，污死了。”

“得嘞您呐！”

临走时，小曦有意无意地挨着李大腾擦肩而过，顺势还无比优雅地抬手撩了一下秀发，香气四溢。那是香奶奶家独有的迷人脂粉味，轻盈魅惑，散发出阵阵撩人气息，暧昧至极。肥猫见主人走了，也晃晃悠悠地爬起来伸了个懒腰，抖抖身子，漫不经心瞥了我们一眼，矜持地跟在她身后踱着方步离开。

李大腾满脸通红，憋了半天才迸出一句：“嚯，她汗味真重，跟我妈炒的奶油瓜子一个味儿。”

我噗的一声差点笑倒在地，面对钢铁般的直男，真是俏眉眼做给瞎子看。

楼梯那边传来咚咚的脚步声，小笼包飞也似的跑了上来，喊我们下去吃饭。她乌溜溜的黑眼珠往四下里转了一转，又乖巧地问：“小曦妈妈呢？”

“她在洗澡，咱们边吃边等她。”我揉着小笼包的头，招呼李大腾下楼一起吃饭。

杨叔做了几个家常菜，端的是手脚麻利，虎虎生风：“今天我没时间买菜，他们家冰箱里也只有这点存货了。还好咱都不是外人，凑合一下。”

十分钟后，刘曦蔓从楼上款款走下来，眉头微皱，忍不住出言唾弃我们这一桌油 and 米：“全是碳水和脂肪，凑在一桌就是一场灾难，你们还吃得这么香！”

冲个澡的工夫，她连妆都化好了，还戴上了一对银灿灿的细长耳线，银链两头缀着一大一小两颗珍珠，垂坠在尖秀的下颌旁，一摇一晃，动人心魄。她仍然脚趿人字拖，光着腿套了一件乳白色羊绒长衫，领口很大，斜露出半边圆润的肩头，湿漉漉的长发微微蜷曲又成缕垂下，掠过锁骨，失足般坠入肤色犹自白嫩的沟壑里。宽松的羊绒衫裹住了纤腰和翘臀，露出笔直的小腿，足踝处文了一群飞翔的黑色小鸟，既绰约又香艳，色气侧露。

“小曦，就等你来干杯了！”

杨叔擦擦嘴，站起身，开了一瓶酒柜里最贵的巴黎之花，热烈庆祝我们三人回归正途，从此，大家互相扶持，争取早日在这个城市里扎稳脚跟。

刘曦蔓在对面坐下，李大腾眼光不知落在了哪里，脸总是红。

“你们，待会儿要出去约会吗？”小曦调戏心起，故意以手支颐，双手叠戴了七八枚娟细指环，丰满的胸部靠在桌沿上，衣领下仿佛掖了两只呼之欲出的白兔，狭长的双眼微微眯起来，两丛茂盛湿亮的眼睫毛几乎交触在了一起，葱茏的目光落在李大腾脸上，话却是提醒我的，“瓦砾，你得先吃两头大蒜防身啊！”

我在桌下踢了她一脚：“走开，你们这些玩够了的心机 girl！离我们老实人远一点！”

刘曦蔓不为所动，笑嘻嘻地从背后摸出个手机，瞥着李大腾，眼角眉梢皆是风情：“哎，老实人，加个微信吧，以后，修车改装，记得照顾我生意啊。”

两人互加微信，我偷眼一瞥，看到腾哥默默地备注了一个“奶油瓜子小姐”。

刘曦蔓熟练地冲我一眨眼，丢了个“搞定”的眼神。

我捂住半张脸，无奈地叹了口气。

——每当我怀疑自己做事不太靠谱的时候，我总会安静下来，看看身边这群二货干的蠢事儿和碧池们的损色儿，然后，便会由衷地对自己发出赞叹：多靠谱的大闺女啊！

楼下传来一阵车喇叭的声音，我的皮卡停在楼底下，挡住了拐进车库的路。

我看了看时间，差不多是安德高一家人逛完街回来了。

（二）

杨叔叼着一根尚未点燃的烟，起身靠到窗户边，只漫不经心地往楼下扫了一眼，便轻松辩认："这是第二代的本田 CRV，大概是 2007 年还是 2008 年进入国内的。就这辆车，可能比我女儿的年龄还要大。"

我对师父的认车本领早已心服口服，双手握拳贴着下巴，眼冒心心："斯——斯国以！"

李大腾也凑到窗边，大感意外："哎，这是安雁龙的车，我车呢？"

那辆银灰色本田 CRV 就停在我的皮卡后面，车后门从两边推开，安德高和他老婆神采奕奕地走下来。站在车头一脸无奈的女司机正是安雁卉，靠边停稳以后，那车屁股还朝外撅出一尺，看得我强迫症都犯了，好想下去帮她倒正。要是让这姑娘去开一辆半挂车拖两节货厢，估计能像秋季南飞的大雁一样，一会儿开成 S 形，一会儿开成 B 形。

安雁龙没有跟家人一起回来，李大腾摇摇头，哂然一笑："肯定是让她哥开走了，他早就想换我的高 R 去玩……"

"大众高尔夫 R？那车不错。"杨叔赞许地点点头，"虽然没什么操控乐趣，但是在直道上也没几辆车能超你，是少数几个能开着打瞌睡的性能车之一。"

李大腾提醒我们："安德高他们……你们在这儿……他家人都知道你们在这儿吗？"

我冲他安抚地一笑，意为稍安勿躁。

门外传来交谈声，还有拿钥匙捅门锁的声音。

我们三人飞快地交换一下眼色，刘曦蔓慢悠悠地放下了跷在桌沿的双脚，杨叔把小笼包拎回房间，而我，则抽出一张纸巾，一丝不苟地擦净了嘴角的油渍，走向门口准备迎客。

安家人进来时，李大腾心虚地站了起来。

“卉卉，你再给龙龙发条微信，这几天我们都要小心……”安德高还在说话，脱下呢子外套，熟练地挂在玄关的衣架上。

大妈看见我，目瞪口呆，抬手捅了捅她老公。

安德高正在弯腰换鞋，解开了鞋带，却到处也找不见自己的拖鞋，不耐烦地抬起头来，喝问：“又怎么了？我拖鞋呢？”

“我扔了。”我愉快地接口，“属于你家的东西，我都打包好，扔到大禹路房子里了。”

大禹路的老房子是七十平方米的小两居，我外公早年偏瘫，需要外婆长期陪他去医院进行康复训练，我爸妈那时虽然事业刚起步，但怕老人奔波辛苦，还是凑钱在医院附近买下了这套一楼的房子。我爸是遗腹子，上头有三个姐姐和一个哥哥，在邻里乡亲的议论中，正是这个最小的儿子属相“犯月”才克死了亲生父亲，后来他们家的生活愈加艰苦，母亲改嫁，杳无音信。由于自幼失去亲人，又因“犯月”被兄姐视为眼中钉，因此我爸一直都将慈蔼明理的岳父母当作亲爸妈孝敬。只可惜，高速意外发生之后，我父母双双身故，外公和外婆的赡养费被克扣，保姆工资没人发，连生活费也成了问题，老两口只能怀着莫大的悲恸回到农村，种些蔬菜糊口，依靠亲友接济度日。大禹路那套旧房子，也就顺理成章地由我大伯安德高接手处置，这些年来，一直由房产中介对外出租，收取可观的租金。

上个月，这套房子租给了一个姓杨的外地人，已婚，带个女儿，看起来诚实可靠。

而那只是我计划的第一步。

他家的所有器具、衣物、细软和生活用品，我请了工人在半小时内搬完。另外还找了四个开荒保洁，从楼下到花园彻底清扫了一遍，基本恢复了这栋老房子的旧貌，开阔、简洁、清爽。只可惜，花园里的花草和猫狗都不见了，乱七八糟地种了一堆葱、蒜、辣椒、空心菜，倒也算是生机勃勃。

“你……你……”安德高大吃一惊，紧张地伸出了右手食指，一一指向突然出现在他家里的人，最后又移回到我脸上：“你……你是怎么进来的？你想干什么？我警告你啊安雁朵，不要干作奸犯科的事……”

过去，他每一次直呼我姓名，就是即将大发脾气的预兆。

如今我却只觉得可笑，这种战五渣，也就只能欺负未成年人，但凡心智成熟、头脑冷静的，根本不必把这种色厉内荏的老流氓放在眼里。我眼疾腿快，抬起一只脚稳稳踩在对面墙上，以壁咚之姿拦住了他们进屋的方向，将三人堵在玄关，然后淡淡开口，接过话：“哦，我不想漂泊在外，要搬回自己家住，这就叫作奸犯科？那么，侵占别人的家产长达十三年之久，而且至今都不知悔改，你管那种行为又叫什么呢？鲜廉寡耻吗？还是人面兽心？”

“你放屁！”安德高愤怒地破口大骂，“我侵占谁的家产了？你爸留下的房子，那都是我们姓安家的！你以后迟早是外姓人的媳妇，怎么有脸来争这个家产？”

“呵呵，所以你逼着儿媳妇连堕两胎，生下一个男孩，就是为了自己家能有个姓安的孙子？”我抠了抠手指甲，冷笑着将他们家的隐私说破，“安雁龙结婚三年，才有第一个孩子，原因就是他父亲唆使全家人一起联手残杀了两个无辜的女孩，一家冷酷无情的东西，专干丧尽天良的事，真是禽兽不如！”

安德高的脸一阵青一阵红，大妈在旁边嘟囔着，想要插嘴，被一个清亮的女声截断了。

“我最恨三种人！”

刘曦蔓一口喝干高脚杯里的香槟，慢悠悠地插了个嘴：“第一种是为老不尊；第二种是欺凌孤寡夺人财产；第三种就是重男轻女戕害胎儿——怎么着？你家有皇位要继承吗，非得生一个阿哥？”

“我家的私事，你们这些外人，管不着！”

“你家的私事，我们外人不能管。我家的私事，你倒管得挺起劲。”我讥诮一笑，“哎呦嘿，你一个抠脚老汉还有两副面孔呢！”

“我管你，那是因为，我是你监护人！别忘了，我有居委会的文件！”安德高往前踏出两大步，梗着脖子，一字一顿地高声咆哮，明晃晃的唾沫星子差点儿溅到我脸上。我保持拦截姿态站在原地，毫不退缩地与这个目露凶光的老者对峙着，将头微微一点：“嗯，对，你不只是我的法定监护人，你还是我的宣告死亡申请人。”

他一愣，张了张嘴，似乎想分辩什么，却又咽了回去。

我失踪六年下落不明，等安德高想起该去派出所报案时，发现已经查不到“安雁朵”这个人了。他自然猜不到我更改了名字，又急于给儿子办理婚房的过户手续，便钻了这个空子，找人给我捏造了一纸死亡证明，走法律途径发出下落不明公示，三个月后，正式宣告我已死亡，安德高作为抚养人继承了大部分遗产。

这是典型的利害关系人隐瞒实情、恶意宣告死亡、造成他人财物损失的案件。

安德高也算是个精明人，然而，他的“贪”最终盖过了他的“精”，这些急功近利的做法无异于授人以柄，留下了太多恶意欺瞒的凭据。

过去，他的硬气，完全是建立在我年幼无知、孤苦伶仃的基础上。

可现在，我已经长大了，头脑灵活，机敏果敢，再也不是个无依无靠的孤女——且不说我那一众割头不换的生死至交，光是我和我自己的一百零七个人格，就能组成一支“梁山泊尖刀连”的精锐兵力。

一个月前，我回到槐南所做的头一件事，就是去乡下找外婆。老夫妻俩一辈子只得一个女儿，外公已经不在了，外婆一个人住在摇摇欲坠的阴暗老屋里，老人家眼睛都快哭瞎了，却在一个招呼间就分辨出了我的声音，瞬间老泪纵横，眯着昏花的老眼凑近了我，运足目力上上下下使劲端详一番，哽咽着说：朵朵，你水色变好了，你现在比你妈年轻的时候还漂亮。

我忍住眼泪，低头微笑，心里默默念道：自砺六载，方得绝色。

“朵朵……我们……我们家……”安雁卉期期艾艾地开了口，似乎想解释几句，可一抬头看见李大腾也站在屋里，立时吃惊地掩住了嘴：“腾哥，你怎么也在这儿？”

李大腾的神色有些局促：“那个，我跟朵朵过来做客。”

“哦。”安雁卉轻轻应了一声，咬住嘴唇，说不出别的话来。她知道我们是拜过把子的好兄弟，感情笃深，今日久别重逢，腾哥在惊喜之下难免心生依恋，故而一路跟随着我，来此聊天吃饭，也算合情合理。这对未婚夫妻，原本互不相识，当初是通过我的介绍才成为朋友，一个是我堂妹，一个是我义兄，一个单纯似巨婴，一个憨直如忠狗，简直就是天造地设的一对啊，充分展示了大自然的鬼斧神工！

“朵朵啊，其实你回来了我们特别高兴，就是一时接受不了。”大妈见势不妙，企图动之以情，眼角迅速浮起了晶莹的泪花，“你看，你跑了这么多年，我们也找不到你啊，没办法，

才——”

刘曦蔓耸耸肩膀，摊开一只手，意思是：请开始你的表演！

“别说废话了！”

我快被大妈那深情拭泪的动作恶心吐了，粗暴地打断了她：“一个月以前，我就回来了，把你们家的底细摸得一清二楚。目前我手上所掌握的证据，有您二位恶意捏造侄女死亡，侵占财产，还有您的宝贝儿子赌博欠债六百多万，私刻公章，伪造建筑合同，以及嫖娼被抓的记录……如果我没猜错，这些事情，至今您儿媳妇还被蒙在鼓里吧？”

大妈遽然一震，双眼圆瞪：“你……你胡说什么？！”

安德高却只是眼含杀机，咬牙切齿，随着愤怒的喘息，胸膛剧烈起伏。

“等你儿子离婚了，你儿媳妇会改嫁，你孙子也会改姓。”我冷冷一笑，“你家的皇位，还是到此为止吧！”

安雁卉轻声问：“爸，她说的是真的吗？我哥欠了那么多钱……”

“闭嘴！”安德高突然迸出一声咆哮，惊天动地，也不知道是在吼我

还是吼他女儿，“男人在外头干事业，陪着领导和客户去赌钱、按摩，那是正常的人际交往，都是逢场作戏，你看外面哪一个成功的男人不是这样？就你爸爸安德民当年开那个公司，不也一样要到处巴结别人？”

“放屁！我爸是教师出身，儒者从商，气节不改，最重视的就是德行操守，生活作息比他们公司职员还有规律，你儿子是什么傻逼玩意儿你自己心里没数吗？也配跟我爸相提并论？”

“得了吧，当了那啥还想立牌坊！你爸妈要不是爱财，怎么不教书育人，跑去做生意？”

“君子爱财，取之有道。不像你们家，上梁不正下梁歪！”

“小畜生，你再嘴贱，看我不打烂你的嘴！”

安德高被我连续顶撞，气得火冒三丈，一时丧心病狂，扬起巴掌想抡我脸上。

杨大烟枪一直就在我身后不远处靠墙站着，默默抽烟，忍耐地观望。这时看见老头想要动手，他一声不吭，拖着微瘸的右腿疾跨两步走到我身前，伸出右手，握紧，闪电般一记重拳砸弯了靠墙的立式衣架，只听咔嚓一声，衣架倒了，上面挂的几件衣服全部震落在地。

他动作迅速，这一记直拳后发先至，安德高的巴掌离我脸还有几寸，顿在空中，不敢落下。

杨大烟枪缓缓收回了沙煲一样大的拳头，小臂上肌肉贲张，青筋暴起，懒散的眼神瞬间凛厉起来，平时看起来明明只是一个不修边幅又吊儿郎当的中年邋遢汉子，可一攥起拳头来，就像变成了另一个人，睥睨间威严自蕴，不怒自威。

对面三人噤若寒蝉，安德高不由自主地缩回手，后退半步。

“哦，我忘记给你们介绍了，”我笑着指了指杨叔，后者礼貌地微微一颔首，“这位，是我的动作指导。”

又一指刘曦蔓：“那位，是我的法律顾问。”

小曦一脸的若无其事，依然跷着二郎腿坐在餐桌边，单手托腮，喝香槟。听了我的介绍，她懒洋洋地搁下香槟杯，拢了拢秀发，捋起袖子，双手上翻探向桌腹，稳稳地将一百多斤大理石餐桌举过头顶，再缓缓放下。桌面上的碗筷和杯碟略有晃动，但自始至终，连一滴汤汁都没有洒溅出来。这份臂力，委实太惊人，她的体内仿佛封印着八十多集抗日神剧，双手举桌都算温和的，要是手抓两条桌腿，说不定能将桌子撕成两半；要是把这张桌子咬一口再扔出去，没准儿还会爆炸呢。

在李大腾咬着小手的惊恐注视下，这位娇滴滴的大美人将额前的长卷发撩向耳后，唇角上翘，带着妩媚笑容，慢悠悠地补充了一句："兼，健身教练。"

她脸上虽然笑眯眯的，但是房间里的每一个人，依稀都能听到她的内心正在丧心病狂地高呼：

"一个能打的都没有！！"

（三）

安德高对老婆使了一个眼色，大妈心领神会，捂住胸口就往地下瘫倒。

"我老太婆可有心脏病！"安德高逐一指着我们，色厉内荏地呵斥，"安雁朵，她要是被你们这些人气出个三长两短，你要负全部责任！"

"装死啊！报警啊！我早就预料到咱们要走这些套路了。你们尽管闹，怕事儿大算我输！"

我眼看他们打出最后一张底牌，很是幸灾乐祸。

安雁卉脸色苍白，跪在地上，抱着她妈哀哀地喊："妈，你醒醒……你醒醒……"

李大腾看得心里不落忍了，大步走过去，轻抚安雁卉的肩膀，表达安慰，并陪着她一起蹲在老太太身旁，拍背、灌水、掐人中，都没有什么效果，只好抬起头来同我商量："朵朵，你先让阿姨进屋里躺下，给我个面子，行吗？像你们家这种历史遗留问题，错综复杂，只能慢慢解决，这一时半会儿的也说不清楚……"

他一向心善，耳根子软，见不得别人受苦，哪怕是陌生人，哪怕是装的。看来，想用一顿饭的工夫把他争取过来，的确不太现实。是我太幼稚了，对友情和正义尚抱有过多希冀。

刘曦蔓跷起二郎腿，笑嘻嘻地问我："这位小哥哥心疼了，你怎么办啊？"

我面无表情："掐人中没用，可以扇耳光试试，左右开弓，使点劲儿，毕竟大力出奇迹嘛。"

"朵朵！"

李大腾紧皱眉头，明显不悦，却也拿我无可奈何。

"你个小畜生——"安德高暴跳如雷，刚骂出一句粗话，就被刘曦蔓那清亮圆润的声音打断了："喂，千万别这么骂你亲侄女，从遗传学的角度，对你自己全家都不利！"

她趿着人字拖啪嗒啪嗒走到我面前，拿出一个资料袋，翻了翻，抽出一张泛黄纸片递给我。

我接过来，冲安德高晃了晃："你知道，这是什么？"

"滚！老子——"

不等他骂完这一句，我"啪"的一声把这张纸片拍在白墙上，亮出了上面的"出生医学证明"六个黑字。紧接着，我一字一顿把话给他说明白了："我回来这一个月，没干别的，一直在收集证据。你家所有人的污点和罪证，我都了解得一清二楚，谁没有几个不愿被人知道的小秘密呢？是吧，大伯？前些日子，我去乡下看过我外婆，她一直都还保存着我的出生医学证明，这上面，我的出生时间精确到秒，证明我读高三时已经年满十八周岁，而你藏起来的那个户口本，我的生日是错的！另外，按照劳动成年制度，我十六岁的时候，就以自己的劳动收入作为全部生活来源，也可以视为完全民事行为能力人！"

安德高听得一阵糊涂，面带警惕，粗鲁地问："你什么意思？"

"意思就是，在你打着监护人的招牌、肆意处理我家产的时候，我已经不需要监护了！对于你和你的儿子在我财产、人身方面的侵害行为，我可以依法追究你们的刑事责任！"

我冷冰冰地总结，字字皆含威怒之意。

抵住墙壁的脚抬累了，索性放下来，反正就算我不阻拦，安德高他们已不敢再前进半步。

刘曦蔓配合默契，从资料袋中又抽出了两份文件，分别递到我手上。

“这一份，是资产转让协议书；另一份，是控告你采取犯罪手段侵吞我家财产的起诉书。”我双手各举着一份装订好的A 4打印纸，朝安德高晃了晃，示意他自己做出一个选择，“大伯，如果您不肯在这张纸上签字，我就在那张纸上签字了。”

“转让？资产转让？你想得美！”

安德高嗤之以鼻。

我对他的抗议充耳不闻，不动声色地继续说下去：“我做事没你那么绝，大禹路的那套房子，给你们夫妻俩住，足够了。你儿子自己有房，女儿也要出嫁了，再继续霸占着非法所得的东西不肯松口，只会给自己带来麻烦。我是不想闹得满城风雨，最好能文明解决，只要把这套房子和商铺都还给我，咱们就算两清，新仇旧恨，一笔勾销……”

“做梦！”安德高一口回绝，出言不逊：“我倒要看看小浪货出去卖了六年，长了什么能耐！”

我摇摇头，像这种人，就是典型的不见棺材不掉泪，打他的时候头三脚都踹不出屎来，屁眼夹得结实。

刘曦蔓也摇了摇头，再从文件袋中找出几张照片，塞给我。

我整理好照片，带着戏谑的笑容，一张一张伸到安德高眼前，让他浏览了一遍。他突然脸色大变，伸手想要抢，我飞快地胳膊一拐收回照片，撞开他的手：“别动手啊，咱俩拉拉扯扯，这照片要是一不小心掉在地上，被你家人看见了不太好吧？”

安德高脑门儿上青筋乱蹦，瞟了杨大烟枪一眼，才忍住没动手跟我玩命。

刘曦蔓挑起眉毛，还不要脸地邀功呢：“看看，我给你们父子俩拍的四人合影，都是大师级作品，构图、用光、色彩，哪个不是教科书般的精彩呈现？”

安德高的眼神闪烁不定，呼哧呼哧直喘粗气，可见正在做着激烈的思想斗争。

地上躺着的大妈虽搞不清楚状况，但眼珠子在眼皮之下乱转，明显是起了疑心，又不好意思爬起来追问。

我扬一扬手上的协议书：“真要拼个鱼死网破，谁都不怕。怕就怕，鱼死了，网没有破。”

安德高陷入沉吟，不敢随便接话，低下头，玩命地给安雁卉使眼色。

安雁卉看了看父亲，又看了看我，表情十分无助和挣扎，半晌，才怯生生地开了口：“朵朵，希望你不要逼人太甚，我……我……”

“怎么，你也想跟我撕逼？”我一笑，“省省吧，你这辈子撕得最利索的恐怕只有快递。”

“不是的，你这样……我们就做不成朋友了……”

“我们从来都不是朋友。”我正色提醒她，“过去，你是仇人的女儿；未来，你可能是我大嫂。我会尊敬你、照顾你，用我自己的方式，但是我们永远也不可能成为朋友。”

安雁卉顿时哑口无言，眼角亮汪汪的，泫然欲泣。

刘曦蔓开始催促我：“别浪费时间了，赶快把起诉书签了吧，该揭发的揭发，该公布的公布，抓紧时间！我还没吃午饭哪！”

我接过水笔，唰唰唰翻到签字页，准备签名。

“等等。”安德高终于松了口：“我、我再考虑一下……”

“别考虑了，这事儿你没人商量，自己做主吧。要是我签了字，一块砖头我都不会给你留。”

“我要是签了，就只有大禹路房子是我的了，是吧？”

“不签连大禹路房子都没有。”

“那你能不能保证，照片不往外传？”

“签完了我就把照片给你，想撕撕，想烧烧，随你的便。我保证不留底片，不往外传。”

地板上，躺尸的大妈双眼紧闭，可嘴角却不易觉察地扯动了两下，明显是想站起来大吼一声“老头子你不能签啊”。但说时迟，那时快，安德高迅速一摊手，向我要去了那份资产转让协议书，草草看过几眼，便恨恨地在出让方和委托人的位置签上了名字，刘曦蔓还细心地拿来一盒印泥让他按上两个手印。整个过程，他的眼神纠结，双手哆嗦，传神地表现了什么是“心有不甘”“无可奈何”。

安德高眼睁睁看着刘曦蔓收走协议书，突然冒出一句：“你那商铺准备卖，还是自己做生意？”

“自己留着，开店。”

他老脸憋得通红，又咬牙切齿地撂下一句狠话：“不管你开什么店，只要在槐南城里，你就别想安安稳稳地做生意！”

“想捣乱？欢迎啊！”

对于他的威胁，我根本没往心里去，扬手把大禹路房子的钥匙丢给他。

“起来啊老婆子！现在你还躺着有什么用？！”此刻，安德高心情恶劣到了极点，不轻不重地踢了他老婆一脚，暴躁地发火，“走了！都跟我去大禹路！我今天怎么带了你们俩回来？每一回老子跟人打仗，只要龙龙不在家，你们俩就一点屁用都不顶！死丫头连吵嘴都不会吵，你男人也没有屁用！”

事已至此，大妈再也装不下去了，一骨碌爬将起来，恨铁不成钢地重重戳着老公额头，怒叱：“放屁！最没用的就是你自己！你说，你到底有什么把柄落她手上了？”

“我有什么把柄？都是你那个不争气的儿子，欠一屁股债，还乱搞……”

“呸！你刚才不是说只有儿子顶用吗？他欠债就让他去坐牢啊！他乱搞就让他去离婚啊！你瞎签什么协议？你把我的房子还给我！”

“别喊了，你知道个屁！房子又跑不掉，以后我再想办法！”

两夫妻吵得不可开交，杨大烟枪生平最烦听人吵嘴，眉头拧得铁紧，一伸手就推开了防盗门，不怀好意地牢牢盯住他俩。安德高夫妻俩骂骂咧咧地走了，安雁卉咬住嘴唇，抹着眼泪跟上去。李大腾傻站在门口，特别尴尬，犹豫了一下向我告辞："那，那我也先走了，要不然卉卉可能被她爸骂一路……"

"你去了，也就是多个靶子。"

"没事，能帮她分担一点也好。"他毅然踏出门外，"朵朵，改天我再约你吃饭。"

他这种为爱犯贱的口味和尺度，令人肃然起敬。

我表示理解地点了点头，又刻意叮嘱他一句"我回来的事，你先别告诉小峰"，随即关上门。

今天的谈判，和我们事先预设的场景几乎一模一样，细节上虽稍有偏差，但事情终于办成了！我和杨叔、刘曦蔓击掌庆祝，小笼包也屁颠屁颠地从房间里跑出来，怀里抱着一大盘梅菜扣肉，吃得满嘴是油。

就在这时，门铃声突然响了。

我们互视一眼，同时看到了彼此心中一沉的表情，觉得事有蹊跷，多半是安德高一家人半路折返，准备毁约撕逼了。

"布阵！"

我果断发令，带头把折断的衣架拎在手中，唰唰舞了个棍花。

杨叔极度不耐烦，一边走过来一边左右晃晃脖子、捏捏拳头，准备一开门就 KO 掉那个烦人的老头。

刘曦蔓抄起客厅里几十斤的大花盆，连盆带花举起来，作董存瑞舍身炸碉堡状。

大家摆好围殴架势，我伸手拧开门锁。

门一打开，我们三人面目狰狞，凶相毕露，外面身穿蓝色制服的小哥一抬头间吓得都快哭了，拼命用手护住胸口："你们想干什么？我只是个送外卖的……"

第三章　专注舔颜二十年

（一）

接下来的日子，我们三人各有分工。

刘曦蔓持有委托书，继续跟进归还遗产的种种复杂程序；杨叔四处联络过去的老兄弟，奋力游说他们来槐南市参与夕阳红中年男子创业团队，加入他的伐木累；相比之下，我的任务反而最轻闲，带着小笼包一起去乡下玩两天，顺便把外婆接回槐南市。第三天，再陪她老人家去医院看眼睛，查清楚是白内障影响了视力，医生推荐切除混浊晶体后做一个人工晶体植入术，不到一周即可出院，回家休养。

外婆今年七十二岁，除了视力差一点儿之外没别的毛病，身子骨还很硬朗。我接她回来跟我们同住，最大的受益人就是小笼包。这个孩子懂事很早，朋友却很少，童年大部分时间都浪费在车上和路上，鲜少接触同龄人，对乡下和城里的一切都感觉新鲜好奇。我外婆和蔼可亲，又有耐心，视力改善之后，还坚持要负责孩子的学前教育，主动教小笼包认字、画画，给她讲故事。就这样，一老一少很快结成了忘年交，特别聊得来，小笼包还给外婆取了一个外号，叫作“蒸笼婆婆”，因为她能用一个神奇蒸笼做出各式各样的美食：花卷儿、烧卖、虾饺、肠粉、萝卜糕、玫瑰紫薯，以及真正的小笼包。

刘曦蔓作为健身狂魔，对碳水严格控制，油、糖之类基本不沾，但她对我外婆的手艺也无力抵抗，每天吃完都哭着去健身房二刷还债。

有一天，她捧着热乎乎的肉末粉丝包子，感动地对我说：哎呀妈呀，我又相信亲情了。

我用刚抠过牙齿的手，温柔地摸了摸她的头。

没有人见过李寻欢的刀，因为见过它的人都死了；也没有人摸过小曦的头，因为摸过她的人都精尽人亡了。

刘曦蔓原名叫王琬，父母离婚后随母姓刘，改名曦蔓，意思是在晨曦中向上攀缘的藤蔓。我改名字，很大程度上也是受她启发。她妈妈的性格十分要强，婚前就跟自己父母闹翻了，生下孩子不久，又跟丈夫离了婚，从此沦为一个暴躁刻薄的单身母亲。小曦从记事起就只有妈妈，母女俩过的是众叛亲离的落魄生活，时常生计窘迫，对孩子的家庭教育基本以粗暴的打骂为主。无论是小曦拿筷子姿势不标准、摔跤弄脏衣服，还是学习成绩下降、老师打电话来告状，甚至连心里别扭不肯喊母亲的新男友一声爸爸，都会成为被痛打一顿的借口。

长期活在无休止的呵斥中，小曦分析过原因：“我妈活得太苦了，只有在辱骂我的时候，她才会神采飞扬。”

“现在，她还经常在微信上给我转文章，内容都是不孝顺会下地狱，或者淫乱者要下地狱。”刘曦蔓耸耸肩膀，无所谓地自嘲一笑，“她觉得我从十岁就不正经，挑逗男同学，勾引她男朋

友——她恨不得我下地狱。”

生在这种家庭，就像被拉进一个三观不正的朋友圈，既不能退群，也无法设置消息免打扰。

我们俩一起沉默了片刻，各怀心事。

杨叔循着香味一边抠眼屎一边走过来，也没洗手，抓个包子就往嘴里

塞，边啃边说："小曦，你是易胖体质，碳水摄入那么多！马上夏天了，你看看外面大街上，半条街的妹子都比你瘦！"

"滚！"刘曦蔓老实不客气地冲他翻了个白眼："那些筷子腿和塌屁股，我不想看！"

杨叔咽下第一个包子，露出一副"真尼玛好吃"的恍悟表情，严肃地说："那你就大胆地吃吧！放心，晚上你在健身房里哭着刷脂的时候，我一定不会嘲笑你的！而且，我还会为你写一首诗：深蹲、卧推、硬拉，Burpee、Tabata、Yoga，小曦涕泪俱下，老杨狗眼已瞎。哇哈哈……"

刘曦蔓抓起一个包子掷他脸上。

杨叔眼疾腿快，斜着跃起，张开大嘴，像狗接飞盘似的"嗷呜"一口接住了包子，叼在嘴里，笑嘻嘻地去卫生间方便去了。

他们俩的关系，我看不懂。

总爱互相贬低，但又情谊笃深，活像是言情小说里的一对欢喜冤家。

我擦干净嘴，跟刘曦蔓交代后事——早饭后要办的事："小曦，今天我要去江城，可能明天回来。杨老板最近在忙装修，外婆要陪小笼包上学前课，所以家里的事儿你就得多担待了，要提防那家人狗急跳墙，搞出什么幺蛾子。"我始终对安德高一家人不太放心，再三叮咛，又摸出火车票看了看时间，"十点半的高铁，我该走了。你出门的话，记得带上豹哥，是时候祭出你的神器了！"

"豹哥"就是那只狸花猫的名字，我从国道上捡的，当时它还小，我交给刘曦蔓帮忙寄养几天。一开始她嫌麻烦不乐意，等我返程来接的时候，发现她不但给猫取了名字还囤了半柜子猫粮，说什么都不肯还了。

搬到槐南后，她怕豹哥不适应新家，买了个叫"Upet 太空猫包"的神器，整天带它到处兜风，熟悉新环境。

现在是 3 月下旬，一切进展顺利，我打算歇口气儿，办点儿私事。

这个天气虽然中午炎热，但早晚还有些凉意，我穿了一件机车风的破洞牛仔外套加蓝灰色斜格吊带裙，平底踝靴，帅气、低调、疏离、冷酷，尽显朝阳区老干部的犀利气质。

临走之前，我还特意敷了一片SKⅡ前男友面膜。

江城，是邻省的省会城市，离槐南有三小时高铁的路程，约900公里，是一座坐落于江边的美丽城市。江城大学本部历史悠久，位于荷花风景区金川湖边，整体建筑的风格古朴而素雅，每到夏天，金川湖里满是挤挤挨挨的碧绿莲叶与粉色荷花，延绵数里，摇曳生姿，是校园景色最美的季节。

可惜，现在还是春天。

我端着一杯柠檬茶，走在江城大学的校园里，路边不知名的花树落英缤纷，粉白轻盈的花瓣随风飘舞，在刺眼的阳光照耀下就像一大群上下翩飞的扑棱蛾子。教学楼、宿舍区、篮球架边，到处可见墙上攀爬的藤蔓蔷薇和墙角的重瓣茶花。鸾枝榆叶梅最好辨认，枝头花团锦簇，就像插了一树红艳艳的鸡毛掸子。

我十八岁离开槐南的时候，于彦峰十六岁，读高一。腾哥告诉我，小峰后来填的志愿是江城大学——也就是我曾经获得过录取通知书、却因为仓促出逃而无法去念的大学。

于彦峰从小就是个害羞、腼腆的孩子，和我就读同一所小学，他一年级的时候，我三年级了。他没有朋友，很羡慕我们一大拨儿孩子每天放学都在山林间呼啸来去，一直想加入我的伙伴团，跟我一起玩，但又不好意思说，最终鼓起勇气给我写了一个字迹歪歪扭扭还带几个拼音的铅笔字条，约我放学以后在山下小树林见。

我按时来到小树林赴约，一见面就对他拳打脚踢——我以为他约架。

在我们槐南结义三兄弟当中，小峰的年纪最小，个头儿却蹿得最快，读初中时他已经成了我们三人当中最高的。他不止高，脸也帅，可惜就是个银样蜡枪头，中看不中用，我矮他十厘米揍他却不费劲。他初中毕业那一年的暑假，嗨得太疯了，某天我撞见他跟同学看黄片，手提火钳子追杀了他两条街，他被我打急了，妄图还手反抗，被我一个飞身十字固绞杀。

现在，他大四快毕业了，听说签了个还不错的工作，6月拿了两证就能离校入职。

李大腾来江大给小峰捎过几次东西，知道他住哪间宿舍，也告诉了我。一般来说，女生宿舍管得严，男生宿舍却不难进，尤其是大四老生宿舍楼，楼管大妈笑呵呵地迎接了我。

我刚走进楼道里，就听见有个粗声大嗓的男声在喊：“转让半瓶老干妈！开学前买的，外表九成新！刚吃了一小半，里边还有很多牛肉和豆豉，平常一吃完就拧上盖子，包质量！包行货！假一罚万！拌米饭超级香，半勺能送两碗饭！价格面议，非诚勿扰！最近手头紧，实在是迫不得已啊……”

不一会儿，整个宿舍楼都沸腾起来。

“我出五毛！”

“一块！”

“我出两块五！”

“喂，出价两块五的那个土豪，您别跟我们吃土的抢资源好吗”……

差点没把我乐死，凑热闹喊了声：“我出三块！”

这突然响起的一嗓子女声，可能吓着他们了，楼道里瞬间陷入一片死寂，然后楼梯边伸出了无数颗黑黝黝的脑袋，齐刷刷朝我看过来。

“三块钱一次！”

“三块钱两次！”

“三块钱三次！成交！美女你在哪个寝室交易啊？”

“402！”

“哎呀不好……”

这个男声突然没了底气，紧接着，楼上传来一阵忙乱的拖板凳移桌子的声音。当我走进402时，只见地面清洁，桌椅整齐，每一张床底下都塞满了脏衣服，估计都能提炼青霉素了，但鼻端却萦绕着芬芳的气味，一闻就知道，两秒钟前刚刚大量喷洒过空气清新剂。

三个男生，衣衫整洁，头发梳得油亮，站成一排列队迎接我。

手里就差举花圈了。

其中，一个穿运动服戴眼镜的胖子面带谄笑，毕恭毕敬递给我一瓶老干妈：“美女，这半瓶老干妈送给你了，见面礼，不收钱。”

我笑着接过来，然后就再也丢不开了——妈的，右手粘瓶上了。

旁边一个男同学见状，赶紧冲进洗手间，拽了一条看不出原本是啥纹路的酱油色毛巾出来，让我擦手。我感激地用左手接了过来，还没有开始擦，发现我的左手又粘在毛巾上了……神奇的男生寝室啊！我都不敢去想究竟是啥玩意儿黏性这么强，细思极恐！

好容易在水笼头下冲了两分钟，解开双手的封印，男同学们纷纷热情地说“请坐”，然而我朝板凳看了一眼，还是婉拒了。

“于彦峰不在吗？”

“哦，他在南园食堂二楼排练呢，下个月文化节，他要上节目。”胖子推了推眼镜，自告奋勇要带路：“你找他吗？我带你去吧！”

“谢谢你，同学。”

“不用客气，我姓韩，叫韩国强，大家都叫我小强。”

我一边跟在他身后下楼，一边琢磨着他的姓名：“韩国强……你这个名字够反动的啊！”

“嘿嘿，大家都这么说。”

“你们寝室住了几个人？”

“论数量有四个，论体积有六个。”

我看着他下楼梯时气喘吁吁、面颊上肥肉颤动的憨笑模样，忍俊不禁：“因为你一个人能顶三个人，对吗？”

“对啊！别人都是彪形大汉，我，瓢形大汉！”

韩国强说得掷地有声，我笑得前仰后合。他奋力抹了一把脑门儿上晶莹的汗珠，越说越起劲：“……你看，别的男生投票选校花，主要就看谁的胸大，太低俗了！对我来说，32A 和 36D 根本就没什么区别，真的！反正都没有我胸大！”

我一顿哈哈哈，腹肌都笑结实了。

小强同学一路卖力地说学逗唱，他头脑机智，语言幽默，表情喜感，对待战友像雷锋般热忱，胖乎乎的外形又如萌神大白般圆润，是非常招女孩儿喜欢的类型。可惜这么好的资源，不是我的菜，霸占不了。我是一只铁了心的颜狗，对于面貌清秀的男孩子没有丝毫抵抗力，比如，像小峰那样的，我表面虐他千百遍，心里拿他当初恋。虽然言行上强硬霸道，从未告白，但是连李大腾都看出来了，我早已经毫无骨气地向美貌势力低头。

通过韩国强的倾情述说，我了解到，于彦峰是远近闻名的校草，大学四年换过好几任女朋友，有系花，有学霸，有体育部的女汉子，有宣传部的小清新。都是女孩儿先追他，也都是女孩儿先提分手。目前恋爱状况不详。

“花心滥情的人永远都有女朋友，渴望真爱的人却是万年单身狗，旱的旱死，涝的涝死啊！”小强同学一脸惆怅。

“小强，上帝亲吻过你的心，又打肿了你的脸。”

到食堂门口时，我总结了这么一句。

（二）

南园食堂，二楼餐厅，面积不大，在围观群众的簇拥之下，有五个男生正在载歌载舞地排练一首歌曲，非常投入，衬衫全都汗湿了。

餐厅两侧墙壁上各悬挂了一个音箱，声音巨大，震耳欲聋。

我站在人群最后观察了片刻，从人员配置来看，这应该是一个男团组合，一主唱，一 rapper，一领舞，另外两个男生虽然也跟着节奏在摇头晃脑地张着嘴，但是眼神迷茫，四肢僵硬，一看就是挂机混经验值的，滥竽充数。

这首歌我从来没听过，可能是原创作品吧，民谣不像民谣，摇滚不像摇滚，带点中国风，还有几段 Rap，风格独树一帜，歌词当中充斥着姑娘、地名，以及五百块钱以下的物品。

五人唱功一般，但颜值过硬，最高的那个就是于彦峰，目测 185，仍然比我高一头。

本来他五官就生得秀气，现在又留了一头齐肩长发，格外俊俏阴柔，前额刘海儿还梳上去扎了一个苹果头，越发显得他新鲜爆表，清纯无辜，简直萌出了我的老血。不过，他的审美却不敢恭维，耳钉闪闪发光，廉价首饰戴了一脖子加满满两手，酒红色格子衬衫，烟灰色破洞牛仔裤，同样酒红色的高帮板鞋——老实说，就他这身打扮穿一双尖头细高跟我都不觉得违和——眼线比我画得都粗，一举一动 gay 里 gay 气，表情各种骚浪贱，仿佛皮在作痒。

作为主唱，小峰很卖力，嗓子都快吼哑了，一般来说喝了八碗硫酸才能达到他这个效果。

当年我走的时候，他还处于变声期，刚有了漂亮的喉结，嗓音低沉。而他挺拔的鼻柱上端也有一处微微隆起的小结节，似乎是跟喉结一起长起来的，显得鼻梁更高。每一次我跟他面对面说话时，老忍不住伸手去摸，而我一摸他鼻子，他就自然地住了口，就像触碰到了什么神奇的按钮。

五个男生齐齐扭胯跳舞，把旁边没见过世面的小姑娘们眼睛都看直了，一个劲儿瞎起哄：

“太帅了欧巴！”

——这几个娘炮哪儿帅了？你快摸摸裤裆看良心还在不在！

“鬼步舞跳得真好！”

——什么鬼步舞？分明就是没学好的太空步啊！

“我要给你们五个生猴子！”

——你干脆给他们整个花果山好了！野心这么大，脱下裤子就能攻克五角大楼了吧？

我靠在墙边，沉下脸问小强：“他什么时候开始留长发的？”

韩国强一直站在我旁边，脑门儿上还往外渗着汗珠，这个季节，气温在 10℃～30℃随机切换，难为穿运动服的胖子了。他拽下眼镜，用衣角擦拭着贴近鼻梁处的雾气，听了我的话，立马又戴上眼镜回答我：“他头发一直都挺长的啊，大一刚开学我们不习惯，在厕所碰见还会心中一惊，现在习惯了，现在我们都管他叫——黑又硬。”

顿时，一列火车从我大脑里飞速开过，汽笛声声，污污污污……

说话间，这首歌唱完了，本次排练告一段落。五个大男生连话筒都没来得及放下，“嗡”的一声，瞬间就被疯狂的迷妹们包围了。递饮料的、递毛巾的、递情书的、递礼物的，最夸张的是有个妹子给于彦峰递了一面鲜艳的锦旗，上书五个金色大字。我离得远，看不清楚，可能是“我永远爱你”或“给你生猴子”之类的。

于彦峰在百忙之中瞟了我一眼，飞快地扫过去，根本没认出我。

我站在角落愣了一会儿。

转身走人。

“哎！你怎么走了？”韩国强纳闷地在后面喊我。

我充耳不闻，负手踱步，像个老干部一样慢慢溜达出去，将满室的热闹喧嚣都抛在身后。于彦峰，已经二十三岁了，再也不是当年那个胆小内向、永远屁颠屁颠跟在我身后的小孩了。如今他在大学校园里混得风生水起，可能早已经把童年的小伙伴忘记了吧。这么多年过去，我的性情与心境都变了，他也交往过许多不同的女朋友，有些故事，或许永远都只能定格在十八岁那一年。

六年了，那段尘封的回忆，不再揭开，也罢。

我带着淡淡的苦笑，踏出门外。

餐厅的音箱里突然传出一声大吼：“安——雁——朵——”

这声陡然而洪亮的呼喊，穿云裂石，惊天动地，我虎躯一震，像被雷劈了，耳中只剩下一种金属薄片振动般的尖利鸣响，脑袋里面一片空白，瞬间仿佛失聪了。

我茫然转身，迎面撞进一个宽厚的胸膛。

于彦峰冲刺的速度太快，惯性太猛，根本急刹不了，冒冒失失地张开双手一把抱住了我，就像重卡怼了面包车，还踉踉跄跄地向前俯冲了几步才停下。他这情急之下的拥抱，动作粗暴，不容抵抗，我顿觉呼吸困难，犹如前胸后背各打了一块医用骨科夹板，整个人被他双臂固定成了后仰的反C形，动弹不得。多亏我学过十年以上的舞蹈，底子还在，才hold住了这个反人体力学的下腰动作，没那么辣眼睛。然后，我眼睁睁看见自己靴底冒着青烟往后滑出去一米多远，在地砖上留下两道刹车印，险险停在台阶边，右脚后跟已经悬空了。

只欠半斤的力道，我俩就能摔成无敌风火轮，一起从餐厅门外的台阶滚下去，同归于尽。

这个小王八蛋，他差点儿把老子的腰椎间盘都给我压突出了！

愈是动作鲁莽，愈见心情激动。

我很欣慰，原谅了他用一身汗味儿熏得我视线模糊的粗鲁行为，挣出一条胳膊，拍了拍他的后背，轻声安抚："好了——"我话还没说完，他又倏地松开我，退后两步，一脸慌乱地连声道歉："对不起！对不起！我不是故意的……你、你不会打我吧？"

他小心翼翼，心有余悸。

我站稳身子，一时失笑。

小时候年少无知，打他就跟打蚊子似的，又准又狠，一言不合就骑着他施暴。长大以后，垂涎于他的肉体，想被他骑着施暴都不好意思开口。

我们俩这一抱，整个餐厅二楼一片哗然，女生们窃窃私语。

眼看这儿待不下去了，于彦峰扬起一只手，向其他四个男生比画了几个手势，意思是他有点事，今天要提前结束训练了。然后，他冲我一歪头，露出了令人目眩神迷的天使般微笑，脸上半是灿烂，半是羞赧，一双漆瞳闪闪发光："我们走吧。"

走下楼梯时，他撩起衬衫下摆擦了擦汗，紧张得有点结巴："你、你什么时候回来的？"

"刚回。"

我答得简单，他便不再问了。

一路上，他都不敢跟我并肩走，刚才扑向我时那么迅猛，这会儿倒害羞了。我有点烦躁，不知道那个小胖子韩国强亦步亦趋地跟着我们想干什么。

我竖起耳朵，偷听身后两个男生的低声交谈。

"峰哥，这美女谁啊？"

"是我姐。"

"我也想有一个这么漂亮的小姐姐。"

"想想就行了！"

“哦。”

“你还有事吗？”

“哦，我准备跟你讲，赵兴谭又给我发短信了——”

小强话还没说完，于彦峰不耐烦地打断了他：“这点破事就暂时别烦我了！你知道什么是小鹿乱撞吗？我心里这只小鹿它大概有一对40米长角，已经彻底把我撞懵逼了，我现在智商欠费，你自己看着办吧！”

“哦。”

韩国强也是个识趣的年轻人，意味深长地看了我一眼，脑补出不可描述的细节，告辞离开。夕阳下，他蹒跚而行的背影失落得像个二百多斤的胖子。

小峰跟小时候一样，闷声不响，跟在我身后。

我停住脚步，耐心等他磨磨蹭蹭地走到我旁边，认真地盯着他：“你这眼睛怎么化得跟俩香菇似的？”

“是队长让化的，就领舞那货……”

他很不好意思，用力揉眼睛，可能把内眼线揉进了眼睑，一阵龇牙咧嘴。

“别揉了。”我阻止了他徒劳的举动，打开脏兮兮的双肩包，翻出一盒卸妆巾，命令他：“把脸凑过来！”

于彦峰听话地弯下腰，乖乖把脸凑到我的眼前，表情有点紧张。

近距离地四目相对，形成了两双斗鸡眼。

我帮他把头发撩到耳后，准备开工，亲手卸掉他浮夸的黑眼线。

然而，当我大拇指不慎碰到他耳朵时，却意外感到了他耳廓边缘莫名有些灼热，是那种高于体温、发烧般的烫手。

他居然脸红了。

我不禁一呆。

此时，他鼻梁上那个微微隆起的结节距离我鼻尖不过十几厘米，浓密的眉睫之下，眸子亮得就像阿拉善沙漠上空的璀璨银河，星光点点，眼波潋滟，看起来总有些脉脉含情的意味，圆润的唇珠呈柔嫩的浅红色，软萌可爱。他这突然间的脸红，分散了我的注意力，令我大脑瞬间一片空白，右手停在他的脸颊边，忘了收回，恍惚间有亲吻上去的冲动。

愣了好半天，我才回过神来，赶紧掩饰地低头抽出一张湿巾。

彻底卸清眼线，居然用了我小半盒卸妆巾，他们队长可能没找到眼线笔，用的是立邦漆。

看到他额头爆了个痘痘，我便顺手用IPSA流金水又做了一遍全脸深层清洁，再用POLA幻彩精华和LAMER乳霜涂在他脸上。这些年，我的收入大半都花在护肤上，老司机生活已经够辛苦了，我对脸从不抠门儿。

小峰眼神闪烁惶恐，明显是有点抵触这些女性护肤品，却不敢反抗，全程静静地看着我。

我收化妆包时，他提议："我请你喝点东西。"

"不用了，我刚喝了一大杯柠檬茶。"

"那我们去吃日料？"

"这才几点就吃晚饭了？"

"四点多了，开车进城也要半个多小时。"

"嗯，吃饭之前，还有件事要做。"

"什么事？"

"剃头！"

我抓起他的一条胳膊，拖着就走，他发出猪被绑在板凳上准备挨刀子的惨叫。

八九岁时，我们一起看过《古惑仔》，虽然对剧情一知半解，但于彦峰从那时起就暗暗崇拜上了铜锣湾扛把子浩南哥，郑伊健那一头飘逸长发，首次刷新了这孩子心中对帅的定义。再加上他从小喜欢美术，而美院老师多半都留着一头文艺长发，因此，他总想偷偷蓄发明志。可惜啊，文艺少年的小小心思，逃不出老辣的眼睛，有我盯着他呢！每当他前额的刘海儿稍稍超过眉毛，我就会祭出十八般武器，什么刀、枪、剑、戟、斧、钺、钩、叉、带钩儿的、带刺儿的、带尖儿的、带刃儿的……强行把他押去剃头。

从某种意义上说，我一直在代替他缺失的父亲角色，行使分内的职权。

直到被按进校门口美发店的椅子，于彦峰还在心疼长发，嗷嗷怪叫：“你自己为什么也弄得跟杀马特一样？”

我下意识伸手到肩边，拎起一绺姬胡桃色的短发，沉默半晌，不想回答这道送分题——生而为女人，外形太随和、太温柔的话，就总是有傻逼想在你身上碰碰运气，难免会吃闷亏。要不是天气渐热，我怕出汗多，把贴纸泡化了，出门时都恨不得带上满背的青龙文身！

总监 Tony 今天不在，为于彦峰主剪的，是首席 Steven。

这位 Steven 老师原先可能是肉联厂杀猪的王师傅，动作之犀利，我总感觉他是在砍头。水热刀子快，一秃噜一个，接下来就可以做血肠了。

很快，小峰的披肩直发被剪成板寸平头，左边鬓角还刮了两条刀疤，王师傅够潮。

Steven 撤了围布，于彦峰紧闭双眼，不敢看镜子。

这一副赴刑般的表情特别可爱，我俯身凑到他跟前，戏谑地说：“睁开吧，我们帅着呢！”

他听到我的声音靠近，猛地睁开了眼睛，饱含侵略的目光像箭一样破空而来，深深落进我眼底。剪了短发之后，他的娘炮人设都崩塌了，眉宇之间朝气蓬勃，五官深邃英挺，朗日如星，整个人充满了雄姿焕发气宇轩昂的少年锐意，热烈的眼神，简直咄咄逼人。

我一时不察，被他盯得心猿意马。

“不难看吗？”他摸了摸头发，没朝镜子望一眼，只是盯着我。

“好看。”

“那现在我该叫你什么呢？朵朵？瓦砾？乌鸦？柱子哥？”他付了钱，继续之前的话题，试探着问我：“还是——姐？”

“想打架叫哥。想打秋风叫姐。想打排位，叫爸爸！”

“打字开头，还有一个很污的词……”小峰说得含混不清，垂下头，脸上浮起一层不可描述的红晕。我吓坏了，心想这小子过去多单纯，看见路边半裸的女装模特衣架都会流鼻血，禁不住皱起眉头，严阵以待，一字一顿地询问："打灰机？"

于彦峰哈哈大笑，没再接话。

我也发觉自己问得唐突，赶紧抬头看天气，毕竟他早已不再是当年跟着我溜进女厕所的小屁孩。二十二岁，都到法定适婚年龄了。而我来找他，也正是因为自己培育的这一茬儿庄稼到了收割的季节。

从我，就收了；不从，就割了。

（三）

我俩并肩走在南校区商业街上，很快岔开了那个尴尬的"打字头"话题。路过一间零食铺子时，于彦峰突然匆匆丢了句"等我一下"，钻进店里，不一会儿，拎出一袋蓝色包装的悠哈特浓盐牛奶糖，六年前我们都爱吃这个。

两颗奶糖碰了一下，互道"Cheers"，他开始跟我忆苦思甜。

"高三暑假，我跟几个同学去西安玩，在大巴车上看到路边有个人跟你长得特像，我就跳了车，一路往回找，结果人没找到，我还迷路了……每次听 Eason 的《好久不见》，我都想，你会不会忽然地出现，在街角的咖啡店？"

"我一般出现在街角的包子店。"

我假装不在意，心里却浮起一阵柔温，像用力摇晃过的可乐般鼓噪着往外溢出。

"你知道吗？小时候，所有人都叫你朵朵，我也想这么叫你，但你每次都会给我一巴掌，让我喊你姐……朵朵，你贯穿了我的整个童年和青春期，从六岁到十六岁，我心里只有过你一个女孩儿，强硬是你，温婉也是你……我曾经幻想过无数次，可能再一次和你见面的场景，每一次都断定了我会抱住你，决不撒手……"他顿了顿，脸上露出尴尬的颜色，"但是刚才，我感到了一股久违的恐惧和杀气，所以……就怂了，还是撒手了……"

他仿佛有说不完的话，一直在絮絮叨叨向我倾诉，从妙语连珠，慢慢开始有点语无伦次，神态也愈来愈低眉顺眼，与刚才唱歌跳舞时的野性不驯模样截然相反。

——这一天，人类终于回想起了，曾经一度被健康路 75 号大魔王所支配的恐惧，还有一言不合就被她骑着打的屈辱。

我们不约而同放慢脚步，他目光如水，我屏住呼吸。

鬼使神差一般，我扬起脸微笑着问："席慕容有首诗，不太出名，叫《山路》，你听过吗？"

他摇摇头，眼睛一眨不眨："什么内容？"

我们四目相对，视线似乎被某种邪萌之力胶黏在一起，谁也不愿意先移开。在这种微妙暧昧的氛围之下，我脸庞微热，轻声背诵道："我好像答应过你 / 要和你一起 / 走上那条美丽山路 / 你说那坡上种满新茶 / 还有——"

"于！彦！峰！"

我们同时听到身后有人在喊他的名字，打断了我。那个声音清脆娇嗲，每一个字的尾音都拖得很长。

一转身，三个女生就在不远处，朝我们走来。

叫于彦峰名字的，是走在中间那个颜值最高的姑娘。她身材娇小，长发飘飘，浅笑嫣然，穿着一件淡山茱萸粉色的喇叭袖雪纺小衫，面料略透，碎花纹路间露出了黑色文胸的形状，底端掖进牛仔短裙的腰里，脚蹬一双绒面玛丽珍鞋。这身打扮俏丽灵动，十分惹眼，显得两条小细腿又直又长，分明就是刘曦蔓深深鄙夷的那种"筷子腿"。

这种少女的明媚，与小曦那种轻熟女的风情，各有一番迷人景致。

她像一阵风似的卷过来，掠过我身边，径自亲热地挽住了于彦峰的胳膊，仰起头盯着他，又惊又喜："你居然剪头发了？你短发也是帅帅哒！"

另外两个女生也挤过来，巧妙地一撅屁股，把我拱到行道树底下的凉快地儿待着。

"哇，男神换发型了！"

"哎哟喂，你不是铁了心要蓄发明志，谁劝都不好使吗？"

两位女生一胖一瘦，语气一个花痴，一个讥诮，表现出了截然不同的两种性格。胖点儿的女生面相憨厚，身穿一套蓝色运动服，盯着于彦峰的双眼红心直冒。瘦点儿的那个女生戴着黑框眼镜，厚刘海儿、马尾辫，一直不怀好意地斜睨着我，与其说是打量，倒更像是掂量。

于彦峰手足无措地甩了两下胳膊，没挣开，可能也不好意思翻脸，无奈地皱起眉头望向我。

“小峰，这位是？”

我主动问。

挽他胳膊的女生扭头看了我一眼，笑得灿烂，露出了细密牙齿，一侧有枚尖尖的小虎牙，嗲声嗲气地回答：“我是他的女朋友，叫陈美娅，大家都叫我 Miya！”

我脑子嗡的一声，瞬间凌乱了，下意识地后退两步，与他们拉开一个心理上的安全距离。

从刚见面，直到现在，我居然一直忘记了问他，有没有女朋友。

愿望再美好，计划再周密，现实分分钟教你做人。

我自以为，早就习惯了置身险境，即使在最紧张最危急的环境中也能够保持头脑冷静，暴雨天气开夜车、从泥泞的羊肠小道下坡，碰上连续急转弯、明知道刹车热衰减却被迫下赛道、高原的路边修车时遭遇歹徒偷袭、无数路口跟家禽家畜以及电动车争抢机动车道……多少险象环生的突发场面，我都有惊无险地闯过，练就了一副成熟而强大的铁石心肠。对理智，我一向都有自负的资本。然而，为什么，这一次，我还没有完全搞清楚状况，就忙不迭地投入热忱呢？心慌意乱，历练喂狗，智商捉急。

自由自在浪荡了六年，对失控的狼狈感觉相当陌生，所以猝不及防，略有失态。

上一次发生类似的事件，是我十六岁去于彦峰念书的初中找他，只不过摸个头，就被全校女生追打，说我勾引她们的小王子。因为年纪小，父母双亡，家道中落，突然之间我自卑感爆棚，在外人面前变得孤僻沉默，只会用粗暴顽抗的方式来保护自己，安静又野蛮，像老城区地标性建筑上日复一日逐渐蜕落的墙皮，生怕被人看见，连表明心迹都唯恐是不洁的。

我和小峰的性情，似乎越来越接近。

正因为都卑微过，所以才更懂对方。

十八岁的暑假，就在我离家出走的前一夜，带着深深的恐惧与绝望，无家可归的我，爬窗户跳进了于彦峰的房间。

那是我第一次在他家过夜，两小无猜的男孩与女孩，亲密而拘谨，躺在一张床上聊天聊到呼呼大睡。他家很小，半下沉式的平房就像地下室一样闷热，但那晚我们俩只感到兴奋和慌张。借着书桌旁一盏 5W 节能灯的微芒，他把自己收藏的宝贝一样一样取出来给我看，献宝似的说："这是我的箱子，这是我家相册，这是我 PG 版的高达模型，叫红色异端，这是我的存钱罐，这个回力汽车是我小时候唯一的玩具，这是我最喜欢的漫画书，这是我爸爸单位里发的纪念币，这个手绘马克杯是我自己画的……你想要什么？什么我都给你！"

他展示这些小玩意儿时眉飞色舞，眉毛动作很夸张，仿佛自带语气。

至今我都记得他案边的半圆形壁灯，节能灯泡不够亮，昏黄的灯罩上有斑驳的黑点。而他的蓝白色球衣却那么鲜亮崭新，好像房间里的另一处光源。

一瞬间，前尘往事，陌上少年，都在我脑海中飞快地过了一遍。

陈美娅这句简单粗暴的自报家门，使我一时百感交集，好容易打起了精神，正欲作出回应，于彦峰默默运气一个"破鞭式"拨开女友紧紧缠在他胳膊上的双手，率先开口："我跟我姐还有很多事要谈，美娅，你先和朋友去玩吧。"

陈美娅嘟起嘴不依不饶："今天我室友过生日，我和小强约好晚上一起庆祝哒，你来不来？"

于彦峰略一迟疑，点了点头："现在还早，六点我去接你们。"

陈美娅笑眯眯地一转身，问我："姐姐也来吗？"

"呃，算了……"我不想凑这个热闹，可是婉拒的话还没说完，就见证了她瞬间变脸的神奇一刻。背对于彦峰时，她的一脸甜笑立刻变得充满嘲讽与轻蔑，眼神带着敌意，轻飘飘地用一句撒娇截断了我的话：“一定要来啊，姐姐，我们都会等着你来哒！”

我皱了皱眉，不置可否。

这姑娘五官精致，活泼可爱，是男孩子们喜欢的萌妹类型，她和于彦峰身高差 30 厘米左右，并肩站在一起也算得上小鸟依人。可她言行举止之中的那点儿虚伪与戾气，我不太喜欢。我喜欢至少一种极端的特质，要么风尘扑面而来，要么清丽直击我心。从陈美娅的言谈举止来看，似乎刻意想走早熟萝莉的路线，然而，这种故作矫柔的小性感，远逊于刘曦蔓那种有故事有韵味的诱人气息。真正的性感女神，一个照面就看得出她眼神里的辣、邪且傲。

陈美娅一甩头发，跟她两个朋友有说有笑地走远了。

我盯着于彦峰，尖锐地指出了他的问题：“你对女朋友的态度，太敷衍！”

小峰无奈地叹了口气，垂下头：“她不是我女朋友。”

我惊讶极了：“这……到底是几个意思？”

“陈美娅是小强的同乡，小强喜欢她大半年了，最近惹上点麻烦……总之说来话长，反正我这个冒牌男友的身份到 6 月就结束了，等到我们这一届离校，她的麻烦也就没了。”

“我以前只听说过事实婚姻，万万没想到，如今还有事实单身。你们还是学生啊，猥琐发育，别浪！”

我摇头感叹，心中长吁了一口气。

接下来，再无外人打扰，我们聊了良久，从追忆童年的欢乐时光，谈到彼此对于未来的计划与展望，不知不觉，竟走了一万四千多步，好像两只久别重逢的蚂蚁，不厌其烦地用触角一遍遍传递信息，缓慢而谨慎。

天擦黑时，于彦峰开车载我去参加生日 Party。

我环顾着露天停车场，非常意外。

在我印象里，他家的经济条件算不上好，从小住在城中村的平房区，生活比较拮据。所以他第一次对我说“开车过去要半小时”的时候，我还以为，他开的是永久牌二八大杠。到这时我才发现，他开的居然是一辆红色昂科赛拉，马自达婚车队常见，娇艳拉风的“混蛋红”把我两只眼睛都亮瞎了，而且看起来还是辆新车，或者准新车，要不是对他人品信得过，我简直怀疑这车是他从哪家婚庆公司租来的。

我坐进副驾驶，向小峰投以欣赏的注视：“昂科赛拉，驾驶者之车。”

“我不太懂车，拿本还不到半年，买这车就冲着外形好看，主要是方便实习找工作，学校离市区还是有点远。”他把话说完，全神贯注地发动了车子，面色严肃，目光左右乱瞄紧张得像个偷车的，换挡动作十分生硬，出库路线神鬼莫测。

“这车不错，操控好，动力顺滑，省油，缺点是发动机舱太长，后排乘客腿长超过 50 厘米能挤出关节炎来。”

“待会后排要坐四个大姑娘。”

“呃，从人文关怀的角度，我建议你换一辆金杯。”

“金杯是什么？ SUV 吗？”

“对，加长版 SUV，七座，挤挤能坐 35 人。”

可能到了饭点，路上学生多了，于彦峰没工夫再搭理我，双手握紧方向盘，目光炯炯，只顾着小心翼翼地避开路上行人，往宿舍区开去。校内道路两侧，都竖着“限速 5 公里”的标志，我惊呆了，心想干脆下去推好了，省油，操控灵活，5 公里只需要两个馒头和一瓶矿泉水。

接了陈美娅和她室友，驶出校园，开上宽阔的八车道，小峰的表情终于轻松下来，恢复语言功能。

“小强先去订位子了，你们想吃什么跟他说就行。”

由于副驾驶座被我给占了，陈美娅只能跟三个室友挤在狭窄的后座，很不开心，傲娇地冷哼了一声，没有搭话。

而她的室友，像讨好她似的，一路都在冷言冷语地挤兑我。

“姐姐，你叫什么名字？”

“安瓦砾。”

“瓦力……在动画片里，这也是个男人名字啊！女孩子就应该叫伊娃才对嘛！咱们Miya的名字就好听多了，陈美娅，满满的少女感，一听就是个美丽优雅的小姑娘。”

“是啊。”

“阿峰叫你姐姐，那你年纪很大咯？”

“二十四。”

“比我们Miya整整大了五岁，那你可得注意保养，女人一过二十五岁，老得就快了。”

“呵呵。”

“你什么星座呢？”

“天蝎。”

“天蝎座女生不好相处，腹黑、闷骚，最喜欢玩暧昧了，还特别记仇。”

“呵呵。”

我回头往后排扫了一眼，说这句话的，果然就是那个戴眼镜厚刘海儿的瘦女生。她穿着一件亮粉色的连帽卫衣，衬得肤色更黑，面相尖刻，嘴角不屑地朝下撇着，眼神中充满了不友善的蔑视和刁悍。自打陈美娅上车后，我就很少说话，避免不必要的冲突，而这个表现可能让她们误会了我的人设，于是得寸进尺，连续向我抛出羞辱性的质问。

“姐姐，你跟阿峰什么关系？”

我向后斜睨一眼，发现陈美娅耳朵都竖起来了，遂淡淡一笑，答道：“炮友关系。”

“什么？”陈美娅失声发问。

于彦峰一直闷头开车，闻言猛地扭过头，直勾勾瞪着我，眼神古怪。恰好前方路口刚刚变了红灯，整条左转道刹车灯陆续亮起来，要不是我眼疾手快帮他拽一把方向盘，差点怼上前面的车屁股。

“成熟点行吗？都满月的人了，还这么大惊小怪！”

我不咸不淡地训斥了一句，接着说下去：“炮友关系分很多种，仁者见仁，污者见污。比如，我和于彦峰小时候经常一起放鞭炮，这就是炮友关系；再比如，你们满月四姐妹，从上车开始就一直在放嘴炮，那也能算是炮友关系。”

车内一时气氛紧张，后座不知是谁，忿忿地“切”了一声。

于彦峰听出一路怼我的四个人都语塞了，忍俊不禁，哈哈笑出声来：“厉害了我的姐！美娅，你们快认怂吧！我姐啊，杀人都不用带刀，嘴巴损人的锋利程度直逼干将莫邪……”

“还有你，别跟我嬉皮笑脸的！”我面色一整，严厉批评他刚才的危险驾驶行为：“你刚才转过脸来看我，是想用太阳穴观察路况吗？差点就追尾了，知不知道？听老司机一句劝，没有一年以上驾龄，在任何情况下，都不要随便偏移视线。以后，绝对不允许跟副驾驶眉来眼去——”

瘦女生不以为然，高傲地打断我的话：“不就是个破奇瑞吗，撞了大不了赔钱呗！”

我叹了口气：“人家不是奇瑞，是八十多万的奇瑞王，又叫英菲尼迪。”

“八十多万？”瘦女生有点懵逼，半信半疑，不甘心地嘟囔着：“不可能！奇瑞怎么有这么贵的车？奇瑞根本就没有超过二十万的车……”

“那你听说过奇瑞捷豹路虎吗？”

“当然听说过，这是三个汽车品牌啊，但是奇瑞怎么配跟捷豹路虎相提并论？！”瘦女生虽然有点心虚，但依然嘴硬。她这样咬卵犟，不肯低头，不肯退步，无非是在害怕，怕自己低下头皇冠会掉，更怕自己退后一步影响气流，24k纯泡沫的皇冠就会在风里飘。

我笑了笑，转脸对于彦峰说：“咱们带上她还挺明智的，待会儿如果找不到车位，可以直接把车停在她的颅腔里，反正那里面也是空的。”

“你算什么东西，尼玛——”瘦女生气了个半死，凶巴巴吼着，飙出半句脏话。

于彦峰猛踩一脚刹车。

我系了安全带，本意是为了显胸大，这时只不过轻轻点了个头，身后却传来一阵此起彼伏的撞击和哀叫声。陈美娅脸上挂不住，嗔怒道：“阿峰，你干什么？”

“到了。”

第四章　谈恋爱不如尬舞

（一）

此处是市中心一家三层楼的高端轰趴馆，外观奢华且雅致，文艺乌托邦主题的装饰风格颇有品位，服务员手臂上都贴有捕梦网的文身。而于彦峰居然是这里的黑卡会员，这份阔气，令我对他的家境状况再一次产生怀疑。过去他们家非常穷，我听小峰说过，有时他连生活费都要靠生活在国外的姨母资助，而母子俩偶尔打牙祭的地方，一般是路边的馆子，附近的农民工和小苍蝇也把那儿当食堂。他读小学四年级下学期时，有一天哭着跑来找我，说被全班同学群嘲了，原因是语文老师让学生们每周写一篇蚕宝宝成长观察日记，但校门口小贩兜售的桑叶要一块钱一袋，他妈嫌贵，就捉了几条菜青虫回来，骗他说这是一种吃白菜的高级蚕宝宝……最后，还是我带他上山找到两棵老桑树，这事才算解决。

在我有限的认知里，家境改善得这么迅速、这么彻底，只有一种可能，就是中了双色球头奖。

在二楼包厢，我见到了韩国强和另外两个男生，都是于彦峰的室友，在 402 寝室我们有过一面之缘。这群学生正好四男四女，成双搭配。倘若没有我，这就是一次极其普通的寝室联谊活动吧。

女生们入场，包厢里瞬间沸腾起来。

我站在门外短暂地踌躇了几秒，于彦峰不由分说把我牵进去，介绍给他室友。三个大男孩看见小峰拉着我的手，嘟囔着要跟小姐姐握手，我笑着摇摇头，逐一用力握过去，小流氓们一个个疼得滋哇乱叫。韩国强一张胖脸涨得红扑扑的，特别兴奋，感慨道："太久没摸过女生的手了，平时攥个泡椒凤爪都倍感柔软纤细，舍不得吃。"

陈美娅一秒钟开启小仙女模式，说话奶声奶气，与车上怼我的语气判若两人。

她还特爱说"哒"字，什么"棒棒哒""萌萌哒""好哒""真哒"……我怀疑她是加特林机枪成的精，一开口就"哒哒哒哒"，嘴边还喷蓝火呢。

下午见面时，她的打扮还是休闲范儿，这时换了一条木耳边、喇叭袖的白色蕾丝短裙，脚上穿一双原宿风大头娃娃鞋，黑色漆皮亮晶晶，松糕厚底颤巍巍。我在心中一笑，默默点评道：嗯，黑驴蹄子，辟邪神物，妈妈再也不用担心你走夜路撞鬼了。

在大伙面前，她依然像人形 502 一般黏着于彦峰，俨然正牌女友。

男生们都开始起哄，撺掇着让小峰交代，他是什么时候把小仙女追到手的。当于彦峰正色澄清"在座都是自己人，不要信谣传谣"时，陈美娅却一头靠了过去，甜甜蜜蜜地依偎在他胳膊上抿着嘴偷笑。我以多年的临床经验，判断出这个心机 girl 正想将错就错，坐实传言。

姑娘们很齐心，齐心协力排挤我，用一种无形的忽视气场把我逼向墙角，这也是我早已预想到的。

天气闷热，心情压抑，我点了一杯凉丝丝的莫吉托。

聊天中，晚餐结束，男生们捧出一个蛋糕，关了灯，点上蜡烛。在大伙儿的生日歌和鼓掌声中，名叫王慧丽的二十岁女寿星双手交握胸前，许了个愿，吹灭蜡烛，房间顿时一片漆黑。有人起身准备去开灯，突然，陈美娅没头没脑地冒出一句："等一下！"

“怎么了？”

众人纷纷询问。

“我提议，先不要开灯。”陈美娅声音又快又脆，像金属互撞，黑暗中尤显突兀和刺耳，“趁着现在，谁也看不清谁，我们来玩一个黑暗游戏吧！”

“什么游戏？”

“真心话！大冒险！”

话音刚落，韩国强就哈哈大笑，让她换一个，这已经是十年前流行的过气游戏了，好 low。可陈美娅一口咬定，就要玩这个。女生们当然都无条件地支持她，男生们也不好拂她的意，纷纷摩拳擦掌，加入游戏。

“真心话！说出初恋对象的姓名。”

“真心话！在座的异性你最喜欢谁？”

“真心话！你和异性最深入的接触是什么？”

“大冒险！唱《青藏高原》的最后一句。”

“大冒险！去隔壁包厢大喊三声我是猪。”

“大冒险！亲吻左手边第二个人的额头。”

我坐在一旁静听他们嬉闹，规则很简单，微信群猜数字选出惩罚对象，上一个受到惩罚的人继续出下一题。由于身处在黑暗的封闭空间，互相看不清楚脸色，兼之酒精上头，人性的邪恶一面被充分激发出来，真心话问题和大冒险惩罚的尺度越来越大，大家玩得不亦乐乎。

陈美娅被问到最喜欢在座哪个异性，她大大方方地说“当然是阿峰”。我似乎明白她执意要玩这个游戏的动机了，就是想要借机表白吧？

几轮游戏后，于彦峰终于猜中数字，选择了真心话。

刚才被惩罚的男生亲了一口韩国强的额头，啄下满嘴的臭汗，正在骂娘，此时立马发出了幸灾乐祸的狂笑：“哈哈哈哈，终于轮到峰哥了！我得好好考虑考虑，问你一个猛的！好，请听题！你第一次自慰的时候是多大？”

全场哄堂大笑，像一滴水甩进了油锅。

陈美娅啐了一口，急着想替心上人解围：“不要脸！居然问这种问题，太污啦！阿峰你不用回答——”

“十六岁。”

于彦峰的声音从我对面传来，干脆，低沉，带一点鼻音，异常动听。

这是截至目前最没有节操的一个问题，可他竟坦然作答了，我不由心头一动。随着“哇”的一声惊叹，好奇的男生们纷纷追问：“十六岁，你上高中了没有啊？”“在哪里打的？”“有没有幻想对象？”“幻想对象是男的女的？”“第一次多长时间？”

“上高一！当然自己家！有！女的！你们烦不烦啊？赶快，下一个！”

于彦峰答了几句，最后不耐烦地拍了桌子。

各人见好就收，闹完这一阵，大伙继续微信猜数字。

手机屏幕纷纷亮起来，鬼火似的，映亮了对面一双目光灼灼的眼睛，紧盯着我。

我感受到了他眼神的异样，分明是着了魔一样凝滞、火热，又带着些许害羞和不安，看得我一时间心跳如擂。

十六岁。高一。

于彦峰在那个年纪，似乎只有我一个亲密的女性朋友。在他升高二之前的暑假，我还曾经和他挤在一张小床上睡着，身躯疲惫不堪，内心却澄明而宁静。那一晚，他的眼神，依稀与今天相似，而我迷迷糊糊地枕着他滚烫轻抖的手臂，将一个少年的青春悸动全然归结于夏夜的闷热。

他酒精过敏，还要开车，所以没喝酒，没有醉，没胡言乱语，他知道自己这些话意味着什么。

昏暗的微芒中，他的目光不时掠过我脸庞，像被一只异兽的舌头舔舐，我的脸刺辣到几乎失去知觉。虽然喝过了大量饮料，我却还是感觉到口干舌燥、邪火上行。这种热血沸腾的感觉，以前只有老干妈给过我。以至于几轮游戏过去了，我完全没留意他们进行到了哪里，只感到一双勾魂摄魄的炙热目光铺天盖地席卷而来，逃无从逃，避无可避。

曾经像小猫一样黏着我的怯懦少年，已经长成了虎视眈眈的森林之王。

“姐姐！喂，到你了！”

我愕然抬头。

瘦女生不悦地喊了我一声，我刚想起她名叫李琴，她紧接着又问：“真心话还是大冒险？”

我想起“第一次自慰”这种问题，心中怵惕，下意识答道：“大冒险。”

“大冒险！请到大厅去跳段脱衣舞！”

她的话铿锵有力，我不禁哑然失笑，摇了摇头，打开门走出去。屋内众人一拥而上，紧跟在我身后，一个个都是满脸“有好戏看了”的兴奋与期待神情。

走出包厢，进入大厅，还好二楼的客人不算多。我跟着酒吧里回荡的悠扬音乐，抬起双手，轻轻扭动腰肢，慢慢脱下了牛仔外套勾在手中，转着圈举过头顶，然后张手扔开，撩裙、抚唇、扭胯、踢踏，随便跳了一段性感牛仔舞。

男生们吹起口哨，周围爆发出一阵鼓掌与喝彩，我捡起衣服准备回去。

李琴却拦住了我的去路，她干瘦的身躯像道竹栅栏挡在我面前，眼带威胁：“请注意，指定地点是一楼大厅，不是二楼大厅！还有，你裙子还没脱啊！”

一楼大厅里是群正在喝酒轰趴的客人，都是男性，我皱了皱眉。

于彦峰出声阻止：“行了——”

“不行！”陈美娅打断他，故意回过头高声询问：“大家说，她只脱了一件外套，我们能放过她吗？”

其他人异口同声大喊：“不能！”

女生超有默契，男生纯属捣乱。

陈美娅歪着头靠在墙边，笑吟吟地看着我。我突然间恍悟，为什么她非要玩这个游戏不可，这一切都是存心的，她的最终目的就是想看我出丑。前面那几轮游戏都只是铺垫而已，其实，所谓的“猜数字”，毫无公正公开可言，只要她们之间提前串通好，想作弊太容易了。

我拉住路过身边的女服务员，低语几句，然后从旁边桌上拎起一瓶科罗娜，走下楼去。

一边慢慢走下楼，一边仰起下巴，我举高右手，将一整瓶酒从锁骨慢慢淋下去，再用力敲破酒瓶，拣出最锋利的那一片碎玻璃，在及踝长裙上割出几道裂口。好整以暇地做完这些，我扔开酒瓶，走进了几乎满座的一楼大厅。这时，音乐的前奏已经响起来，我用沾满啤酒的双手轻轻拢一把头发，哈出一口酒气。

裙子是雪纺材质，湿透了紧紧贴在皮肤上，跟没穿一样。

脱衣舞，会的人可能不多。但拆开来，脱衣、舞，是个人都会几下子。

前奏略一停顿，随即传出女歌手慵懒软萌的糯米嗓音，声音极诱惑。我跟着节拍迈出几步，走进人群中央，踩着高脚凳跳上一张黑色铁艺长桌，嘴角噙着冷淡的笑意，款款弯下腰去，双手揪住裙角的裂口，用力撕开裙摆，“哧啦”一声人工开衩到大腿上，水珠四溅。

顿时全场侧目，鸦雀无声。

随后，我轻轻撩开一侧裙摆，跨出赤裸的右腿，在狭长的桌面上做了个 wave 加前高踢，以一个性感爵士糅合中国民族舞的姿势作开场，紧跟着挺胸、甩头、扭胯、翻身、伏地、翘臀、沉腰、抬腿——我欣赏过名满天下的脱衣舞娘蒂塔•万提斯的香槟浴表演，也见识过三流网络女主播的骚浪贱露骨视频，对艳舞套路并不陌生，无非都是以上这些基本动作。但即使是同样一个动力腿转换，由不同的舞者跳出来，谁有功底，谁是滥竽充数，明眼人很快就能分辨出来。每一种舞蹈追求的都是用肢体表达出令人赏心悦目的美感，帅气与灵动并重，力量与轻盈平衡，这是一种充分到位与控制溢出的艺术。不是随便来个短裙小妞儿，扭几下屁股，喊一嗓“老铁们双击 666”都配叫舞蹈。

十几年的基本功，我从未荒废过，没事就在两辆大货车中间压个腿、劈个叉，向尚格云顿的沃尔沃广告致敬。这些年走南闯北，有多少乡村尬舞天团邀请我加入啊，我都没干！

在舞步停顿的间隙，我跟随重重的鼓点撕开了裙子上数处割出的裂口，黑色睫毛蕾丝胸衣尽露在外，胸、腰、腹、腿的皮肤逐一暴露在众人眼前，场面极其香艳。我跳的名为脱衣舞，实则融入了古典舞的旋转技巧，肢体舒展起伏如行云流水，缠绵悱恻，一条湿透且破碎的蓝灰色斜格吊带长裙，成了镂空布片，堪堪裹住身躯，随着舞步旋转拧倾摇曳。

刘曦蔓曾经说过一句名言：“在直男眼中，舞蹈的优劣与衣服的多少成反比。”

我目光游移之处，全场客人的振臂欢呼和楼上几个女生吃了屎一样的表情，尽收眼底。

“是时候表演真正的技术了！”我心想，双手慢慢移动到了肩带上。随着歌声收尾的两个音符，我飞快旋身，手指将两根细绳勾起、绷开。就在我松开双手、整条长裙向下坠去的一瞬间，忽然从斜刺里飞过来一件大衬衫，兜头砸在我脑门儿上。

我吓了一跳，以为有哪个流氓趁机揩油，脚步乱了，警惕地转过身，却不慎一脚踩空，摔下桌子。

还好，有人把我稳稳接在怀里，避免了一场屁股摔八瓣的惨剧。

我一抬头，看见于彦峰紧蹙着眉头，面带杀气。

“好了！别跳了！可以了！”

众目睽睽之下，他压力非常大，张开衬衫像包饺子似的把我尽量裹进去，恨不得捏个花边。

我缩起肩膀，跟着他往回走，感觉他揽着我的手臂格外有力，似乎在生气。对女人裸露生气，通常就是神奇的占有欲在作祟了，我抿着嘴一阵偷乐。上楼时，小峰目视正前方，看也不看我一眼就训斥道：“你是不是傻啊？别人让你脱衣服你就脱？他们让你吃屎你吃不吃？”

“我穿着安全裤呢，怕屁啊！”

我被他搂得有点踉跄，语带不屑，匆匆反驳了一句，两眼饶有兴趣地盯着他红透了的耳根。原来，他不敢转过来看我，是怕我看见他脸红啊。

陈美娅靠在楼梯边气乎乎地瞪着我，眼里快喷出岩浆了。

韩国强见势不妙，赶紧抢先岔开了话题，故意打趣：“姐，这什么歌啊？太性感了，让我产生了一种想日狗的冲动……”

“脱衣舞跳成撕衣舞，太牵强了！看来还是技术有限！”李琴按捺不住，强行讥讽，却被男生们你一句我一句“其实跳得挺好”“简直是专业水准”怼了回去。陈美娅恼火地推了她一把，带着偷鸡不成蚀把米的羞愤与不甘心，扭头走进房间。

“我先走了，”于彦峰没有跟进去，只和室友们打了个招呼，“先送我姐回去，你把她包拿出来。”

“哎——”小强很意外，但看了看他的脸色，没再说什么，遵旨照办了。

小峰所散发的气场和他的表情关联很大，不笑时俊俏斯文，一派祥和，仍然和小时候一样纯真文静；微笑时眼波浮动，嘴角总是带着一丝玩世不恭的意味，略显轻佻；而这时他皱起眉头，沉下脸来，又颇有几分冰山美人的冷酷范儿，压迫性十足，令人不寒而栗。

可能是反感今天游戏玩得太过火吧。

来不及细想，他从小强手中接过我的双肩包，揽着我便朝外走，走到门外仍觉不妥，又停下来，俯身使劲扯了扯衬衫的下沿，恨不得把衣服拽长了抻直了，给我变个茧型睡袋出来。我识相地低头含胸抱臂，裹好衬衫，两腿夹紧，一溜小碎步，走位保守而不失猥琐。

他的衬衫脱给了我，自己只穿一件紧身短T。见我打量，他自嘲一笑：“幸亏今天排练，还穿了T恤，要搁在平时我就得光膀子了。”

我哈哈哈大笑三声，正待接口，背后忽然传来一个女生撕心裂肺的喊声：“于——彦——峰！你不要走！我不许你走！！”

这是陈美娅的声音，我瞥了小峰一眼，他充耳不闻，继续往停车场走：“你住的地方订好了吗？”

“订好了。”

我报出一个酒店的名字。

他点点头，打开副驾驶座的车门：“上车吧。”

（二）

于彦峰发动车子，缓缓驶出了停车场，拐上马路。陈美娅居然不依不饶追了上来，跟在车屁股后面，一边奔跑，一边哭喊，场面特别韩剧。她晚上喝了不少酒，只跑了一小会儿，就踉跄着扶住路边的一棵行道树，一歪头呕吐起来。

我从后视镜目睹她狼狈的模样，心下恻隐："小峰，她很喜欢你啊。"

"我本来也不讨厌她，但实在架不住她自己作死。"开车时，他表情严肃，板起脸来俨然就是一副教条主义面孔，摇滚少年一秒变退休老干部，"今晚这个游戏你就不应该陪他们玩！从一开始，陈美娅就在给你下套，想方设法要摆你一道。什么脱衣舞！正经女孩会跳那玩意儿吗？她们就是看你不顺眼想让你当众出洋相呗！我最烦这种自不量力的挑衅，她算老几啊，也配在我面前装模作样耍手段玩心眼？！"

"那，你知不知道，她为什么看我不顺眼？"

"知道！"

"为什么呢？"

小峰郁闷地沉默了半刻，才咬牙切齿地说："因为她垂涎我的美色！把你当成了假想敌！对吧？"

我叹了口气："唉，别人躺枪最多挨一梭子，我从小到大挨的都是枪林弹雨。"

他也假惺惺地叹了一口气说："唉，怪我，红颜祸水！"

于彦峰发育得迟，小学一直内向又瘦弱，是班级里坏孩子们惯常欺负的对象，我没少替他出头揍人。到了初中，他开始迅速地蹿个子，虽然仍旧不爱说话，但是英俊的脸庞和炙热的肱二头肌已经足够惹眼，文能画漫画，武会打篮球，各科成绩和运动会成绩一样名列前茅，课间课下还能叱咤篮球场。十四五岁的大男孩，相貌清秀、成绩优异、身手矫健，足以符合少女们对梦中情人的一切幻想，甚至连沉默早熟也是一种区别于其他油嘴滑舌毛躁小子的高尚品德。我这么说，似乎多少有点炫耀自家孩子的心理，但我确实见过无数默默仰慕着他的小女孩，成群结队，花枝招展，傻傻伫立在每一个篮球场边，嘴唇发抖，脸颊赤红，目光像被设定了跟踪程序一样追逐着于彦峰奔跑的身影，然而碍于少女的矜持，还得硬生生憋住内心那股喷涌而出的冲动劲儿，不敢疯狂呐喊，更不敢大声尖叫。

初三时重新分班，据说，为了抢这个学生，3 班和 4 班的两位女班主任大打出手。

中考之前，每个同学都要上交一寸证件照，他的照片不知被谁拿去复印了一百多张，全年级的女生人手一张。复印店老板娘提起这件事时，我也在场，至今还记得那位妇人嘴角勾起一抹了然于胸的戏谑微笑，而小峰安安静静垂着头，耐心地帮我一张张整理出高考复习资料。

“跟你做兄弟，对腰椎不好！”我诚心诚意地痛斥，“这口高压锅太沉了，谁他娘的想背啊？！”

“嗯，我也感觉到了，是有点伤腰。”

他说得含糊。

我没听清，追问了一句：“咋的，也伤着你的腰了？”

“主要是伤肾……”

他说话间，我刚好由于酒后燥热而打开了车窗，清冷的晚风突破屏障，“飕”的一声兜头扑来，呼啸在我耳边，淹没了他的话。

不管是我听错了，还是没听错，总之有点尴尬，我假装没听见。

有一搭没一搭地聊着天，到了酒店，他飞快地停好车，在电梯里要了我的身份证拿去一楼大堂咨询、开房、刷卡，一气呵成，全程没有跟我沟通过，完全是一副富家阔少的作派。我被冷落在一旁，不需要开口，感觉莫名其妙，同时也产生了一种不祥的预感——这位同学是想留下来跟我一起住，图谋不规？直到我在百无聊赖之下，仔细端详了一眼身边的提示标志，看见酒店 logo，才发现这根本就不是我在网上订好的那家酒店，这家贵多了！

这小子，他们家铁定是中奖了啊！

走进电梯，刷了房卡，电梯徐徐上升时，我踮起脚尖，“啪”一掌拍在于彦峰肩侧的矫厢壁上，逼问：“说！你把我带哪儿来了？”

他吃了一惊，没有回答，只是低下头怔怔地瞧着我，两眼一眨不眨。顿时，一种尴尬而微妙的气氛在我们之间迅速蔓延开来。他面颊微微泛红，眼中那深深的温柔仿佛包含着说不出口的巨大秘密，飞快浸染，像一片迷蒙的雾气。这时缩回手，不免显得我心虚了，只好硬着头皮继续保持着这个壁咚的姿势，跟他大眼瞪小眼。大约三秒钟后，他慢慢歪过头，将略微粗糙的青皮下巴轻轻贴在我手臂上，闭起眼睛，叹了口气。

血，沸腾起来，疯狂地沿着臂膀朝他压迫的那处奔涌而去，一路烧得皮肤滚烫。

对我来说几乎是致命的一刻。

他这个充满依恋与信赖的动作，跟小时候完全一模一样。

每当他不开心的时候，总喜欢像耍赖的孩子一样把脑袋埋在我的胳膊上、肩膀上、脊背上，似乎在寻找一个温暖的依靠。有时是周末出去玩，我骑自行车载着他，他会将整张脸孔埋在我背上一动不动；有时是在夕阳下，他一脸落寞，背着个书包笔直地朝我走来，停在我面前，不声不响，沉甸甸地一脑门儿磕在我肩膀上。

每一次被肩蹭，我总会伸手摸摸他的头发，以示安抚，而他也会如释重负地叹一口气。

年龄愈大，我对他的邪念愈深，可惜在情窦初开的年纪，却也是我人生最痛苦最狼狈的时段，像一只落魄的孤魂野鬼，对金子般闪耀的冷峻少年有一种近乡情怯的懦弱。

现在，还有机会弥补一切遗憾吗？

到了楼层，电梯门缓缓打开时，于彦峰没有睁眼，我的目光也仍凝注在他脸上。浓密的眉睫，高耸的鼻梁，硬朗的唇孤度……这张棱角分明又自带朦胧雾感的完美侧颜，我近距离观看了太多次，以至于在离开家乡后的那几年，常常思念他，竟然能幻想出一种静物的侘寂之美——美的事物，大抵都有相同之处吧。

听到轻微的滑轮声，我迅速伸出另一只手，阻止电梯门合拢。

于彦峰感受到我的动作，迅速睁开了眼。

我盯着他："你想不想……伤个肾？"

他愣了一下，霎时满脸通红，沸腾的血色一直蔓延到耳朵和脖子，眼神全是慌乱，半张着嘴不知该摆出个什么口型才好。

这一副紧张上头的模样，简直是旧社会时期小童养媳初进公婆家时的情景，“紧紧咬住下嘴唇用手指卷着小辫梢儿”，或者“双手使劲揪着衣角脚步情不自禁朝后缩去”什么的。望着眼前这个羞涩的美少年，我脑海中陡地闪过数日之前刘曦蔓那个意味深长的眼神，以及她夸张的口型。想过去，看今朝，我此起彼伏，于是乎，我冒出一个大胆的想法——他该不会还是处男吧。

我心猿意马，不等回答，便将他拉出电梯。

他手心里有汗，乖乖地任由我牵着，走出电梯厅，踏着地毯走进空无一人的过道。我们都沉默着，小心翼翼地控制好情绪，尽量不要率先泄露出晕眩战栗之类的破绽，宛如地下组织接头，暧昧而又肃穆。然而，就在房卡刷开门的瞬间，于彦峰突然惊醒般瑟缩了一下。

我敏锐地觉察到了，转过头：“你害怕了？”

他面带惊色，点了点头。

“怕什么？”

“我怕……你会怪我……因为有些事情，我不是成心想隐瞒你的……”他突然变得吞吞吐吐起来，语句凌乱，不知所云，“我们现在……还不能……不能……”

他连续重复了两遍“不能”，也没有将最后的“滚床单”抑或“啪啪啪”三个字说出口，只是声音逐渐低了下去。这混乱的表达，丝毫看不出他平日里的冷静与机智，语气饱含忧虑，眼神中更流露出一种类似于“我拿你当兄弟，可你却想上我”的心痛与绝望。

我心如刀割，微微一笑，推开他：“逗你玩呢，再见。”

他神色明显一急，我重重地关上门。

厚厚一扇门，隔开了两个心烦意乱的人，我仿佛看见一艘友谊的小船咕嘟嘟向水底沉没。

我扶着门框怔怔地发了片刻呆，才缓缓抬起头，脱下小峰给我披的格子衬衫，准备找个衣架挂起来。转身之际，才发现这是一间超大落地窗的江景房，窗外万家灯火，远处马路上车灯如炬。我洗了个澡，慢慢将满身的酒味冲刷干净，然后，只穿了条内裤，半裸着靠在窗边坐了良久、良久。

天性讨厌被拘束捆绑，但身为女子，却不得不日日将自己紧缚。

从身体，到灵魂。

酒店的空调非常给力，我靠在窗户边小眯了一会儿，觉得有点冷，遂起身，一边穿上睡衣，一边从桌上抓起手机。将疲倦的身体掷在宽软的床上，我打开手机，赫然看到微信收到了三条新消息，于彦峰分享给我一首 Asher Book 的《Try》，男声温柔唱着，“If I walk，Would you run？ If I stop，Would you come？ If I say you’re the one，Would you believe me…”

如果我靠近，你会逃跑吗？

如果我止步，你会走近吗？

如果我说你就是我的唯一，你会相信吗？

该做什么才能待在你身边？

该说什么才能把你留下来？

或许我还没准备好，但我会试着争取你的爱

我本可以选择逃避，但我会尽最大努力爱你

因为我们已经错过太久了

……

这首歌之后，他又发来一行字：早点睡，我在隔壁房间陪你。

我未料到这小子还能憋出一个曲线救国的招儿，虽然意外，倒也觉得符合处男作风。想到这儿，我心头不禁一暖，又是哂然一笑 —— 那你就不能委屈一下，把贞操葬送在我手中吗？

单曲循环第 20 遍的时候，刘曦蔓在微信上问我：“今天顺利吗？”

“顺利。”

“你去江城干吗了？”

“睡一个人。”

“成功了？”

“没有。”

“为啥？”

“唉，一言不合。”

“瓦砾，听姐一句，跟男人别讲废话，脑回路不一样！你表白他们听不懂，小作两下他还觉得你不讲道理，衣服扒掉扔床上就老实了！”

“别开车，别开车，营养跟不上。”

我跟她聊了几句，怀着愉快的心情扔开手机，翻身睡觉。

第二天醒来时，正在下雨，大窗户的玻璃上一片淋漓纵横，整个世界变得模糊和扭曲。我仰着头，悠悠然倒挂在床侧边，倏地回忆起了西北边陲的某一个雨中黄昏，我开着车疾驶于旷野，小笼包当时才四岁，趴在我身后，默默观察了好久车窗玻璃上雨珠向后滑动的痕迹，忽然有所领悟，兴奋地告诉我：“妈妈，你快看，小雨点在走路！”

一想到小笼包，我就心情大好，决定给她买些好吃的带回去。

洗漱完毕，收拾停当，我在心中盘算着接下来要去哪里买甜点，同时漫不经心地拉开门，外面蹲的一个人猛地站起来，吓得我一哆嗦，差点儿蹦起来一个飞身十字固将其绞杀。

就在凌空出腿的瞬间，我定睛一看，原来是于彦峰拎着把伞在门外等我，他头发湿漉漉地竖成一丛，顶端还凝有几颗水珠，不知是雨，还是汗，似乎刚刚出去了一趟。幸好我及时看清楚他的脸，吃惊之余，硬生生中断了起飞模式，缩回脚来，装模作样比画一个“白鹤亮翅”的架势，口中嘿哈两声，假装正在晨练的样子。

“姐，你起来了？外面下雨了，给，伞。”

于彦峰把伞递给我，不断伸手去抹自己额角滴下来的水珠，仍然不大适应短发似的，半是腼腆半是殷勤地问我：“你今天有什么安排？现在九点半了，我们先下去吃早饭吧，附近就有你最喜欢的牛杂面。然后你想去哪儿玩呢？我请了一天假，可以陪你去看看——”

一滴水滚落他鼻梁，我伸出食指帮他轻轻拭去。神奇按钮被碰触，他的喋喋不休立即中止。

“我该回去了，还有一堆事要处理。”

我从他手中接过长柄黑伞，冲他笑了一笑。

他一愣，喃喃道："别急着走好么，我才刚刚见到你呢，我——"话顿在这里，他没再说下去，烦躁地抬起手揉了揉下巴。

我注意到，仅仅一夜之间，他的胡茬儿就冒青了，干净阳光的喜感气质也随之变丧了一些，不由得会心一笑。从高一那年起，他就需要每天都刮胡子，偶尔剃刀用坏了，或者不幸忘记了，他会整天这样抚摩着下巴苦闷不已，脸上写满了雄性激素分泌太旺盛的烦恼，可惜我是不会有读后感的，我又不打算长胡子。

"走吧，送我去车站。"

我扬了扬下巴，指向电梯的方向。

接下来，那一路上，于彦峰像个海底捞的服务员一样，处处照顾周到，恨不得饭前帮我洗手、便后帮我抖 JJ。作为一位崭新的植物人儿，我不时心生感慨：啊，阔别六年，曾经只会怯生生地躲在我背后的小男孩已经长大了，长成了能够独当一面的男子汉，不，何止独当一面，简直能独当 360 度无死角的全景球面……以及"养儿防老"这句老话果然还是靠谱的，早些年没白疼这孩子啊！

凭借敏锐的洞察力，我还感觉得出，小峰无微不至的体贴，除了表现绅士风度以外，其实也有一份力求给我留下好印象的客气，以及一份企图弥补我们之间六年空白的野心。

这个发现，反而让我有所忌惮。

也许，我应该调整一下战术，按照他能适应的相处模式，慢慢来，陪着他穿越时光往回走，先走完孤独漫长的青春期。从他的十六岁到二十二岁，这些年，缺少用心的守护，不知道他是如何一个人磕磕绊绊地长大成人，又隐藏了多少秘密。缺少安全感的孩子，无论外表看起来多么成熟强大，内心依旧惶惑又不安，进展得太快，可能会令他感到畏怯吧。

这，是不是他在过去的几次恋爱经历中，都处于被动的原因呢？

我心想此事还需从长计议，捋了一把头发，从背包里拽出那件大衬衫，笑盈盈递过去："差点忘了，还给你。"

"你拿着吧，高铁上空调风大，你留着搭个膝盖也好。"于彦峰没有接衣服，又推回我怀里，目光透过玻璃看了看候车厅里熙熙攘攘的人群，又一脸失落地转过头问我：“姐，你以后还来吗？下个月20号学校举办文化节，我有演出，你会来看吗？”

我点点头，挥了挥手，转身走进候车厅。

车开了，江城的景物在模糊的雨水之中飞快地朝后疾驰，槐南却越来越近。我塞着耳机听歌，缓缓将头贴在车窗边，看着微信群里，杨叔刚分享的一系列店铺装修效果图，刘曦蔓毫不客气挨个儿嘲笑了一遍，狠批他的中老年审美，说大堂那一排木色柜子上就差贴一张“花开富贵”的牡丹图了，对面再来张太祖挂历，齐活儿！我被她刻薄的言辞逗笑了，打了几个字，正想表达一下自己的意见，于彦峰忽然发来一首小诗，席慕容的《山路》，正是昨天我刚念了个开头被陈美娅打断的那首：

“我好像答应过你
要和你 一起
走上那条美丽的山路

你说 那坡上种满了新茶
还有细密的相思树
我好像答应过你
在一个遥远的春日下午

而今夜 在灯下
梳我初白的发
忽然记起了一些没能
实现的诺言 一些
无法解释的悲伤

在那条山路上
少年的你 是不是

还在等我

还在急切地向来处张望”

紧接着，他又发来短短一句话：“是的，我等你六年了。”

我被这句话暖到了，咬着嘴唇莞尔一笑，身旁一直偷偷瞥我的小伙子瞬间涨红了脸，默默转过头。

于彦峰换了个新头像。昨天我加他微信的时候，他的头像还是海边栈桥上一只看日落的秋田犬，今天就成了电影《WALL-E》里的飞行探测机器人，EVE。我心头已是小鹿乱撞，闲着也是闲着，便开始琢磨其中深意——电影里，EVE一直在保护WALL-E，所以，他是在向我暗示自己也会像伊娃保护瓦力一样，拼尽全力保护安瓦砾吗？

我正仰头喝水，突然被自己脑洞撩了个正着，凉水咽到一半又呛出来，拍胸喘息。

旁边那个小伙子坐立难安，他可能以为我使出了浑身解数在挑逗他，好不要脸，好坏坏哦！小伙子无限娇羞地垂下头，紧紧抱住了怀里的银色电饭煲——对于他这件随身行李，我很好奇，看外形电饭煲约是5升容量，挺重的，又不贵，高铁上带着它干吗？

短短一番纳闷，我注意力回到微信上，装作看不懂的样子问小峰：你觉得伊娃是男的还是女的？

小峰：应该是男的吧？

小峰：至少我的瓦力是个女孩。

小峰：你别只顾着看脸啊，没发现我名字也改了吗？

我：“URMS”，什么意思呢？

小峰：“You are my sunshine”的缩写。

我心口一热，复一凉，联想起他对我彬彬有礼的表现，相比之下，微信上的他就像被盗号了一样。

——妙语连珠多半是猎物，笨口拙舌才有可能是爱慕。

二十二岁的于彦峰，着实令我感到陌生和困惑。隐藏于手机另一端时，他总是言辞热烈，而且感情充沛，可是一旦真的见面了他又非常克制，恪守礼教，注意分寸，那份客气四舍五入一下就像对自己的亲娘一样，简直是个谜一样的男子！

到底是怎样的成长经历，使我干净淳朴的少年变成了难以捉摸的成年人？

小峰的这份浪漫心机，使我自愧不如。刘曦蔓这个撩汉狂魔曾经传授给我一套“你这是找啪我跟你说”“别以为我不敢正面上你”“信不信我给你日床头柜里去”之类攻气十足色气满满的表情包，但此刻却毫无用武之地。“You are my sunshine”VS“你成功地勾起了我的性欲”，后者从节操上就已经输了！聪明的妹子都知道，撩汉要有勇有谋，可惜啊，小曦只有一身悍不畏死的弥天大勇。杨叔曾经这样点评她的朋友圈：“污言秽语，不堪入目，一副恶少狎奸的嘴脸，偶尔卖个萌也跟天桥要饭的一样难看”，在老杨这位钢铁般的直男看来，女生卖萌只需牢记“然后呢、真的吗、好棒哦”九字诀，就够了。

这些似乎都对小峰不适用，我需要矜持、端庄，再成熟优雅一点。

车至半程，十一点多，列车广播响起来，餐车开始供应午饭。

旁边的小伙子仿佛得到了什么授意，坚定地点一点头，不再扭捏，转过身来直勾勾瞪着我说：“小姐，我请你吃个饭好吗？”

我略感意外：“去餐车？”

“不，就在这。”

说着，他打开了随身携带的电饭煲，慎重而果断，如同解开什么魔物的封印。

刹那时，只见一股妖气从锅内升腾而起，扑面袭来，还夹杂着饭菜的香味。我惊呆了，凝目一望，电饭煲里居然是半锅香喷喷的大米饭、一盆蒸蛋、一只鸭腿、两节腊肠，不锈钢的蒸蛋盆子上还用四根筷子架着两碗家常小炒，荤素搭配，空间合理，顺便又解决了高铁上二人用餐的碗筷问题，实乃快餐界的一股泥石流。

过道那边有个男子咦了一声，迸出句：“麦芽的香气？”

“眼瞎呀？”他媳妇揍了他一巴掌，指指我这边。

邻近座位的乘客们都嗅到了热腾腾的香味，纷纷侧目，半是讥笑半是嫉妒的目光好似一蓬蓬利箭，无情地射来。

朱自清语：像牛毛、像花针、像细丝，密密地斜织着。

小伙子仿佛早就习惯了世俗的眼光，对周遭人群熟视无睹，淡定地拉下了面前的小桌板，从电饭煲里把菜一样一样端出来，自己留了碗小炒藕，分给我一碗小炒肉，还贴心地用筷子掘了一条鸭腿和两个饭团进去，诚意满满装了一大碗，递到我面前。我本应该礼节性地婉拒一下陌生人的热心，但这小伙子手艺相当好，小炒肉的香味也实在诱人，我嘴上说着不要，身体却很诚实，欢天喜地地伸出颤抖的双手，小心翼翼接过了沉甸甸的瓷饭碗。当收缩的肱二头肌深切感受到这份情谊的重量时，我不禁哽咽了。此时此刻，我心底回荡起了 BGM“这是心的呼唤，这是爱的奉献，这是人间的春风，这是生命的源泉，啊啊啊，只要人人都献出一点爱，世界将变成美好的人间……”

很快，我俩被围观了，四周的眼神逐渐由嘲笑变成膜拜，还有好事者专门从另一节车厢跑来，拿出手机对着我俩狂拍。

一顿饭之后，小伙子与我便立下了生死相依荣辱与共的誓约。

——我在他那儿买了一份大病保险。

（三）

带着诱奸未遂的失落与疲倦，我回到了槐南。站在自己家门前，漫不经心地掏钥匙、开锁，防盗门一拉开，我赫然看见两个陌生男女正在客厅的沙发上亲热。那男的悍然光着屁股，怀里搂着一个睡裙被撩到胸上的长发女孩，正在行那苟且之事，房间里激荡着一种不可描述的声响。

听见门有动静，男人停下动作，回头看来，随后跟我异口同声爆出一句响亮的“靠”。

我惊出一身冷汗，觉得可能是自己打开方式不对，迅速关上了门。

定了定神，再重新开门。

果然，这不是演习，辣眼睛的画面还是没有变。那对男女已经仓促分开了，女孩迅速缩向沙发一角，低下头，右手在附近摸摸索索地找着什么。她身材娇小玲珑，蜷缩起来几乎能被一头瀑布般浓密直溜的长发全部挡住，小圆脸巴掌大，整个侧面深埋进发丛里，只露出一枚挺翘的秀气鼻尖。而那个年轻男子的气质跟她截然相反，个头儿挺高的，看起来特别魁梧，面目狰狞，浑身肌肉虬结，发型是短短的卡尺头，他一定是想不起来刚才自己性欲大爆发的时刻，把内裤扔哪儿了，于是机智地抓过来一件雕孔绣花的白色蕾丝文胸，盖在下身遮羞。

女孩摸到一副近视眼镜，戴好后转脸一瞥，恼羞成怒，抬手捶了他一拳，拼命抢回文胸。

那年轻男子似乎很怕她生气，手一松，居然让她顺利拽走了这块唯一的遮羞布，场面一度变得十分香艳。他眼神略有尴尬，但从黑黝黝的刚硬脸庞上，完全看不出害羞或者丢脸之类的窘态，甚至还大大咧咧地冲自己女朋友笑了一下，半是歉意，半是宠溺。

就这样，我被迫近距离目睹了一个正面全裸的壮汉，以及他双手捂蛋满屋子寻找内裤的全过程。

——目睹了整个事件的安女士表示，她活了24年，要给自己的羞耻时刻排个名次的话，这件事能进前三。

“老妹儿憋紧脏，都白己银！你叫个……”壮汉穿上裤衩，想跟我打招呼，苦苦回忆了半天我的名字，“安瓦匠！四不？”

“安瓦砾！”

我冷冷回了一句，把客厅留给他们收拾残局，一转身躲进自己房间给杨叔打电话，劈头就问：“老杨，这两个人是不是你喊来的？”

杨叔敏感地反问：“那小子又闯祸了？”

“光天化日啊！朗朗乾坤！他们两个公然在我家里虐狗！”

“狗？哪来的狗？”

“我啊！一条心碎的单身狗！”

杨叔哈哈大笑，对我的控诉不以为然：“我还以为多大的事呢，吓我一跳！每次你杀气腾腾地喊老杨，连叔都不叫一声，我就觉得大事不妙了……”

“没功夫跟你逗咳嗽！那小哥满嘴的东北大碴子口音，是哪儿人啊？”

“对对，就是东北人，瓦房店的，省散打队退役，是我体校的小师弟。虽然他年纪不大，但是论辈分你好像得管他叫一声师叔才对——”杨叔跟熟人说话一向啰哩啰嗦的，还没介绍完，旁边就有人扯着嗓子喊他“杨师傅、杨师傅”，听着那端嘈杂的声音，应该这会儿还在装修现场忙活。

“行了，你忙吧，我亲自去盘问一下。”

我挂了电话，重新走回客厅。

女孩已经整理好了衣服，正站在沙发上，气急败坏地指着肌肉男的鼻子训话，瞟见我出来，凶巴巴的小脸瞬间变得红彤彤，跳下地去，像只机敏的小松鼠一样蹿到男友背后躲起来，只露出半张俏生生的脸颊。她穿的是一件藕粉色蕾丝大荷叶边睡裙，猛一看，我以为是20世纪80年代的绣花枕头套成精了。好在她生了一张乖巧可爱的包子脸，配上这条裙子，倒是一点也不显违和，反而看起来甜美可口，令人很想凑过去在她脸上咬一口。

萌，也是美的气质之一。

我几乎是下意识地对她产生了由衷的好感。

“老妹儿，幸会幸会！以后咱就是一家人了，互相照顾，不要见外，我今天跟你头回见面就露了三点，也算是坦诚相见吧！”肌肉男大概意识到自己不在家乡了，开始改说普通话，虽然还带着一口浓重的东北口音，但能听出努力在翘舌头了。他利索地系好牛仔裤皮带，又把T恤的下摆扯了扯，往长裤里面掖了掖，最后热情地从裆部拔出右手，冲我伸过来，还晃了晃，示意他要跟我握手。

我硬着头皮伸出两根手指，勉强跟他一握，不敢回想他这只手刚才都碰过些什么，苦笑道：“你确实够坦诚的……但我不会跟你这样坦诚相见……二位怎么称呼？”

“我姓孙，别人都叫我孙大圣。”

他长得壮实，动作也比较粗鲁霸道，握手时我感觉自己整个人被拎起来上下一抖，猛松手时我差点飞出去。唉，奇耻大辱啊！我一向自诩拳头上立得人，胳膊上跑得马，是国内运输行业中一条响当当的美型铁汉，可是如今落在他手里，却柔弱得像一只五十多公斤的小鸡崽儿。

孙大圣把女孩从背后揪出来：“这我媳妇，端木希鸣，咋样，名字好听吧？还是复姓呢！她是小仙女，我就是一纯屌丝。不过你可别瞧不起屌丝，俗话说得好，得屌丝者，得天下……”

“请您自重！”我痛心疾首地戳着他的腱子肉，“有这么壮的丝儿吗？您就是一屌块！”

端木希鸣噗嗤一乐，小白牙细密而整齐，珠串一般。

孙大圣也满不在乎地咧开大嘴笑了，迎面一对大白牙像两扇坚固的门板，越发衬得脸黑，笑得没心没肺：“老妹儿，可能你对我的外形有点误解，其实吧，我长得不是你看见的这个样子。英俊潇洒、温柔体贴、善解人意这些词都是用来形容我的，还有风华绝代、国色天香、璀璨夺目、举世无双、妖冶邪魅、德艺双馨……”

端木希鸣忍无可忍，脆声插嘴：“以及厚颜无耻，和臭不要脸！”

孙大圣将手伸到自己腋下，揉了揉她的头发，腆着脸讪笑：“不要脸也是一种高情商的表现嘛！想当年，我在瓦房店夜市开大排档的时候，人人都叫我炒饭西施！全都夸我是少女的初恋，人妻的偶像，少妇的情人，老妪的拐杖，适合各个年龄阶层的全明星偶像……”

听着他滔滔不绝的成语，出口成章，我突然发现自己不识字了。曾经也是被“211”大学录取的高考生，被这孙子忽悠得跟个文盲一样，半天憋出个黑龙江成语“脸叫熊瞎子舔了”，已用尽毕生所学。

——集齐两个东北人，绝逼能召唤出一个小品节目啊！

下午，外婆带着小笼包从学校回来，又做了一桌子菜，全家人热热闹闹聚在一起吃顿晚饭，却唯独缺少了刘曦蔓。杨叔告诉我，小曦今天晚上有个应酬，可能迟一点才回来，因为修理厂那边的证件出了一点问题，为了避免回到户口所在地重新办理，需要托人走走关系。

我对小曦的社交能力十分信任，没把这事放在心上。

饭桌上，老杨隆重介绍了孙大圣夫妇，并透露他还有个外号叫“二岔子”——当年代表散打队参加比赛，成绩总是止步于亚军，是万年的老二，而且说话办事很不成熟，老出岔子，遂得此诨名。自从二十六岁退役以后，这两年孙大圣一直浑浑噩噩混着日子，干过商场保安，也当过健身教练，后来还在夜市摆地摊，来槐南之前一直在海鲜大排档卖炒面，因此，至今他跟别人握手还有个情不自禁的颠勺动作。

我这才恍然大悟，怪不得这货握手时把我拎起来掂了两下，敢情把我当锅使呢！

端木希鸣是重庆妹子，二十二岁，和于彦峰同年，比我堂妹安雁卉还小一岁，但她跟孙大圣在一起已经有五年了。来槐南之前，她刚从家里骗出户口本，偷偷跟孙大圣领了证，用这个傻里傻气的行动表现出破釜沉舟的决心。这姑娘是个左撇子，写得一手秀丽好字，略有洁癖，连剥香蕉之前都要先把皮洗干净，从来不吃狗肉和牛蛙，也拒食血旺和动物的内脏。她双眼400度近视加150度散光，取下眼镜的话，五米外六亲不认，十米外人畜不分，再远一点的生物就只能依靠超声波来辨认了。

可能因为近视，她一对水汪汪的大眼睛经常迷迷蒙蒙，美得清透无邪，像是透明的。

这年头，孙大圣也学二师弟拱白菜了。

杨叔站起来，举杯致辞："外婆、笼包、瓦砾，还有大圣夫妻俩，从今天开始我们就是一家人，有福同享，有难同当！反正年纪最大的就是我们共同的长辈，年纪最小的就是大家共同的孩子，中间的你们几个辈分太乱了我弄不清，自己看着办吧。瓦砾，你愿意管大圣叫师叔也行，不愿意喊声哥也行，咱不在这上头矫情。总之，我如果挣了钱，肯定不会亏待自家人，但是一个人能力有限，有时候还看运气，如果以后你们有更好的地方去发财，我也绝对不会挡路。俗话说，铁打的营盘，流水的兵……"

孙大圣斩钉截铁地打断了他的话："放心吧杨哥，我们是不锈钢打的兵，拥有钢铁般的意志！"

"好！"杨叔爽快地跟他碰了个杯，一口喝干了杯中白酒，扭过头问我："你看，大圣已经首先表态了。瓦砾，你怎么说？"

"我的意志是什么打的，还拿不准，但我眼睛肯定是钛合金打的，不然早瞎了！”

一想起上午目睹的那一幕，我还心有余悸。

杨叔哈哈大笑，突然间促狭心起，挪动椅子坐到我旁边，故意凑近来，压低声音跟我打趣：“怎么样？当时那幅画面，对单身狗是不是特别治愈？”

一大把年纪还跟小孩子开这种玩笑，为老不尊！

我不满地横了他一眼，愤愤道：“治愈个鬼啦！都快致命了好吗？！”

端木希鸣闻言又羞又愤，满脸通红，立刻捏紧小拳头狠狠地捶了孙大圣一拳，眼神颇有埋怨的意思。后者一脸讪讪的干笑：“对不住啊，扎你心了老铁，我是真的没想到你回来得这么早，平时我们也不那样，只是极为偶尔的一次放飞自我……”

“行了行了，不用说太细，总之小两口亲热要注意场合，家里还有未成年人，别乱撒狗粮，否则休怪我一脚踢翻你的狗碗！”

我用半开玩笑半是认真的口吻下达警告。

端木希鸣抬手推一下眼镜鼻梁架，小脸蛋绷得十分严肃，郑重地点点头：“我们会注意的！安姐姐，以后一定不会给你添麻烦的！”

我叹了一口气：“其实，这都怪你。”

她垂下头，内疚得说不出话来。

我不禁失笑，伸手轻轻捏了捏她的脸颊：“都怪你长得太美了，别说大圣，连我这个铁骨铮铮的直女都把持不住。”

端木希鸣脸上有如光风霁月，顿时笑容满面。

孙大圣冲我竖了个大拇指，意思是“有眼光”。

当初他答应加入杨叔的 family，提出的唯一条件就是，要给他老婆提供个安全舒适的住处，工作时间绝对不能把她一个女孩子丢在出租屋里，幸好我家够大，直接在二楼给他们安排了一个房间。

就这样，我们嬉皮笑脸地互相打趣，很快便熟络起来。外婆抬手拢了拢鬓边的白发，笑眯眯地望了我们一会儿，眼中有欣慰的光亮，仿佛望着一群小孩子在放学路上撒欢似的，很快，她又转过头去继续剥虾，将喷香油亮的虾仁一只一只放进小笼包的碗里。

爸妈去世后，我从没见外婆笑得这么开心过，转念一想，我自己又何尝不是呢？

猝不及防一汪热泪冲进眼窝，瞬间想哭。

晚上，我思潮起伏，在床上翻来覆去久久不能入眠，索性起身，走到阳台上吹风。已经十一点多了，整个小区里万籁俱静，落地窗外，虫鸣声声，灰蓝的天幕上风吹云动，清亮的下弦月就像某位神秘少女被浓密的睫毛遮住了一半瞳仁，天空不时掠过一片云朵，便像她眨了眨眼。

月朗风清，这是一个甜美的夜晚，并不适合追忆往事，因为我的每一帧回忆都苦大仇深。

人生对于我来说，有多真实，就有多狰狞。

怅惘良久，我无意间一回头，意外发现餐厅的窗户边，有个火红的烟头正在一片黑暗中忽明忽暗地闪烁着。

是杨大烟枪靠在窗边抽烟。

快十二点了，为什么他还没有回房间睡觉？

他伫立在窗口，是在等谁？

我下意识地摸起手机，打开微信，看了一眼，刘曦蔓最后一条消息还是在吃饭之前发的，直到现在她都没有回来。

听到我手机锁屏的声响，杨叔淡淡地打了个招呼：“还没睡呢？”

“嗯，可能白酒喝多了，夜里有点燥，睡不着。”我慢慢踱到他面前，随着他的目光一起望向窗外，老式路灯下行道昏黄，树影婆娑，一路清幽，连半个人影都没有。我见老杨眉头深锁，好心提醒：“小曦到现在还没回来，这么晚了，你要不去接她一下吧？”

“哦，没那个必要，她又不是三岁小孩子了。”

他居然轻描淡写地拒绝了，我一愣。

“去喝杯水，早点睡。”杨叔掐灭了烟头，转身离开，拖着瘸腿回房睡觉去了，只剩下我像个多管闲事的傻逼一样呆在原地。

第五章　欢迎各位师兄归位

（一）

四月刚到，外婆就开始天天张罗着包韭菜饺子、烙韭菜盒子，嘴里念叨着："再不吃韭菜啊，就不是春韭了……"

小笼包很开心，她最喜欢吃带馅儿的面食。

刘曦蔓很忧伤，她刚刚启动了为期一个月的生酮饮食，严控碳水，视谷类和淀粉如大敌，每天黄昏时分都要用生酮试纸验一下尿，以检测生酮餐的效果，不知道的还以为她一心求子呢。

"唉，都是为了刷体脂啊。"

她盯着餐桌上的各色点心，一边吞咽口水一边喃喃地给自己打气，然后用力甩一甩头发，毅然背上健身包出去了。

两小时后，我看到她在朋友圈里新发了一张自拍，仰起脸孔笑得好开心，额头大汗淋漓，明眸半闭，檀口半张，湿漉漉的一绺长卷发黏在饱满的红唇上，妖艳异常。今天她的配文是："健身就像啪啪，累死累活大半天，就为了最后自拍时爽的那一瞬。"

我在点赞的瞬间，看见杨叔的评论：别勺了，快洗澡吧，隔着屏幕我都能闻见汗臭！

小曦：皮痒吗我的朋友？

老杨：你的朋友已被汗臭味熏死，请选择使用“红包”道具，使其复活。

小曦：红包没有，有黑名单，想要吗？

老杨：不用了，谢谢。

我仿佛看见两人剑拔弩张的斗气模样，禁不住抿嘴偷笑。

没两天，到了清明节，小笼包的学前班放三天假，外婆得了空闲，正好回乡下去给外公扫墓。

头天晚上，她就做好了几道时令小菜，香椿鱼儿、核桃花炒腊肉、油炸槐花饼，还煮了好几斤清爽鲜脆的手剥笋给我们当零食。老人家是起早去菜市场挑选的当季象牙笋，捡最细最嫩的，用质朴的做法带皮煮熟，出锅时，春笋独有的清香扑鼻而来，褐色笋衣都缀着亮晶晶的小水滴，犹如凝挂着江南的晨露，甚是诱人。这些特色野味，都是外公生前爱吃的，外婆记在心里，做好后拿小碟子每样盛出一半，用一个手提竹盒装好，准备带去外公坟前。

用她的话说，那些塑料苹果、花环都是摆给活人看的，外公不需要，他只喜欢吃外婆做的菜。

装菜用的竹盒，也是外公生前编的，他手艺好，还会各式花样，过去村里长辈但凡孩子新婚，都会央求他帮忙编一套新竹器。在我离家出走的那几年，外公的身体已经每况愈下，但还是坚持亲手做了一套竹编锦盒，雪花箪、小竹匾，留给我以后出嫁的时候做嫁妆。

外婆搬回来以后，我才第一次见到珍藏许多年的一套竹编锦盒，杨叔那个糙老爷们儿脱口而出：“我的天呀，这简直就是艺术品耶！”

第二天，我开车陪外婆回乡扫墓，她心里觉得有点遗憾，一路跟我念念叨叨：“你外公喜欢吃银杏果，但是现在的银杏太贵了，要卖到十四块钱一斤呢。等秋天去楠溪江那边的山里，到处都是卖银杏的，还便宜……”

我笑了笑，知道她节俭惯了，劝她铺张一点也没用。

听说我外婆幼年时曾是位资本家小姐，读过很多书，后来家乡遭遇战乱，在跑反中与家人就此离散，再未相见。独自在华东地区飘泊了两年之后，她定居在槐南一带，嫁给了当地最有学问的教书先生——我外公，从此两人都留在乡下任教，直到退休。外婆身上那股斯文儒雅的书卷气，到老了依然浓郁，我妈妈在世时经常被人夸赞“气质好”，其实只遗传到了外婆的十之一二。

扫墓完毕，在开车回城的路上，我意外接到装修师傅打来的一通电话，对方声音紧张得有些尖锐。

“不好了，安老板，有人来砸店，我们根本拦不住……”

老城区这四间临街商铺，位于中心商业区一、二楼，是我爸爸在世时的投资，最小的那间只有七十多平方米，最大的两百平方米，都属于我的财产。虽然是杨叔出钱盘下了中间相邻的几家店面，近八百平方米统一装修改造，但工人们只把他叫作杨师傅，还是管我叫安老板。

今天小笼包放假，杨叔带她出去玩了，但店里装修没停工，还是照常进行。

电话那头还在焦急地倾诉：“……杨师傅的电话怎么打不通呢？那帮人还放狠话了，说这家店的老板得罪人了，别想正常营业，他们每隔几天就要来砸一次，楼下好几万的灯全都废了，安老板，你赶紧过来看看吧……”

我的第一反应就是，安雁龙干的！

怕外婆担心，我先送她回家，然后飞快地驱车来到店里，只见门外聚集着不少人在围观，指指点点，窃窃私语。我拨开众人，走进门内，刚看碎玻璃碴儿的第一眼，我脑子里就像被谁投下一吨 TNT 似的轰一声炸开了——地面上一片狼藉，所有玻璃门窗、定制射灯、桌几和一套音响全都被砸得稀碎，蜂巢帘和木百叶也扯烂了，破损物件扔得遍地都是，整个店里可以说是没留下一件完整东西，连墙角摆的盆栽都摔成几半了。那套崭新的音响设备，是杨叔对比了两天以后才挑中的，价格昂贵，当时他还得意扬扬地跟我显摆：“首先，你需要有一对好耳朵，其次要富有装逼的精神，才能听得出好音响。”

而现在它们仆倒在地上，摔变了形，零件都从裂口漏了出来，状极凄惨。

两位装修师傅当时肯定阻拦了，其中一个眉角还挂了彩，见我赶到了，急忙迎上来，指手画脚试图跟我述明情况：

“当时……有辆面包车……下来七八个人……”

我脑子里还嗡嗡的，听不太清楚，大概捕捉到了这几个关键词。

早该想到，这些天的平静太反常，安德高一家人素来唯利是图，为趋利益不择手段，那份照片只能威胁得了他们一时，很快他们就会发现财产远比名声更重要。尤其是安雁龙，他敢于在赌场借下那么多外债，这份底气，无非是仗着自己家境殷实，被追债的逼急了大不了就说服父母卖房子。如今，他家的财产都被我中途截胡，退路没有了，他们肯定不会善罢甘休，迟早会豁出去，铤而走险，跟我拼个鱼死网破。

安德高已是癌症晚期病人，即使走法律程序，最终被判刑，也有希望争取保外就医。

他们想砸毁的，不止这间店铺，还有我的尊严，同时，也是对我胆敢反抗他们的示威与恫吓。这次挑衅，成功唤醒了我来自记忆深处的耻辱感——“就算你长大了，有能耐了，成功夺回家产又怎样，老子只要想整你，仍然有的是办法！”

仿佛一记响亮的耳光，我胸口发闷到罩杯都增大了。

回家乡扎根这件事，我、杨叔、小曦三人已经筹划了大半年，早都安排好了，否则这些店面不可能在短时间内迅速转让。杨叔曾经提醒过我，尽管咱们准备充分，但对方一家都是浑不吝的滚刀肉，狂妄无知，不讲规矩，事情进展可能不如预想的顺利。如今看来，果真让他料中了。

“安老板！”

装修工人在旁边喊我。

我内心煎熬，根本无心听他唠唠叨叨地介绍一小时前的战况，只顾默默计算着受损情况。装修工人的嗓门突然提高，激烈得声音都变了调：“安老板，就是这些人！他们……他们又回来了！！”

什么？我倏地一回头，大厅里乌泱泱一伙人映入眼帘。

领头那个穿花衬衫的胖子，正是安雁龙，在他身后，是六个衣着发型各异但一样流里流气的男青年。安雁龙在肩膀上搭着一支花里胡哨的合金棒球棍，走起路来膀子前后晃悠，肚皮腆得老高，一对芝麻粒小眼斜着看人，显得格外面目可憎。

经过了六年积淀，他吊儿郎当的猥琐气质越发出众了。

安雁龙歪着嘴一笑，露出满口烟黄牙，放下棒球棍在另一只手里拍了拍，露出一脸威胁的笑：“妹妹，我可算是等到你了！怎么样，哥哥送你的这一份开业大礼，惊不惊喜？意不意外？”

“太惊喜了，想不到你有这个爱好。”我打量着他，冷嗤一声，“Cos小丑女，你还差双马尾。”

“啊？”安雁龙不知道我在说什么，一脸懵逼。他身后有一个小伙子听懂了这个梗，哈哈大笑：“龙哥，她在说你这个造型像《自杀小队》的女主角呢！妈的，你别说，还真有点像嘿，短裤球鞋棒球棍，就是腰粗了点，哈哈哈哈……”

“傻缺！你给我闭嘴！”

安雁龙喝止这个愣头青，又转过脸，开始对我半是威逼半是利诱地分析利害：“你嘴厉害，我不跟你扯犊子。做哥哥的今天来，是特意劝你一句，想在槐南城讨生活呢，没个有本事的靠山，肯定混不长久。你也看到了，任性作怪就是这个下场。你黑我家产，我能忍吗？咱俩好歹是亲戚，只要你肯服个软，让个步，什么事情都好商量。我知道，你需要地方住，你家还给你，没问题。不过，这四间商铺咱俩得一人一半，我可以保证你以后平平安安做生意，没人敢骚扰。不然的话，别怪我丑话说在先，你这店从今天起就等于在墙上写了个‘拆’字，还画了个圈，哥们儿就像那拆迁队，过几天来一趟，寻寻开心，找找乐子——”

他踱到我身前停下，话也在此处一顿，对着兄弟们丢了个眼色，那几个男青年纷纷踢开地上的物件碎块，作势蠢蠢欲动。

我看了看手机，不动声色地呵呵一笑："正经话憋不出几句，放起屁来倒是一套一套的。"

安雁龙勃然大怒，脱口而出："我日！"

我根本懒得看他一眼，淡淡扫过了眼前的六人混子天团，将手机揣回裤兜里："这句问候，缺少宾语，后面再加上你自己的双亲就完整了。"

那个愣头青又噗嗤一声笑了，一阵大笑，说道："龙哥，这小姑娘又在损你呢。"

"老子知道！你闭嘴！"安雁龙悻然回敬那小子，接着猛地挥起棒球棍，用力一敲地面，只听见"砰"的一声炸响，不知道地砖裂了没有。他凑近我脸前，额角上青筋暴起，凶相毕露："安雁朵，我再最后一遍警告你，不要敬酒不吃吃罚酒！"

我瞥了他一眼，从这个角度看他的狞笑，真的非常熟悉。

十八岁的他，也是像这样凑近我身前，堆起一脸恶心的笑容，一边说着"哥哥陪你写作业吧"，一边把右手从我T恤下面伸进来。挣扎中，胸部被他的指甲刮出两条血痕，那份羞愤与痛楚，至今仍可以清晰记起，恍若昨日。

"谢谢你的美意，我心领了。"

我微笑致谢，毫不犹豫地一灯罩呼在他脸上，同时弓腿一勾，掌推下颚，一套连贯的贴身擒拿动作将他掀翻在地。惨叫声中，安雁龙四仰八叉摔倒在地上，棒球棍脱手滚出去几米远，肉墩墩的腮帮子把那个机器人灯罩紧紧卡在脸上，跟个中年发福的霸天虎似的。

杨叔教过我，若对手体重超过自己，则动手必须抢占先机，并尽量狠毒。

那几个社会青年争先恐后地喊着"龙哥""龙哥"，一窝蜂般涌上来，七手八脚扶起安雁龙，再喊着劳动号子像拔河似的帮他把面具生抠下来。我嫌弃地甩着右手，往裤腿上擦了擦，他下巴颏儿的肥油沾在我手上，就像掏鸟窝掏出一把稀屎那么恶心。看来，我得提议店里采购一批非致命远程武器，比如生石灰、辣椒水、幌金绳、月之冕什么的。

“一百多斤的大老爷们，活得还不如公共厕所一个垃圾篓，废物！”我冷笑一声，“你有什么资格跟我提敬酒罚酒？你们一家人喝的每一口酒，都是在吸我家人的血！就你那副废柴样儿，要不是有爹可以坑，你吃屎都抢不上热乎的！”

“揍！给我揍她！”

安雁龙声音尖厉得恐怖，想不到他一个五大三粗的男人能发出海豚音，参加“跨界歌王”，指日可待。主持人的介绍词我都想好了——众所周知，这是一个不惜以暴露自己智商来推动我国女权主义事业的奇男子，曾用自身经历破除了“养儿防老”的迷信，虽然在干蠢事的领域，他早已成就斐然，但从未放下过音乐梦想。

几个社会青年围过来跃跃欲试，我环顾半圈：“你们本地流氓素质太低，七个男的，围殴一个女的。”

“放屁！你就是一个丧门星，打死你都是为民除害！”安雁龙勃然大怒，他紧紧捂着鼻子，有一丝鼻血从他指缝里渗出来，“你是个什么下三滥货色，我还不知道吗？小小年纪就会穿胸罩勾引男人，不要脸的东西！贱货！要不是我和我爸手下留情，十年前你的小命早就没了！还能把你这个祸害留到今天？！”

所以说，别跟流氓讲道理，发育期多穿件内衣就算勾引，脚踹裤裆、板砖开瓢估计都能成为挑逗他的铁证。

这货满脑子歪理邪说，他没加入奇葩说，可能是整个综艺界的损失。

“十年前，我没砍死你们父子俩，可不是手下留情。是你俩的狗命太贱，不值得我弄脏手。”我微笑着，后槽牙都快咬碎了。

“行，你嘴硬，我知道，就看你还能撑多久！”

安雁龙揉了个纸巾卷把鼻孔塞住，狠狠地一挥手：“先把她揍老实了，我们再去砸二楼！我就不信了，一个小妮子，她还能翻得了天？！”社会青年们兴奋地吆喝起来，纷纷挥舞武器，准备动手。那两个装修师傅躲在角落里，想偷偷报警，被一个眼尖的青年蹿过去打掉了手机，用铁棍控制住。

“各位，我有一个忠告给你们。”

我面不改色，笑吟吟地望着喊打喊杀的几个混子。

那个愣头青本来冲在最前头，闻言一愣，居然放下了手里那截钢管，傻乎乎地盯着我，听我说话。也因此，他成为对方七人中唯一一个没有在接下来的混战之中受伤的人，成功做到了兵不刃血、全身而退。

店门突然被撞开，孙大圣带着几个壮汉走进来。

他们都还拎着行李、背着包袱，风尘仆仆，显然是刚落地就直接赶过来了。

其中一个体型最墩实的光头，看到店里这个状况，两只小眼睛里都射出了激动的光芒，说话声音像感冒般沙哑：“嘿嘿，刚来就有架打？你看，我这运气也太好了！”他把肩后行李往地上一扔，连热身环节都省了，伸手拽了个看着最顺眼的混子，迎面就是一套势大力沉的组合拳，速度快、下手狠、出拳的角度刁钻，对方连一句“你麻痹为什么偏偏选中了我”都来不及问，就两眼一黑咣当倒下了。

现场情势突变，安雁龙一伙人惊呆了，不知这些肌肉发达的壮汉是什么来路。

“以后再去别人店里闹事，动手之前，应该先问清楚对方是做什么的。这，就是我的忠告。”我好脾气地一笑，抬腿踹翻一个满面惊惶的混子，仰天长啸：“老子开的可是搏击俱乐部！像你们这种白送经验值的小杂鱼，要是天天来，我连陪练都不用请了！”

孙大圣两步踏到我身旁，沉喝一声：“关门！别让这些孙子跑了！”

（二）

社会青年们很快都被放倒，有一个不自量力的还奋力反抗了几回合，结果被孙大圣这边的一个文身高个儿夺过棍子捣进腋窝，用棍子把他像棒球似的击飞，力气太猛，连棍子都脱手了。

愣头青在我面前呆站着不知道该干啥，由于他一脸局外人的迷茫，看着活像是到我这儿来走亲戚的，所以也没人过来揍他。这傻孩子满脸都是“怎么肥四”的困惑，眼见安雁龙被孙大圣掀翻，左手臂扭到背后一脚踩住肩胛骨，牢牢压制在一片狼藉的地面上，正在嗷呜呼痛，犹豫了一下就想要上前帮忙，我挥起一巴掌扇在他后脑勺儿上：“老实点，大人的事小孩子别瞎掺和！”

孙大圣竖起大拇指，赞叹道：“这大脖溜子打得好，深得我媳妇真传！”

见势不妙，愣头青捂着腮帮子后退三寸到旁边避风头去了。

我在拼命挣扎的安雁龙面前蹲下来，冲他邪魅一笑，然后慢条斯理地警告：“现在，你最好保持沉默，因为你所说的一切，都将成为我们群殴你的理由。”

那个墩实的光头用力捏了捏拳头，哑声补充一句：“被我打过的人，连外科医生见了都害怕。”

我对他印象很深，好奇地问：“这位小哥拳打得扎实漂亮，是职业拳击手吗？”

“拳击手，老胡。”

他连笑声也像吞了火炭一样沙哑，咧开大嘴，上面一颗门牙的颜色特别白，有异于其他牙齿，内行人一看就知道是在激战中被打断过牙。

孙大圣脚下踩个人，一点儿也不妨碍说话，给我一一介绍：“这是胡志昆，省锦标赛的冠军，在全国比赛也拿过奖，专业玩拳击的，还研究过摔跤这一点我最服他！纹一条花臂的这个，叫高飞杰，我们都叫他搞飞机，在体校跟我一个年级，我俩是割头不换的铁哥们儿，除了老婆不能分享，连内裤都能换着穿。那边三位帅一脸鼻血的老师是郑家臣、张达、周大志，赫赫有名的青狼铁三角，你杨叔能把这三位老哥从青狼格斗馆挖过来，肯定耗费了毕生的心血！”

我虽然是圈外人，不知道什么“青狼铁三角”，但这个绰号听起来确实令人闻风丧胆。

“下面，介绍咱们的总教练。”孙大圣抠了抠鼻孔，无尽狂妄地仰首一笑，“我，十万禁军总教头！”

“还有十万天兵和十万阴兵你没算上吧？太谦虚了！”我忍俊不禁，不理会他，转过身去跟几位新来的老师一一握手，由衷地感叹道：“老杨真是神通广大，居然找来了这么多高手！”

青狼铁三角互视一笑，郑家臣说：“我们和老杨，都是换命的交情。”

张达：“他外号叫‘八王爷’，是中国第一代无规则格斗大师，当年他参加国际八角笼斗大赛夺冠的时候，我们大概还在穿开档裤。”

周大志：“我们私下都叫他单挑王，他的比赛视频，就是我们的学习资料。”

郑家臣：“那个时候他没退役，经常跟我们一起训练，还亲自出面帮我们争取比赛机会，对我们来说，亦师亦友。”

孙大圣叹了一口气，眼中流露出罕见的肃然，接着说：“唉，可惜了，他在职业生涯最好的时候被人暗算，也不知道得罪了谁，被砍断一条腿，带伤退役。后来又妻离子散的，整整十年完全没有他的消息，就这么在圈里神秘消失了。当年，搏击圈里还掀起过一股‘寻找单挑王’的浪潮，到处都有人在找他，连我都打听过，但找不到。谁能想到，堂堂一代八角笼之王，会沦落到在大西北开货车跑运输呢……”

胡志昆：“八王爷复出是个大消息，你看，虽然我跟他不熟，但他亲自邀请，我不要钱也愿意来！”

高飞杰：“对对对！我也是他的脑残粉！”

那个愣头青忍不住凑过来，插嘴道：“我也知道他，我记得——”

“你知道啥？你记得啥？你还记得你是跟那草包龙哥一起来茬架的吗？墙角蹲着去！”我沉声将他斥退，不惯他这个爱接话头爱打岔的臭毛病。

愣头青被训得满脸通红，紧紧咬住下嘴唇，一跺脚，一扭腰，掩着脸飞奔到混子们旁边蹲着去了。那票社会青年，刚才还凶神恶煞舞刀弄棍的，这会儿一个个在墙角边蹲着画圈圈，别提多文静多懂事了，比惦记着压岁钱的大孙子都乖。

孙大圣他们的倾情叙述，使我对杨大烟枪产生了一种刮目相看的敬畏感。认识他这么多年了，只觉得他是个三分逗逼兼七分稳重的普通中年汉子，样子平平无奇，又没什么钱，虽然身材不错，但是腿脚不便，连职业都选得很糟糕——大货司机，除了加油、吃饭基本不休息，一跑就是好几天，婚姻怎么能不解体？老婆丢下孩子跟人跑了也很合理。这些年来，他耐心教我开车，也用心教我打架，我只知道他的车技和拳脚功夫都非常厉害，可每每探问缘由，他都用一句“老天爷赏饭吃呗”糊弄过去，因此，我从来也没想过，他会是个大人物，甚至还有个牛叉哄哄的绰号——“八王爷”！

在此之前，如果有人说他外号“王八蛋”，我都能信。

刘曦蔓跟我断断续续说过一些关于小笼包生母的事，也就是杨叔的前妻。那女人名叫李文爽，是“八零后”那一拨儿文学女青年，满脑子浪漫幻想，老杨一个不解风情的铮铮铁汉，硬是把文艺小娇妻宠得无法无天，直到退役之后，一次无意中体检验血，才发现五岁大的儿子根本不是他的亲生骨肉。李文爽坦承自己婚内出轨，哭着说爱上别人了，请求离婚。手续办完后，她果断丢下刚出世一个多月的小女儿，带着大儿子跑得无影无踪。

六年前，我流浪了半个中国，一路向西，跟唐僧师徒四人拜佛求经是一个路线。

途中，我搭上一辆挤半死的面包车，一路开到了刘曦蔓的汽车修理厂。那是夏末九月，我贪凉喝了几口冰汽水，在阴凉处靠着椅背小眯一会儿，十分钟后肚子疼醒，才发觉大姨妈提前来了。我毫无准备，措手不及，幸好老板娘小曦给我拿来了姨妈巾和红糖水。休息片刻，我腹内绞痛稍稍好转，擦一把冷汗，补一层防晒霜，正准备继续上路，却鬼使神差般被一阵婴儿的啼哭声吸引了注意力。

我徇声到里屋，伸头一看，沙发上躺着一个哇哇大哭的小宝宝，旁边杵着一男一女，束手无策。

男的约莫四十来岁，是个外形粗糙的精壮汉子，正扯着嗓门在演唱一首鬼哭狼嚎的摇篮曲；女的我认识，是老板娘小曦，她满脸无奈，一会儿捂眼睛一会儿堵耳朵，看样子她都快跪下给这一大一小两位祖宗磕头求饶了。

当时我以为他俩是两口子，对于两个大人不会哄孩子，十分诧异，我从小是孩子王，可以这么说，整个健康路街道的小孩子都是我一把屎一把尿喂大的！那副状况让我忍无可忍，咳嗽一声，走上前抱起小宝宝轻轻摇晃几下，很快，这个孩子就从放声号啕变成哼哼唧唧，不再哭闹了，只是瞪着一双乌黑又潮湿的大眼睛好奇地瞅着我，样子超级可爱——她微显凌乱的发型透露出一丝不羁的帅气，深邃不屑的眼神彰显着高贵的身份，苹果红的小肉腮上是满满的胶原蛋白——我说这位女士，都快十斤的人了，你能不能矜持一点别再舔我的胸了？

老杨当场就给跪了，膝行而前，以头抢地，求我帮他哄孩子。作为回报，他同意让我搭他的顺风车去任何地方。

从此以后，小笼包就再也没有离开我身边。

而我和杨叔，也从一开始的临时搭一趟顺风车，慢慢变成了相依为命的师徒关系。我天生就手长腿长，臂展比身高多出了近十公分，对此，杨叔曾经表示过遗憾："瓦砾，你这副骨架子，是个运动员的好材料。唉，可惜了……"

他的话在此戛然而止。具体可惜什么，他没有明说。

我当时还以为，他在可惜我是个女儿身，运动起来不如男人那么方便。现在回忆起来，才发觉自己真的过分敏感，想岔了。更大的可能是，他是在可惜自己那时候已经是个残废了，否则，他一定能把我训练得更好。

谁能想到，胡子拉碴的重卡司机老杨，竟然是因为受伤而隐居世外的一代宗师，真是——强得可怜！

我脑中突然蹦出这四个字。

但无论真相如何，不管他过去是八王爷还是王八蛋，我都不会嫌弃他的，毕竟他还是我的授业恩师！我的做人原则是：滴水之恩，当尼加拉瓜大瀑布相报！

“所以说，能傍上我杨哥是你的运气，老妹儿啊，你可得好好珍惜！”

孙大圣的总结发言，将我从这一段历史悠久的回忆中扯了回来，眨一眨眼，发现在场众人齐刷刷用一种暧昧的目光看着我，顿时哭笑不得。孙大圣总喜欢叫我老妹儿，没法改口，他每一次这么喊我，我都情不自禁地想穿个貂、扒头蒜。

“不不不，不存在的，我跟他没有那层关系。”

我忙不迭地否认。

杨大烟枪、小笼包和我，我们仨朝夕相处好多年，虽然亲密，但从来没有产生过涉及男女情欲的想法。我十八岁就知道自己迷恋的男孩是谁，他是深渊顶层里的一个浮标，是黑暗中的一串彩色幻泡，是电是光，是唯一的神话。而杨叔比我大十六岁，用他的话说，“我当你爸爸也当得”。除了开车之外，他还教我格斗术，难免有抱摔动作，然而即便我以女上位将他压在身下，也只能得到一句波澜不惊的“快起来吧，你压到我的肝内胆管结石了”。

想想他对前凸后翘丰唇媚眼的性感尤物刘曦蔓都是那一副漫不经心的臭德性，对我完全没有邪念，也就非常合理了。

我们之间的关系就像《百万美元宝贝》里的法兰克和麦琪，相依为命，父爱如山。

孙大圣宽容地笑了笑，问我：“安老板，你想怎么处置这孙子？卸条膀子，还是剁条腿？”

安雁龙还在他脚底下挣扎，我们聊顿天的功夫，他已经扑腾得灰头土脸，口中不干不净地骂骂咧咧。闻言，他吃力地抬起头，望向我，眼神无限怨毒。

我笑着摇了摇头：“大圣你冷静点，犯不上为个人渣惹官司，让他滚吧。”

孙大圣一脚将他踢了几个跟头：“老板发话了，滚吧，赶紧的！”

安雁龙挣扎着爬不起来，几个同伙正准备扶起他开溜，门外突然传来一阵嘈杂的声响，似乎有人在用力砸门，其中还夹杂着一个男人的喊声："朵朵！朵朵！你在里面吗？"

这声音有点耳熟，我站起身，示意守在门边的两个装修师傅，放人进来。

门一开，李大腾就像脱缰的野狗一样冲了进来，一迭声喊我的名字："朵朵！朵朵！你在不在这儿啊？"忽然瞥见我好端端地站在屋子中间，脸露狂喜之色，猛地伸出手抓住我的肩膀一阵乱晃："朵朵你没事吗？太好了！我还以为——"这时他才发觉情势不大对，立即住了嘴，一脸敌意地环视着满屋子壮汉，眼中是掩饰不住的紧张。

见他对我的安危如此关切，我很感动："我没事。腾哥，你怎么来了？"

"是卉卉通知我，她哥要来找你——"

他话未说完，耳听安雁卉一声惨呼："哥，你怎么了？"

我俩齐刷刷一回头，只见安雁卉跪在地上，双手胡乱抹着安雁龙脸上的鼻血，神情慌乱得不知所措，好像她哥哥身子骨特别娇弱流二两鼻血就会暴毙了似的。

安雁龙不愿在妹妹面前露怯，一把推开她，晃悠悠站起来，呵斥道："你来干什么？"

安雁卉随之站起来，咬着下嘴唇，不敢吭声。

"卉卉听见你打电话叫人，口口声声说要把安雁朵赶出槐南市，她怕你惹事，特意把我喊过来阻止你，还不是害怕你又因为寻衅滋事被抓进去！"李大腾气愤地继续问我："你怎么样？这些人都是他叫来的吗？你一个人能把他们打成这样？"

"站着的是我朋友，垃圾都躺下了。"我转头对安雁卉说："再迟来一步，你哥可能被打得不像粮食。"

安雁龙刚才被孙大圣一顿左右开弓地抽耳光，已经怂了。但这会儿他妹妹和妹夫来了，他误以为我多少要给他们留一点面子，开始色厉内荏地指着我们咆哮："老子不是吓大的！我也是混社会的，大家都是社会渣滓，强龙不压地头蛇，我难道还怕你们？！”

群嘲的后果，就是被群殴。

孙大圣一脚把他踹倒，胡志昆、高飞杰愤怒地冲上去对他拳打脚踢，纷纷喝骂。

“你小子说谁是渣滓？”

“老子可是祖国第一批黑带六段，民族之光！”

“青狼铁三角，代表着中国搏击的光荣与梦想！”

“国家栋梁！”

“你们这帮傻逼混子才是真正的社会渣滓！”

……

当时那个场面十分火爆，李大腾在旁边看得连连摇头，安雁卉紧紧抱着未婚夫的胳膊，臊眉耷眼的，不敢说话。而我的内心却毫无波动，甚至有点怀疑，安雁龙带人出来寻衅滋事是不是哪一家精神病医院特意安排的康复治疗项目？就他这个认知水平，别说参与正常的社交活动，哪怕让他回家带娃，我都怕小侄子被他带傻了。

孙大圣他们决定把人都轰出去的时候，混子们都快感动哭了，溜得一个赛一个利索。

唯有那个愣头青走得磨磨唧唧的，最后一个离开，抬腿迈出大门之前，又面带犹豫地回过头，欲言又止，似乎还有什么废话想说。

孙大圣捡起上衣，巨不耐烦：“你滚不滚？哭丧个脸子给谁看哪？”

愣头青期期艾艾地表明心迹：“其实……其实我……我跟八王爷一样，也是一个受……”

孙大圣一听这种空穴来风的谣言，立马暴跳如雷，准备打人。

但我蹦得比他还高，扬手就往那个愣头青的后脑勺儿抽了一巴掌：“别胡说八道！我师父可是铁骨铮铮的直男！”

愣头青捂着后脑勺儿跳开老远，差点儿撞在玻璃门上，一脸委屈，急忙把自己刚才的话补充完整：“……受……受过伤害的男人——喂，你们能不能让人把话说完啊？要真是八王爷来这儿开搏击馆，我……我还想来报个名呢！只不过我有点怀疑，他要是想开馆，为什么不去北上广大城市，要选择咱们这个鸟不拉屎的地方呢？”

“当然是因为爱和正义啊！文明精神，野蛮体魄，全面提高国民体质水平，刻不容缓！”孙大圣冲上去，热情洋溢地握住了他的手，“热烈欢迎第一位会员加入！方便的话，请您现在就交一下年费吧！”

孙大圣这一脚急刹太过刚猛，我都快晕车了。

愣头青还在傻乎乎地追问年费多少钱，我好想多嘴接一句——用北京话说，收你二百五，正好一个傻子数！

（三）

处理完这一摊子烂事，就是晚饭时间了，我执意要设宴给教练们接风洗尘。杨叔也接到了消息，先送孩子回家，正在赶过来的路上。

李大腾和安雁卉在场，我礼貌性地邀请他们一起吃饭，意外的是，腾哥居然一口答应了。

安雁卉明显很不安，想赶回去安抚她受伤的哥哥，但她的性格一向软弱没主见，未婚夫已经应允了，她就默默跟着，不再说话。

于是，一行三辆车来到餐厅。

我的小皮卡，李大腾的高尔夫 R，还有一辆是租来接机的别克商务车。

进了包厢，各自落座，趁着杨叔还没有到，我搬了把椅子坐到郑家臣他们仨的旁边，把自己的疑惑提了出来：按说，“青狼铁三角”名气这么大，他们三个人的生活应该都已经非常稳定了吧，为什么肯放弃那边的事业，甚至家人，来到槐南这个三线城市重新开始呢？

“生活，不止眼前的苟且。”

郑家臣充满诗意地说完了这句话，忽然停顿一下，眼神开始深邃起来。

我将下巴搁在手背上，静等他的后话。

果然，他继续说：“我有很多练重竞技项目的朋友，他们在退役之后，有的做了体校或者健身馆的教练，有的当了保镖，还有的做了帮人看场子的安保、保安。”

这个郑家臣不愧是青狼铁三角的老大，他非常擅长与人交流，说话娓娓道来，却又丝毫不拖泥带水，偶尔带几个手势，很有派头：“在北京、上海这种大城市，想当拳击教练，需要有教练证，想当散打教练，需要先考段位证，甚至还要求你有国家一级运动员的证书，收入却少得可怜，月薪 5000 元到 8000 元之间。二线城市、一般省会，对教练的要求没那么高，但工资大概都在 5000 元以内。基本就是这个价，高也高不到哪去。所以，我很多朋友最后都放弃了重竞技项目，选择去健身会所当教练，客户量大，教练除了拿基本工资，还有学员提成，多少能强一点。”

我不胜欷歔：“运动员虽然前半生辉煌，但后半生真的很坎坷啊——”

“散打考什么段位？！”孙大圣两眼一瞪，粗暴地打断了我的话，“散打一入门就是最高段位！唯一的区分就是重量级！”

郑家臣懒得搭理这个一找到机会就胡乱插嘴的家伙，继续给我讲解：“对啊，绝大部分运动员的职业生涯，都是非常短暂的。退役之后，如果做不成国家级教练，或者明星私教，根本赚不了多少钱，混得好也就是一个都市白领水平，有些伤病严重的，可能连白领都不如。搏击馆挣了再多钱，那都是老板的，劳苦功高的教练往往好几年不涨薪水，地位像肉猪和工蚁一样，就因为人家看准了你想跳槽也无处可跳，这是不公平的！”

胡志昆瓮声接话：“我们常说，拳击是一个弱势项目，因为从事这一行的职业选手都挺穷。有人受伤以后回乡务农；有人双目失明只能靠领补助过日子；也有人最后走上了歪道，跟着老板当打手、进监狱；还有的回老家开货车、跑长途……你看，杨哥最后不就开货车去了吗？唉！”

周大志也笑眯眯地叹了一口气：“唉，我们虽然过得还不错，但穷的同行，我们见得太多了。”

青狼铁三角中，他的话最少，长相也最为慈眉善目，就连刚才打人的时候都是一脸笑容可掬的憨样，光看他外形，根本不像参与了斗殴，倒像是目睹了全过程的市民刘先生。

张达将椅子拖近，兴致勃勃地说：“杨哥告诉我们，他要成立一个搏击俱乐部，把退役队友请回来当教练，给他们一个安身立命的地方。”

“你看啊，在拳馆教拳，除了能拿份教练工资，还能保持日常训练！”胡志昆也兴奋起来，沙哑的嗓门越发粗嘎，就像是谁用一根生锈的粗铁杆在撬动巨大的磨盘，“有了组织，参加比赛的机会就更多了，再赚点儿奖金和出场费！你看，既能养家糊口，又能发挥所长，这才是我真正想做的事情！”

张达又感叹道：“我儿子有哮喘，医生说跟空气质量有关。为孩子我连烟都戒了，搬个家算什么？你还别说，这南方的空气是真好，今天一天我连鼻孔都没抠！”

他刚说罢，杨大烟枪拎着几瓶酒推门走了进来。

虽然他膝盖和脚腕都有伤病，导致右腿骨骼轻微畸形，但肌肉复健还不错，脚步声依然铿锵有力。这么多年，开车归开车，他从来没放下过肌力锻炼，为了保持高强度的行动能力，他洒下的每一滴汗水我都看在眼中。

全桌人停止争论，不约而同地站了起来，跟老杨打招呼，就连自视甚高的郑家臣都恭恭敬敬地叫了一声“杨哥”。

老杨微微点头，抬手示意：“大家请坐。”

他这一抬手，颇有“众卿平身”的感觉。我不由得意扬扬起来，我师父牛逼坏了，我先叉一会儿腰。

第六章　神秘跟踪者

（一）

全桌就两个女生和杨叔没有喝酒，饭局结束后，外面开始下雨了，我们兵三分路，安雁卉开李大腾的车送他回去，杨叔送教练们回宿舍，孙大圣喝得猛，已经倒下了，我负责载他回家。

时间是晚上十点，我注意到，后视镜里，有一辆荧光黄的梅甘娜若隐若现，一直紧缀在我车后。

开出两公里，上了高架，我已经有90%的把握确定自己被跟踪了。对方的驾驶轨迹飘忽不定，一会儿只看见车头，一会儿只看见车尾。这种青铜级小学生玩家般的神走位，彰显出一种探头探脑的猥琐气质，似乎在刻意隐蔽，尽量不引起我的注意。

可惜它那个黄色太拉风了，就像漆黑中的萤火虫一样，忧郁的大灯，欷歔的嘟嘴车标，神乎其技的右侧超车技术，还有那Danger Feinting，都深深地吸引了我。

瞬间，一股热血直冲我脊背，难道又是安雁龙？他还不死心，半夜尾随我，有什么歪点子？

我扶了一下车内后视镜，看见孙大圣躺在后座睡得正香，呼噜震天。

——对待跟踪者，要么截住对方，要么甩掉。考虑到我方的MT兼DPS主力孙大圣这会儿战斗力为零，我当机立断，决定启动B计划，把对方甩掉！

这个时间段，二环以外超载超速的大卡车最多，我打定主意，一脚油门在前方下了高架，拐上一条卡车呼啸来去的危险大路。眼看那辆梅甘娜也跟了下来，我加速超过一辆大货车，挤进几辆飞驰的卡车之间，巧妙地利用了庞大掩体，变道到最右侧，在三岔路口迅速拐进一条知不知名的小道。这条路黑暗寂静，似乎正处于地铁三号线工程的封路范围内，连盏路灯都没有，只听见雨声沙沙响，就像繁华都市里一道安静结疤的伤痕。

梅甘娜的司机还嫩，当我在小路中段刹车时，回头张望，已经看不到那辆黄车了。

我靠边停稳，推门跳下车，没留意路旁有个坑，一脚踏空跌进去，小腿擦伤，一阵火辣辣的疼。

龇牙咧嘴地缓了一会儿，我单腿跳出泥坑，打量片刻路况，重新导航回家。上车时回头一看，孙大圣的上半个身子躺在脚垫上，双腿还好好地挂在座位边，以头下脚上的姿势，睡得死沉，肯定是在哪一次急转弯的时候滚下来的。

我带了腿伤回家，实在背不动孙大圣，只好打电话喊端木希鸣下来帮忙。只听楼上俏佳人推窗一声娇叱，本来醉成一摊烂泥的孙大圣激灵灵打了个冷战，睁开双眼，醉意立马清醒了一半，自己连滚带爬地扑腾上了二楼。

——这简直就是生命科学的奇迹啊！

进了屋，开灯细看，我才发现自己小腿上擦破了硬币大一块皮，青紫色，像中毒了似的。

外婆的睡眠浅，听到动静，悄悄从卧室走了出来，也没多问，径自从柜子里取出医药箱，给我伤口涂碘伏消毒。涂着涂着，忽然她手里棉签棒一顿，无奈地叹了口气："唉，想不到，就你妈那个林黛玉的体质，还能生出你这个孙猴子……”

端木希鸣拎起睡裙，一脚把浑身酸臭的孙大圣踹进浴室，恨恨道：“这才是真正的孙猴子呢！”

少倾，她又湿答答地从浴室里钻了出来，对我使了个眼色，示意我靠近她，接着冲楼上努了努嘴，将双手拢个筒形小声对我说：“小曦姐今天好反常，你快上去看看吧。”

“她已经回来了？”

“嗯，早就回来了，一直在阁楼里闷着，喊她吃饭她也不下来。”

“知道了，我上去看看。”

刘曦蔓的行踪一贯异于常人，在西北大城市做汽修厂老板娘时，她就是那一带赫赫有名的风骚尤物，作风放荡，不喜欢受人控制。那时候我经常看到她口角青肿，身上有伤，一问，就是出去干坏事被老板家暴了。她倒也满不在乎，反正没有领证，“我管不了他，他也休想管我”。后来老板有了新欢，对她下手越发歹毒，她终于被打急了，便偷偷收拾好细软，找了个机会跟我们一起逃了出来，决定在这个离西北两千多公里的南方城市安身立命。

她的汽车快修店刚刚开业不久，业务繁忙，经常晚回，最近这几天甚至夜不归宿，只在微信上报个平安。

我蹑手蹑脚地走上楼梯，虽然整个三楼只开了一盏昏黄的过道灯，但窗外雨水反射着亮光，我一眼就看见了抱着猫偎坐在玻璃窗边的刘曦蔓。她蜷起双腿，歪着头，坐在落地窗旁的瑜伽垫上，额角紧贴布满雨珠的窗户，正在默默抽烟，举哑铃时戴的半指防磨手套还没摘下来，黑漆漆一团，随着烟头上的那点红光，一起一落。

豹哥躺在她大腿上睡着了，四仰八叉的，喉咙里发出愉快的咕噜声，一只爪子还伸进了女主人衬衫里，本画面可以加入“人不如猫”系列。

我咳嗽一声：“雨下大了，我上来看看窗户关好没。”

小曦懒洋洋地转过头，没说话，只给了我一个“您请便”的眼神。

我慢慢走过去，一边留心打量她的神情，一边在心中预估她现在的心情有多糟糕。她可能刚刚做完今天的keep，眼妆晕成了大熊猫，还没有洗澡，运动内衣外面随便套了件大衬衫，扣子只扣了一粒，松松垮垮地覆着玲珑身躯，硬朗的尖衣领没有翻好，戳在纤细的颈上，我替她感觉到脖子一阵微痛。

这是一具健康又情色的身体，也是一具健身成瘾的强迫症患者的身体。

我见过她玩命撸铁的样子，地板上全是她流的汗水，被打扫卫生的保洁阿姨破口大骂："是谁这么没素质在地上尿了？！"

此时，她一只手捏烟，另一只手无意识地撸着猫，眼神空洞地瞟向窗外。

不远处，地板上突然亮起一团白光，那是她手机屏幕上的来电显示，在静音模式下，它就那么无声无息地默默亮着，屏幕上面显示着几个大字：债主刘老太。

这个债主刘老太，就是她母亲。

刘曦蔓读小学三年级的时候，她父母就离了婚，母亲性格要强，为了跟前夫赌气，硬是争走了一对儿女的抚养权，将两个孩子从姓王，改成姓刘。刘曦蔓和小她四岁的弟弟，从此就跟着妈妈生活在一起。这个刘老太一生好强，又有点重男轻女的旧思想，每当新仇旧恨一齐涌上心头，就打骂女儿出气。小曦十六岁时，跟母亲争吵后离家出走，和跟当时的小男友私奔到了西安，准备过幸福的同居生活。然而，还不到半年时间，男友的几千块钱积蓄就花光了，既受不了太累的工作，又顶不住家庭压力，乖乖回了家。但小曦却执拗地留了下来，甚至后来干脆走得更远，永远都不回家。

她这个倔强的脾气，倒是颇有乃母之风。

我问她，从来不想家吗？

她无所谓地耸耸肩膀："我妈跟我弟过得挺好，他们才是一家人，我是个多余的。她老人家亲口说过，要不是当年她跟我爸爸闹得太凶，成心伤害对方，她根本就不会要我的。我离家这么多年，她主动给我打电话只有一种情况，就是又缺钱了。"

因此，她把母亲手机号备注成"债主刘老太"，这件事听起来很可笑，却又可怜。

刘曦蔓没有接电话，仰起头，靠着窗，脸色出奇地疲倦。

终于，手机屏幕黯淡下去了。

我关了窗，在她身前的地板上坐下，她一下一下摸着猫儿子的背毛，幽幽地对我开了口："我弟弟，今年国庆节要结婚了，我妈打电话来，说买新房还差钱，让我赶紧凑六十万给她。张口就要六十万，她老人家居然说得比收房租还理直气壮。"小曦缓缓地讲述母亲的奇葩事迹，唇边、眼里都是嘲讽的笑意，"她还催我早点结婚，可能是嫌我一个人挣钱不够她花了，让我多找一个人养她，呵呵，真是可笑！我不嫁人有多痛快，她未必了解；但是她和傻逼天天睡一张床上有多痛苦，我从小就了解！"

"六十万？！就你妈那个奇葩，我喊她一声刘扒皮都怕喊亲热了。"

"我拒绝了。然后，她每隔几分钟就打一通电话来，指责我忘恩负义，跟着她姓刘，却不为刘家做贡献。真是笑话，好像我当年被迫改姓，还占了她多大便宜似的，要是由得我自己选，我宁可姓党！"

"坚强点，小曦，这次别再听她的了。"

"你不知道我经历过什么，你也不了解我的痛苦。请不要对我说坚强点，也别对我说要勇敢、要独立、要活得漂亮……你就陪着我坐一会儿，我心里会好受点。"

刘曦蔓昔日清亮的嗓音变得慵懒、沙哑，白厉厉的雨光映在她脸上，显出几分凄楚。

我们的人生，就像是一个无法清洗的调色盘，无论中途添加过多少鲜艳的色彩，掺糅之后，无非都是由白到黑的过程。

在痛苦暴发之前，你都以为我刀枪不入，而我以为你百毒不侵。

"我店里有地方睡，本来我是应该搬走的，但你家的阁楼太美了，我做梦都想要一个这样的大阳台啊。"刘曦蔓突然没头没脑地抛出一句话，然后，她就像刚刚恢复了正常的语言能力，开始向我倾述，"这是我第一次感受到南方的雨夜，听到这种像在跟你讲悄悄话一样的雨声，都舍不得去睡，忍不住多听了一会儿，顺便追忆自己蹉跎的上半生……瓦砾，你知道吗，当年，我初恋男友离开我时说的那句话，是我听过最酷的表白，这一辈子，可能我都忘不掉了。那天晚上西安也下着大雨，我去火车站送他，检票之前，他对我说，‘我要给你最好的生活，再亲你一口，我就回家偷钱，我会努力跑掉的，你等着我’……然后我等了他一年，每天都问他什么时候回来，最后他就把我的联系方式都拉黑了，呵呵……”

接下来的半小时，我一直在听，她一直在说，连指间凝结了长长一截烟灰，断裂、跌落在地，她都浑然不觉。

窗外，花园里种了各色盆栽，一罐三色矮牵牛正在风雨中频频摇头。

（二）

十三年前我父母意外去世，大伯执意要将他们夫妻分开埋葬，理由是我妈没给他们老安家生儿子，不配进祖坟。我妈家中人丁单薄，只剩老弱和幼儿，没人争辩得过他们，只能将我妈的骨灰带回去葬在乡下。后来外公去世，就埋在她旁边，再也不用担心她孤零零一个。

清明节后，我抽了一天时间去给父亲扫墓。

若非亲情牵绊，我真不想踏入这片尊贵堪比皇陵的祖坟地，尽管现在都是公墓了。

我知道，安家人扫墓的时候，会顺便给我父亲也烧几张纸钱，兴许再摆上一枝小花。然而，在父亲的坟前放下鲜花后，我意外发现前边有大量烧过纸钱的痕迹，墓碑前还摆了许多糕点、水果、花束，虽然被雨水淋湿，却显得挺奢侈，并不像我想象中的那么凄凉。

我不知道还有谁能如此厚待我爸，好奇地去问公墓管理员，管理员大叔对那个出手大方的男人印象很深，因为他每年都来扫墓，脸上有道吓人的疤，而且模样长得跟墓碑上的照片还有几分相似。

根据他描述的身高和体形，我判断，是安德高，他耳根下确实有条刀疤。

——总算他还有些良心，虽然对我们母女丧尽天良，但至少我爸在他那儿还能得到亲兄弟的待遇。

回家的路上，我看见街边有一家新开张的日式甜品店，于是靠边停车，冒着雨冲进店里，买了一盒漂亮的日式和果子，准备带回去送给小笼包。

小笼包最近在学沙瓶画，老师说她很有艺术天分，我答应过要给她奖励。

就在上车前，我习惯性地前后瞥了瞥。倏地，凌乱的雨幕之中，一抹熟悉的亮黄色跃入我的眼帘。

又是那一辆黄色梅甘娜。

那人还在跟踪我。

我停在路边，他也停在五十米外的一棵树下。

安雁龙那个废柴，能花点啃老钱找几个混子当马仔，陪他花天酒地、调戏良家，我并不意外。但是，这人能开得起30万的车，为什么还要给那种瘪三当手下呢？！我不动声色转回头，上了车，系好安全带，发动车子缓缓沿着道路往前驶去。一路上，我留心观察，那辆车始终是独自行驶着，并没有同伙，心中不禁松了一口气，梅甘娜的后座空间那么窄，顶多藏一个大汉，臀围还不能超过三尺。他们未免太自信了，这点儿人手，能把我怎么样？

我假装没有发现异样，不紧不慢地把梅甘娜引上一条单行道，忽然一把方向盘掉了个头，猛地将它逼停在路中央。

那司机一个急刹，前脸随着惯性磕在方向盘上，留给我一个天灵盖儿。

我迅速跳下车，抬手打开后备箱，从角落里抽出一个锃亮的大号扳手，再提一提裤腰，抹一把脸上的雨水，转身走回去，敲了敲那辆梅甘娜的车前盖，冲着司机一勾食指：“你，给我滚出来！”

司机用一只手半遮着脸下了车，我仔细观察，车里居然就只有他一个，没别人。

——竟敢单刀赴会，好胆魄！

我心中给他竖了个大拇指，冷冷一笑：“抬起你的狗头！”

对方犹豫一下，放下手，抬起了头。

我大吃一惊，不由自主后退两步，瞪大了双眼。眼前这位年轻的男司机，高我一头，长相俊朗帅气，身穿极简白T和灰色运动裤，脚上是一双脏不拉唧的网面球鞋，不是于彦峰又是谁？

他咧嘴冲我一笑：“嘿嘿，被你逮住了。”

“小峰！”我整个人都懵逼了，不自觉放下了扳手以及准备打架的嚣张气焰，感到很是恼火，训斥一句：“你跟着我干什么？”话甫一出口，我想了想，觉得这句质问有点凶悍，不利于未来进一步地发展友好往来关系，于是放缓语调，重新问了一句：“你什么时候回来的？”

“清明节啊，放了三天假。”

“可是腾哥说，你们家前几年就搬到上海去了，你这一次是专程回老家扫墓？”

“不是，我回老房子取点东西。”

“昨晚跟踪我的是不是你？既然回来了，为什么不打招呼，一直偷偷跟着我干吗？”

“我……雨挺大的，要不我们先上车再解释吧。”

“上车？用无线电解释吗？”

“你陪我回去取样东西，到了家里，我再慢慢跟你交代犯罪动机，行吗？”

“行，带路吧。”

于彦峰家的老房子就在健康路附近，位于一片等待拆迁的平房区，离我家非常近。我对他这辆外形拉风的梅甘娜很感兴趣，听说，在前驱车中，梅甘娜属于一定要技术好才能开出乐趣的，这车最能体现驾驶技术，我早就想试试了！

我索性先拐回自己家，把皮卡停进车库，然后让小峰把车给我开一段路玩玩，试驾几分钟。

准备离开时，我看见了车里的日式和果子，赶紧给小峰发条微信：“我要先上楼送点东西，等等我。”

很快，他回复过来：“风里雨里，我在楼下等你。”

我盯着手机屏幕上蹦出来的这句话，忍不住轻轻摇了摇头，哑然失笑。于彦峰还是那个双重人格的样子，线上甜蜜，线下拘谨。别人是嘴上说着不要，身体很诚实，而他则是在微信上恨不得撕开底裤来挑逗我，但一见面就成了夹紧双腿的怂虽子，矜持得就像大姨妈来了，多说一句“喝点热水”都害怕我当成他在耍流氓。

实在搞不懂，他年纪轻轻为何要活得如此分裂？这究竟是道德的沦丧，还是人性的扭曲？

很快，开上了新车的喜悦，就全然击破了我的这点忧虑。驾驶梅甘娜是一种乐趣，它够纯粹，动力充沛，切换到 Esc Off 模式后怠速暴涨，过弯时通过手刹可以轻松甩尾，新一代两门外形更酷，手动更热血。缺点么，当然也有，跟他在学校开的那辆昂科赛拉一样，还是后排空间小，能坐人，但没法伸腿，像我这种身高一米七腿长两米八的根本不用考虑驾驶座以外的位置。

平房区已经很破旧了，路况糟糕，我小心避让砖石，稳稳当当开到了他家门口。

于彦峰瞪大眼睛，双手握拳抵住下颌作“我的天哪”状，惊异地问：“居然一次都没有刮到底盘，你是怎么做到的？我昨天自己开回来一趟，车差点报废了！”

“抽空去检查一下你车的悬挂系统，还有油底壳。”我下了车，依依不舍地返身摸了摸车顶弧线，陡然间横生感叹，“唉，人生啊就是这么不公平，真正爱车的人只能开一辆破皮卡，而不爱车的人，却在拿 30 多万的梅甘娜 RS 练手……”

“这车不是我自己买的，是我……我爸买错了，我本来想要的是大黄蜂。”

于彦峰声音愈来愈小低，显然不愿多说。

我对他爸爸也愈来愈好奇，到底中了多少亿元的巨奖，才能让家境得到如此彻底的改善？随随便便送个礼物就是一辆梅甘娜，这才是亲爸啊，给我送一辆我也愿意叫他爸爸！

小峰从墙缝里取出钥匙，打开老式的防盗门，入眼仿佛是一片波浪起伏的蔚蓝色海洋。

屋里的家具家电几乎保持了原样，一样都没带走，全部被蓝色的大布覆盖着，体积不等，从凸起的轮廓勉强看得出哪儿是桌，哪儿是椅，哪儿是沙发。这种半下沉式的老房子本来就容易受潮，墙皮还生了几处苔鲜，霉味很重，显然有年头没住人了。这副阴森森废弃老宅的架势，仿佛就是哪个都市传说的发源地，要是深更半夜里，我一个人还真不敢进来。

“你们有多久没回来了？”

“我上次回来，还是一年前了，就我自己，我爸妈没再回来过。”于彦峰推开自己那间小卧室的房门，微微偏首作了个请进的手势，示意我进去看看。

我从他身边越过，走进房间。

这间屋子我小的时候经常来玩，最后一次是爬窗户进来的，还睡了一夜。那张一米宽的小床、床头的五斗橱、靠窗边的小书桌，都盖了蓝布防尘，还有许多高达模型的盒子垒在一旁的墙角，八角尖尖。

小峰掀开五斗橱上盖的蓝布，打开第二个抽屉，取出一本厚厚的老相册。

他近乎恭肃地用双手托起那本相册，仿佛捧着他祖爷爷的骨灰盒，转过身去，用力吹了吹封皮上的积灰，又伸手拍了拍，然后把脏手往屁股兜上随便荡了荡，这才小心翼翼地翻开相册，拿出中间夹着的一条银色项链，拎起来朝我晃了晃。

吊坠是个花骨朵的形状，很漂亮，但我的目光却被相册里一张照片吸引住了。

那是一张泛黄的小姑娘照片，约莫八九岁年纪，穿着白纱公主裙，头上扎着一个红色的大蝴蝶结，蹲在马路边歪着头傻笑。

那是我啊！

往下看，穿长袖衬衫的小姑娘一只脚支着单车，回眸灿笑，头发被风吹得糊了一脸，却神采飞扬。

还是我啊！

我粗暴地一把抢过相册，匆匆翻看，惊诧地发现，里面竟然全部是我的照片，从小到大，贴得密密麻麻，上至百日留念的露点照，下到十八岁的毕业合影，都在这个老相册里保存得好好的！我心里直呼不可能，这一批老照片早在安德高搬进我家的时候，就陆陆续续遗失得一干二净了，于彦峰怎么可能会有？他是从哪儿收集到的？

我仰起头，盯着于彦峰，献上一张黑人问号脸。

他呆呆地望着我手上的相册，片刻，才叹了一口气："唉，看来我今天需要解释的事还真多啊！"

"其实……"他凝望着我，拖长了尾音，表情带有即将一语道破天机的中二和神秘感，语气无比笃定，"我是一个天使！你的守护天使！"

此时，雨后的阳光突然破云而出，几丝金芒透过窗棂，落在他脚下。站在金色光带之上的英俊少年，稚气未脱却令人心安，面目温柔得仿佛一枚刚刚剥开的悠哈奶糖，恍惚间，我鼻端还能嗅到一缕甜丝丝的香气。

——难道他真是神仙？

我目瞪口呆，被这个难以置信的真相震住了。

（三）

呆了几秒钟，我抡起相册，结结实实一家伙呼在于彦峰脸上："天使是吧！"

他哎哨一声痛呼，嬉皮笑脸地往后躲。但房间着实太小，刚退开两步，他的双腿就先后绊在床沿上，顿时重心不稳，四脚朝天，重重地摔倒在蓝布覆盖的床上，脑袋还咣一声撞了墙，两眼旋涡直转，头上小鸟乱飞。

我跳上去对他一顿勾拳："天使是吧！天使是吧！我这就送你去见上帝！"

这个小兔崽子，满嘴瞎话，要不是他眼屎没抠干净，刚才那个状况差点儿就把我唬住了。我对自己的智商感到深深的担忧，恼羞成怒，一心想教训这个不诚实的熊孩子。

老床上了年纪，质量又差，此刻承载了两个成年人，立时发出一阵差耻的咯咯吱吱声响。

我这才意识到自己又习惯性地压在他身上施暴了，咱俩都不再是一言不合就打闹的小孩子，这地方暧昧，体位暧昧，动静更暧昧，不由得赧然住手。于彦峰还是老样子，不敢还手，拼命护脸，活像一个正在忍受恶霸凌辱的娇怯怯美少年。

一时间，我邪念横生，这荒郊野岭的，我把他糟蹋了估计都没人来救他。

趁我停下，小峰右手一伸，把紧攥的银项链递到我眼前。

花苞形吊坠，在我眼前摇摇晃晃。

根据它被收藏在相册里的尿性，我推断，这枚吊坠应该也跟我有些关系。然而，尽管我将它接过来，翻来覆去地把玩，绞尽脑汁在记忆深处搜寻，但最终还是一无所获——我从来没见过这枚吊坠，确实毫无印象。

“这是什么？”

“是我自己做的，乳牙护身符。”

“乳牙……”

我不禁皱起眉头，仔细打量，这是一枚花骨朵儿形状的银盏吊坠，看花瓣尖尖上的小缺口，应该是樱花开成四五分的模样，在花蕊位置，花瓣簇拥的中心，悬挂着樱桃核大一颗白生生圆滚滚的小石头……莫非这就是乳牙？！

“我去，你也不嫌恶心！”一阵反胃袭上胸腔，我赶紧伸长胳膊把它从眼前弄走，“谁会把自己乳牙当宝贝留着！”

“不是我的，是你的！”他表情很委屈，“你看不出来吗？”

“什么？这是我的乳牙？你打哪儿弄来的？”我又是一阵纳闷，同时，即使知晓了那是自己的牙齿，我还是感到很恶心，“谁会记得自己乳牙长什么样？我又不是变态！”

“变态吗？这可是我偷来的。你走以后，我把它做成护身符，每天都戴，直到上了大学。”

他这番话说得真情流露，只是几字一顿，听起来不太连贯，同时，整张脸红得异常，额角还渗出了几颗汗珠。这种地下室本来就密不透风，两人靠太近了，肯定容易产生不可描述的中暑症状。我既感动，又担心，双手撑着床板准备跳下去："是不是太热了？那我们出去吧 ——"

我话还没说完，便被他猝然抱住，慌乱中一鼻孔拱进他怀里，只觉得两耳边嗡的一声燃起了扑面的热浪。

"等一下，你先，听我解释。"

于彦峰的声音略显颤涩，呼吸急促，粗重的气息喷在我头发上，使我感觉自己今晚的护发精油可以省下了，同样是滋润补水，摩洛哥油不一定比得上纯天然无硅油的唾沫星子。这位男士正在用他的亲身经历给广大男同胞们做出好榜样 —— 解释之前，务必先用一个摔跤锁技制服对方，要让姑娘想捂着耳朵大喊大叫"我不听我不听"都挣不出手来。

我的脸紧贴他胸口，他激烈的心跳声就像我煲耳机时听过的重鼓点，心肌舒张推动胸腔，十二对肋骨一下一下猛烈地抽打我的头，差点儿把我敲成了脑震荡。

"朵朵，我有一个秘密，跟你有关。从六岁开始，我就知道这件事了，但我一直不敢告诉你……"

—— 他居然从六岁开始就暗恋我了？这孩子也太早熟了吧！我羞涩地想。

"这个秘密，我保守了十六年，从来没有对别人说过，包括你。一开始，我主动接近你，确实是别有用心，我对你很好奇。后来，慢慢地，我发现你才是我最亲的人，因为只有你肯带我玩……从小，我爸经常不在家，我妈只喜欢在麻将馆打麻将，他们俩从来没带我出去玩过。上学前，我妈打麻将，我就在门外面玩；上学后，她打麻将，我就在门外写作业。有一次，不知道从哪儿冒出个疯女人，想把我抱走，我哭着喊妈妈，当时麻将馆的门开着，但是她根本懒得回头看我一眼，最后还是一个路人把我救下来的，那种无助感，真的很可怕，到现在我都还记得……从我六岁到十六岁，你是我最亲的人，你在我心里的地位超过了父母。只有你愿意带我玩，只有你愿意管着我，也只有你能管得住我……"

——这个傻小子，讲这么多废话干吗？抓紧时间，快点直奔主题啊！我暗自心焦。

“从小到大，咱们亲也亲过，抱也抱过，在我心里，四舍五入就等于睡过了……你消失的前一晚，我们也躺过这张床。那年我十六岁，只偷偷看过一本黄书，对异性和爱情一知半解。从你走了之后，直到我有了女朋友之前，三四年时间，我在心里上过你一千多次。”

——好了，话说到这份儿上，接下来，他一定会勇敢地向我告白。我略感娇羞，在心里飞快地排练了一下“我愿意”的神态和语气。

“我想告诉你，其实我……我是——”

关键时刻，他裤兜的手机突然响了，话语被打断，气氛也被破坏。我偷瞥一眼，屏幕上一个简捷的“爸”字，这电话是他父亲打来的。而于彦峰陡然间像见了鬼似的，一下子就僵住了，炽烈的眼神黯淡下去，原本火热的身体犹如被浇了一瓢凉水，变得冰冰冷冷。

他轻轻把我推到一边，走到客厅去接电话，声音压得很低很低。

我抱着胳膊靠在柜子上，眼看他接电话的动作僵硬，神态不自然，心中疑窦丛生。我从来没有见过他爸，也没有听过他爸的声音，这两人究竟在谈什么？如果仅仅是普通父子之间的寒暄闲谈，又何必刻意背着我？

他的神情，是我从未见过的冷峻，偶尔与我目光接触，总有几分闪烁，似乎在回避及提防什么。

三分钟过去了，于彦峰的这通电话还没打完，看他目露凶光，既焦躁又不耐烦的模样，似乎是父子对话逐渐陷入了争执。我虽然听不清楚他具体说了些什么，但可以听出来激愤的语气。最后他索性一言不发，沉默地举着电话，嘴唇紧抿，胸膛剧烈起伏，显然在拼命压抑着满腔怒火。

巧的是，我手机也响了，刘曦蔓打来的，电话接通后我还没来得及喂一声，她就飞快地甩来一句话：“曜兰爱朵有眉目了！”

我心里咯噔了一下。

曜兰爱朵，是我爸创立的教育公司。

1992年，我爸妈结婚，为了给家人创造更好的生活，我爸爸第二年便辞去教师这个铁饭碗，毅然下海。七年时间，他尝试了许多个创业方向，事业却始终不见起色，家境勉强算得上小康，但并不富裕。直到1999年，他把握住时代机遇，利用自己多年积攒的经验，理智地结合自身优势，跟朋友合伙创立了一个民办教育培训机构。

公司名字的来历，是我爸妈各自选出一个自己最喜欢的字，准备叫“曜兰教育中心”，但注册时，发现有重名，于是就加上了“爱朵”二字——既有“深爱女儿朵朵”的含义，亦有“爱护祖国花朵”的引申义。

曜兰爱朵教育中心的最初创始人以及法人，都是我爸。他去世以后，我不知道公司股份在我大伯手下发生过哪些变动，总之，这个教育机构凭空消失了，这些年来，我在网上也查不到它的动态。

因此，听到小曦的话，我又惊又喜：“你查出什么了？”

小曦：“2003年之前，公司法人一直是你父亲安德民，另外，你母亲汤君也占有20%股权。2003年，整个公司的股权结构发生了巨大变动，年底就被收购了。如果我没猜错，你父母就是这一年去世的吧？”

我：“对。”

小曦：“收购你爸爸公司的人叫冯启坤，这个人，2004年注册了曜创力教育集团。”

我：“曜创力？”

小曦：“曜创力是目前全国最大的教育培训集团，冯启坤是创始人，并且占有51%的股权，等于是一个人控股。因此，我怀疑，曜创力的前身，就是曜兰爱朵！”

我：“这些资料，为什么我在网上查不到？”

小曦：“以前的曜兰爱朵只是一个家族企业，不是上市公司，所以资产信息没有公布过，我找到门路调查了公司的股东变更记录才发现的。”

我：“所以，这个冯启坤，一定是我大伯的熟人，对吗？”

小曦：“对！瓦砾，还有一件事，我必须要告诉你，关于曜创力的持股比例——”

这时候于彦峰已经接完了电话，正从客厅走进来，一边走一边喊我：“姐，我们出去吃饭吧，上次我说过要请你吃寿司——哎，你也在打电话？”

刘曦蔓听见了陌生男性的声音，敏感地问我：“你现在跟谁在一块儿？”

“小峰啊，我跟你说过的……”

我答得略带点腼腆。这些年，我对于彦峰的窥伺之心未死，也曾向小曦透露过，她当时还表示很想见一见这个美少年，但此刻，她似乎完全没有这个兴致，不等我说完，便迅速截断了我的话：“早点回家！回来再说！”

话音刚落，她不由分说挂了电话。

我意外听到嘟嘟嘟的挂断音，愣了半天，才把手机从耳朵边移开，心里纠结得厉害，有无数个疑问在大脑中盘旋，既想立刻赶回家去找到刘曦蔓打破砂锅问个清楚，又不舍得从目前这个情境中太快抽身，毕竟于彦峰差一点就告白了，只差一点而已了。

于彦峰清了清嗓子，又一次问我：“我们出去吃饭吧……”

我打断他的屁话：“你没别的话要说了？”

他愣了愣，犹豫一下：“刚才，我已经把心里话都说了，你还想听什么呢？”

“哦，没什么，我该回去了。”

“那我送你。”

于彦峰的神色稍微有点失落，但也毫无挽留的意思。遇上这位耿直的奇男子，我能怎么办啊，我也很绝望啊！

他送我到了楼下，闲聊几句，互相摆手道别。

说话时，小峰一直伫立在车边，时而仰起头看着我家窗口的灯光，时而低头看看我，目光阴郁。当我转身走进楼道时，他突然扬声喊住了我：“朵朵！”

我一回头：“哎！”

“你愿意跟我一起住吗？”

听到这个问题，我一时懵了，“啊”了一声，不知如何作答。

“等到六月，我毕业了，就回来，你喜欢老城区还是滨江新区？”

呆了呆，我猛地明白过来，这个不要脸的小流氓是在赤裸裸地邀请我同居啊！原本干枯的心田犹如突然间被浇上了一瓢清冽的泉水，我喜不自胜，又故意装傻："干吗跟你住？我自己家大着呢！而且，你不是要留在江城实习吗？"

"我不喜欢江城，我只是不想回自己家。"

"那你可以去大城市，为什么要回来？留在三线小城市有什么前途？"

"你错了，槐南并不是三线小城市，而是一线大农村！"于彦峰一本正经地反驳，扳着手指头算给我听，"你看，城市建设落后，经济结构单一，GDP 总值排名这几年倒是蹿得很快，但是居民消费能力还是太低，五年前才有星巴克，一年前才有地铁，目前还只开通了一号线……理论上，说它是三线较弱城市都算给它脸上贴金了，能列入三线名单，完全是因为名额多，竞争小……"

这可是我心爱的故乡啊，就这么被他有理有据地羞辱了！

我火冒三丈，正想撸袖子上去干架，忽听他话锋一转，温温柔柔地说："但因为有你，所以，它对我来说就具备了一线城市的吸引力。"

只一句话，便将我的狂暴型人格溺毙在蜜罐里。

于彦峰这份深情厚谊，让我在措手不及的同时，也感到有些受之有愧："其实，不用刻意为我做什么，你又不欠我的——"

他不由分说地打断了我："你想要的任何东西，都是我欠你的！"

眉眼那么好看，语气又那么诚挚，句句甜得钻心，这个男孩子要顶风作案犯下心动杀人罪啊！

我很震惊，微微张开口想说点什么，又默默地咬住嘴唇，把客气话吞了回去。

"你十四岁受到伤害，我没有能力保护你。现在你二十四岁了，我不会再让任何人欺负你，无论是谁，甚至可以六亲不认，你相信我！"

于彦峰这一番话说得掷地有声，右手握拳置于胸前，神色庄严，宛如起誓。

我感动地擦了擦眼睛："放屁！老子现在也是十四岁！"

第七章　都是体质的错

（一）

上楼的时候，我哼的歌都是“革命红旗迎风飘扬，中华儿女奋发图强”，意气风发。

门一开，我和正准备离开的家政阿姨迎面撞上，她手里提着两个装满食物的塑料袋，还在跟我外婆客气推让。这位保洁阿姨是我月初刚请的，每周二、周五来家里打扫卫生，今天是她第一次工作，可能想给户主留下个好印象，擦洗非常细致，打扫三层楼花了好几个小时。外婆见天色将暮，想留她吃晚饭，她没好意思答应，外婆便塞给她几个包子和一只烧鸡留着路上吃。

送走阿姨，我心急火燎地到处找刘曦蔓：“小曦呢？她回来没有？在楼上吗？”

外婆见我摆出一副挖地三尺的寻仇架势，也着急起来：“刚才我还看见她了，就在家里。你冷静一点，有话好好说……”正说着，洗手间的门拉开了一半，小曦懒洋洋地从门缝之间探出一个毛发茂盛的脑袋：“喂，我在这儿呢。”

我不由分说，一胳肢窝夹住她脖子就往楼上拽：“来，咱们找个没人的地儿，你给我把话说清楚！”

小曦一路绝望地挣扎：“喂，你等我把裤子提上行不行啊！”

我像搂着一条活鱼似的艰难地把她薅到二楼，胳膊都被她掐肿了。找个没人的房间，我反腿踢上门，松开手，劈头就问：“曜兰爱朵……不，曜创力的持股比例究竟有什么问题？还有那个冯启坤，他到底是什么人？跟安德高什么关系？”

小曦叉着两条大光腿，气得呼呼直喘，她今天穿的是咖啡红吊带背心搭一条长及鞋底的纯黑阔腿裤，本来风度翩翩，这会儿背心以下只剩一个紧绷绷的三角裤衩。

——人上来了，裤子掉在楼梯上。

我赶紧一溜小跑帮她把裤子捡回来，讨好地赔着笑，耐心等待她抻直褶皱、套进两腿、提裤子、掖衣服、整理仪容。

然后，她才慢吞吞地问：“你刚才，和于彦峰在一起？”

“对啊。”

“那……”小曦迟疑一下，“那你认识跟他同名同姓的人吗？”

“不认识，怎么了？”

“我看过曜创力的持股比例表，除了冯启坤占有51%之外，还有一个人，他是第二大股东，占有8%的股权……”

她说到这里，顿了一顿，眉宇间笼起一层悲悯。

我依稀感觉到了一种不祥的预感，脱口而出：“安德高？”

她摇摇头：“不是你大伯。”

我吁了一口长气，放下心来：“那是谁？”

“于彦峰。”

她一瞬不瞬地盯住我，可能是怕我听了这个名字之后，产生狂化，或石化之类的DeBuff。

没错，我刚吁出的一口闷气又堵回嗓子眼，全身的血液，瞬间像冻结了一样迅速降温，脑子混乱到听不见自己追问的声音：“你说谁？”

“你先别急眼，这份股权比例表的真实性，我也不是很有把握。”

“没把握？你什么意思？”

“意思就是我看到的不是原始文件，公开信息就这么多，流传出来的版本，可能有误，也可能是过期消息。另外，中国人口基数那么大，叫于彦峰的人也不可能就他一个。”

“对……对！”

我应得迷茫而急切。

小曦漫不经心地抬起左手，从锁骨处交叉的细肩带里拔出一绺卷发，冲我笑了笑，眼神意味深长：“瓦砾，我朋友不多，你是我唯一的女性朋友。私心里，我不想给你带来任何坏消息，如果你想停止调查，随时可以通知我。”

沉默片刻，我重重地一点头：“费心了，小曦，有新消息再告诉我。”

刘曦蔓莞尔一笑，轻轻一拍我肩膀，转身走出去。

我下楼的心情，沉重得像下岗。最近几天是雷阵雨天气，漫无边际的乌云里还有一阵暴雨闷着没下，窗外狂风大作、树影婆娑，仿佛有一大波妖魔在斗法。而我心里，也是好一番天人交战，不知道该不该直接去向于彦峰求证这件事情。

微信上，他还在孜孜不倦地追问：“20 号，就是下下个周三，你会来吗？”

我：“到时我提前通知你。”

小峰：“外面风大，像你这样拉风的少女，兜里不揣两个 6 公斤的铅球最好不要出门。”

我：“那你出门得揣什么？两个 500 公斤的破碎球？”

小峰：“我不用，我心里有个你就够重了。”

他在线上就是个油嘴滑舌的臭小子，但这些情话确实受用。我光顾着看手机了，在楼梯离地面尚有两个台阶处一脚踏空，蹭蹭滑了两下，咕咚坐在地板上，摔了个屁股墩儿。尾椎骨疼得我稍稍清醒一点，坐在地上定定神，飞快地给他发过去一行字：“你知道曜创力吗？”

小峰：“我需要知道吗？需要的话我马上百度一下。”

于是我释然一笑，回复“不用”，收起手机。

打从六岁起，于彦峰就不曾对我撒过谎，所以，他只要坦言不知道，那就是真的并不知情。刘曦蔓说得没错，全中国人口基数那么大，名叫于彦峰的人，怎么可能刚巧只有他一个呢？

“叮咚”，有人按响门铃。

我这一跤正好摔在玄关的过道口，拍拍屁股爬起来，面带春意盎然的暧昧笑容拉开门，把外头那位顺丰小哥盯得满脸红晕低下头去。

“你……你就是大圣迷妹吗？你领口到了……不，你快递开了……不、不是，你的快递到了……”

我下意识伸手一摸，领口的绑带果然开了，抽绳松散，露胸的开叉都快拖到肚脐眼了。

能一跤把小U领摔成大V领，其走位之风骚、意识之淫荡、操作之犀利，只有装备了鲜艳红领巾的小学生可以一较高下。

我腾出双手系紧绑带，同时扬声朝楼上喊：“端木！大圣迷妹！你的快递！”

好奇心促使我掂了掂快递盒子，约莫砖头大小，轻飘飘的，不知道她又在某宝淘到了什么

神器。

这个季节，马路上杨絮飘飞，落地如雪，端木希鸣患有过敏性鼻炎，一上街就连打喷嚏，只能尽量待在家里，减少出门时间。古人云：寡淡惹红杏，无聊生是非。端木闷在家里百无聊赖，开始疯狂网购打发时间，最多的一天收到了十八个快递。

“住在包邮区真幸福啊！”

端木希鸣经常发出这种感叹。

托她的福，我也算是大开眼界，长了见识，什么双眼皮神器、提升嘴角神器、隆鼻神器、瘦脸神器、不锈钢洗手皂去味神器、头部艾灸神器、

站立小便神器……端木的网购是一种心魔，其实大多数她自己都用不上，便慷慨地赐予众室友。我拿着一把武士刀长柄伞过安检，被武警当场按住，差点儿没铐起来；小笼包带着一只大长腿美女风筝去公园玩，风筝飞到半空，就看见一个下半身在诡异地扭动，被小伙伴嘲讽哭了；有时候我晚上到家，一推门，猛地看见葛优摊等身抱枕摆在沙发上，惊悚之余，还感觉有点丧萌丧萌的。

她买的东西都具备同一个特点：好奇心让我打开快递，求生欲使我自戳双眼！

这一次，她买的会是什么？

不！不要问！不要看！我抬手紧紧捂住双眼，却又忍不住从手指缝里心惊胆颤地偷窥着。只见端木飞快地拆开快递盒，拽出塑料袋，取出一件巴掌大的白色绒线衣服，再从鱼缸里捉出乌龟，细心地帮它穿上了。

衣服背部竖着两个兔耳，套在龟壳上，顿时把乌龟打扮得跟个兔子似的。

端木张开手掌，将圆溜溜的兔耳白龟托到眼前，细细端详，然后满意地推了推眼镜，笑得嘴角浮现两粒梨涡，问我："可爱吧？像不像小兔子？"

我无语良久，试探地问："那你为啥不直接养兔子呢？"

她一愣，两眼直勾勾地瞪着我，喃喃自语道："对啊！我为啥不养兔子呢？"

我眼睁睁见她又伸长魔掌抓向了手机，心想不好，立觉后悔不迭，使劲扇了自己两耳光，正待劝阻，她已经运指如飞在网站下单了一只活体宠物兔……

端木希鸣哼着歌回屋了，我安慰自己：养兔子，总比互捏咪咪头好。

"互捏咪咪头"，是她跟孙大圣在无聊时玩的游戏，两人隔着衣服，互抓对方胸部，看谁认位比较精确，画面十分辣眼且不可描述。而且，年轻人血气方刚，干柴烈火，往往是玩着玩着游戏，一言不合孙大圣就把媳妇抱进卧室开始抓栏杆撕床单了。

老杨摇着头感慨道："天若有情天亦老，人若有情肾不好啊。"

相处久了，我已知道，孙大圣这家伙并不混蛋，也不下流，只是年轻气盛，性格暴躁，很容易炸毛，但无论他发什么脾气只要端木希鸣稍加安抚就能消弭于无形。别看这个东北壮汉长得五大三粗的，却最害怕虫子，这天下午，他还被一只会飞的南方巨型蟑螂吓得光着身子就冲出了浴室，肢端一路甩着水滴，没命地惨叫狂奔。

“救命啊！蟑螂起飞啦！开水越淋它飞得越嗨啊！”

撕心裂肺的吼叫声响彻云霄。

我在厨房门外跟他撞上，一把捂住脸，没眼看。

“大圣爷爷啊，您快收了神通吧！”我被他吓得屁滚尿流，鬼哭狼嚎，“自从你们住进来，我的狗眼就成了日抛型的！”

端木希鸣闻声走了下来，莲步款款，来到浴室门前，往里打量了一下，眼镜片上逐一闪过两丝寒光，随即脱下拖鞋，一个花式投掷，只听见丰满的爆浆声，斗大的蟑螂应声掉落在地。

孙大圣方才一溜烟蹿上二楼，套了个花裤衩，缩头缩脑还不敢下来，听见媳妇喊了声“K.O.”，才惊魂未定地从楼梯上伸出半个脑袋，察看战况。见到蟑螂的尸体被扔进垃圾桶，这厮才三步并作两步跳了下来，一头扎进媳妇怀里，害羞地剖白：“其实，我只是一个纯情小男生。”

老杨毫不客气怼了回去：“放屁！你就是个纯情小畜生！”

大圣一脸委屈：“杨哥，我冲破了世俗的偏见来找你，你居然骂我？”

老杨用力一拍桌子，震得桌面上的杯儿盏儿都跳将起来，恶狠狠斥道：“骂你，是因为小笼包不在家！她放学回来以后，你再敢这么裸奔，我还要打你呢！”

端木希鸣羡慕地叹了口气：“唉，爸爸都是女儿的守护神，我爸也这样……”

孙大圣邪邪一笑：“你喜欢？那咱们也生个女儿！”

端木希鸣只来得及“呸”了一声，就被孙大圣打横抱起来，屁颠屁颠扛上楼造人去了。毕竟当着我俩的面，端木有点不好意思，装模作样地责骂了孙大圣几句，又挣扎了几下，俏脸嫣红，场面一度很像国产抗日剧里的土匪头子强抢名门闺秀，一个无法无天，一个有情有义，CP 感还挺强。

我跟老杨对视一眼，好不尴尬。

“哈哈哈，年纪轻轻的还挺有社会责任感，齐心协力，振兴繁殖大业！”老杨打了个哈哈，端起茶杯，吹了吹：“喝茶，喝茶。这是上好的六安瓜片，清心，静气。”

（二）

杨叔的搏击俱乐部，各项手续都已办妥，预计在五一期间试营业。

店面被安雁龙带人砸了之后，毁坏的部分灯具和玻璃门窗都需要重新安装，又耽误了约莫一两天的工期。我亏了钱，他挨了打，这笔账，估计我俩都暗暗地记在了心里。过了整整一周，搏击馆一楼训练大厅的装修才算基本竣工，青狼铁三角不放心，当天亲自前去验收。在八百多平方米精心设计的大房子里，郑家臣背起双手，腆着肚皮，一边徐步观望，一边频频点头说：“嗯，目前条件虽然艰苦一点，但我们有信心能做成华东地区第一流的搏击馆！”

听得我在旁边直咋舌，这条件还叫艰苦？他们仨原来的工作单位是魔仙堡吧？！

其实二楼装修还需要俩礼拜，但大伙儿都迫不及待了，晚上约着一起吃大餐，庆祝距离试营业还有十六天。

——照这个尿性，估计搏击馆熬不到正式开业，就被这帮吃货给吃倒闭了。

杨叔特意沐浴焚香更衣，给剃须刀换了一枚新刀片，刮了胡子。

他向来不修边幅惯了，剃须修面跟闹着玩儿似的，连镜子都懒得照，剃须刀能刮到哪儿完全看缘分。等他刮完胡子我一看，与他半小时之前的邋遢程度不相伯仲，一层浅黑的络腮胡子从鬓角蔓延到下颌骨，在下巴那儿被截断，嘴唇一周胡茬子若隐若现、断断续续，跟他粗犷的气质相符，倒也不觉得违和。

起初，我们在一家高档餐厅订了位子，但人家要求必须穿正装，老杨这辈子就没有一件正装，店家承诺借一件给他，他还老大不乐意。

最后，我们干脆选在大排档庆祝，喝啤酒吃烧烤。

这次虽然少了李大腾和安雁卉，但多了刘曦蔓和端木希鸣，同样热热闹闹坐了一大桌。高飞杰跟我打听："安老板，上次坐你旁边的那个小姑娘呢？怎么没来？"

"你说安雁卉吗？"我一眼看出了他的心思，严正警告："别动歪脑筋啊，人家马上要结婚了！"

高飞杰大惊失色："那个胖子真的是她对象？"

我对"胖子"这个代词很不满，出言纠正："我腾哥不仅仅是一个胖子，他其实是一个善良仁爱、温柔敦厚、对感情专一的胖子！"

"真的吗？"刘曦蔓从齿间拈出几粒瓜子壳，饶有兴趣地追问，"有这么好的男人？"

"当然。"

我笃定地回答，想了想，又补充几句："大善若愚，说的就是他。这个词也不完全是褒义的，人性很复杂，不一定心狠手辣才能害人。岁月静好，现世安稳，他自然是大大的好人；时乖运蹇，苦难载途，不懂反抗的好人很可能就会成为帮凶。"

小曦一笑，双唇弯成摄人心魄的丰艳弧线，不再说话。

这个彬彬有礼的笑容，于优雅与神秘之中透露出几分疏离感，很像妮可罗宾。

她今晚穿着丝绒质地的外穿胸衣，粉红色裹臀长裙，大大方方地露出一截纤细紧实的小蛮腰，以及腰侧一朵小巧的红玫瑰文身，花萼下方半隐着细细一行字母，"Forever Young"之类。从体态、气质乃至声音，她都与《航海王》里的妮可罗宾非常相似。我曾推荐过277、278两集给她看，当罗宾在司法岛上，被海军押往正义之门时，向着伙伴们落泪大喊"我想活下去！带我一起去海上吧"，我一扭头，看见刘曦蔓紧紧抿住嘴唇，眼眶边晶莹闪烁。

——大海无边无际，总有一天能出现愿意守护你的同伴，谁都不会永远孤独。

杨大烟枪带着几个小烟枪吞云吐雾，谈及创业梦想，孙大圣三呼“挣钱”，大声宣告自己的终极理想是：“挣钱！挣钱！挣钱！给我老婆买小裙子！”

端木希鸣捂着嘴偷乐，她的确适合穿裙子，轻盈雪纺衫搭一条黑色背带裙，清丽动人。

看看别的女孩都穿得花枝招展，再瞧瞧我自己，不由深感惭愧，早知道我就把婚纱穿出来了。今晚搏击馆的教练都在，为了配合全国制霸的气氛，我披了一件不良感满满的黑色和风羽织，前襟海浪拍岩，后背自海面上跃出一条森然可怖的青龙。

她俩的穿着，像赴宴宾客；我穿得，像赴汤蹈火。

杨大烟枪还在口沫横飞地宣讲中：“……三样东西最重要：资金、场馆，以及教练资质！现在，咱们三样都齐了！”

郑家臣深沉地说：“不，还差一样！”

“什么？”

“一个如雷贯耳的英文名！”

他这话一出，在场众位争先恐后地举手发言，仿佛各个都过了英语六级。

我不禁激泠泠打了个寒战。

这一刻，眼前这些人类仿佛都已遗忘了，曾一度被清奇脑洞所支配的恐惧，还有被安老板与杨师傅联手唾弃的那份耻辱。

半个月以前，为我们的搏击俱乐部注册中文名，大伙儿脑洞大开，取了些什么“蓝翔”“迪迦”“嗷呜”“嚯哈”“好再来”“小鲜肉”“武林风”“肌肉兄弟”“农夫三拳”“一鹅战斗力”“就是干不要怂”“无敌是多么寂寞”……把我气得啊，都恨不得直接叫“你妈逼你健身会所”了！后来还是由我提议，杨叔拍板，决定就叫“逆袭吧综合搏击俱乐部”。

逆袭吧！

简洁，明了，朗朗上口。无论你的前半生过得多么软弱、卑贱、失败、憋屈、苦闷，都能在痛快地挥洒汗水时找到逆袭人生的快感！想象我们的会员背上装备走出家门，呼朋引伴“走，我们去逆袭吧！”，听起来就燃！

好不容易把中文名折腾好，这会儿又开始取英文名了，我一时间汗毛倒竖。

高飞杰建议叫“Fighting Dog”，“搏击狗”，这年头流行什么学生狗、IT 狗、广告狗、码字狗，听起来很唬人。

出身“青狼”搏击馆的三个人建议叫“Wolf Boxing”，中文可以翻译为“狼派拳击”或“狼匣”，反正离不开狼字。他们仨还振振有词地解释说，取英文名吧，就得往玄乎里整，让人猛一看不知道这家店干啥的，那才叫高端大气上档次！

孙大圣憋半天憋出一个英文名，“Eight WangFu”，八王府，他这水平基本就告别自行车了。

最后，还是端木希鸣站出来给老公打圆场，在餐巾纸上写了个“Fight Back”，并向我们解释，它象征着弱者的反击和抵抗，也表达了“习武是为了强身自卫，而非好勇斗狠”的意思，用来翻译“逆袭”的含义，再合适不过了。

“好！”孙大圣带头喝彩，没命地鼓掌。

全桌人就属端木希鸣学历最高，她的发言最权威，于是，全票通过。

回家的路上，孙大圣明显喝得有点高了，一个劲地跟我解说什么“阿基米德”的风格，听得我一头雾水，端木希鸣也是一脸懵逼。我们仨鸡同鸭讲地尬聊了半天，快要到家时，孙大圣终于突然间福至心灵：“想起来了，我是要说波西米亚的风格！波西米亚！！”

我一口老血喷在前挡风玻璃上：“波西米亚？你一个直男跟我谈什么波西米亚？”

“老妹儿，你不懂哥，哥不怪你！”孙大圣摩拳擦掌，信誓旦旦地向我们表决心，“从现在起，我要开始学习各种服装风格，在最短的时间内，画一幅拳馆制服设计图出来！你们知道，为什么学跆拳道的人多，选散打的人少吗？因为散打的服装太丑了，就一条裤衩子！”

我震惊了："你还会画图？真是复合型人才啊！"

端木希呜叹了一口气，同情地望着我："唉，等你看到他画的草图，一定会说他是复合型人渣吧……"

我笑着打了把方向："没事，我此生阅渣无数，见惯了骆驼看不出牛大来。"

（三）

孙大圣埋头研究好几天，还真的让他设计出了一款"逆袭战袍"，就是画得太粗糙。通过小学生画风的设计图纸，我大致了解了他的审美。这套搏击制服一共三件，外面是一件火红色拳王长袍，里面是黑白两色的兜帽无袖衫加短裤，背后用红线绣出"逆袭吧搏击馆"的张狂 logo，秋冬季训练时，无袖衫里面可以再加一件长袖 T 恤，外观既时尚且舒适，黑白红撞色又足够惹眼，确实酷炫。

"你还有多少惊喜是朕不知道的？"我诚心诚意地赞叹，"除了会打拳、会服装设计，你还有什么别的特长吗？"

"当然有！"孙大圣信心百倍，"我还能把账单吃得特长！"

我噗嗤一笑，冒出个鼻涕泡儿。

清明节后一直春雨绵绵，我不爱打伞，硬生生淋感冒了，连续一个礼拜流鼻涕的后果就是：鼻水都凝作了犀利的结晶，抠鼻孔时有一种把手指放进水晶洞里消磁的错觉，所触之处，颗颗都是八星八箭的晶体。同时，鼻毛也变得分外坚挺，黝黑的鼻孔时常在不经意中掠过一道迫人的厉芒，将杀气升华成了高傲……请允许我充满敬意地称之为：写——轮——鼻！

忙碌的日子过得飞快，很快到了第二个周二，也就是于彦峰在校园文化节登台表演的前一天。

提前好些天，他就在微信上催我，神秘兮兮让我一定要去看他的演出。但刘曦蔓却有意无意地提醒我，目前她还在调查曜创力那个"于彦峰"的真实身份，近期先不要跟小峰过多接触，等她忙完手头的一件急事，出趟差回来，这个人的身份很快就有定论。

我还在纠结到底去不去看小峰演出，意外接到了李大腾的电话，电话那端他吞吞吐吐地说："朵朵……哦，瓦砾，我现在……嗯，不在槐南，你能不能帮我一个忙？"

"当然行啊，直说吧，帮什么忙？"

"是卉卉，她开车又抛锚在半路上了，可能是车没油吧，保险公司都给她送过六回了，她不好意思找人家，让我给她想想办法。我刚才问了小曦，她那个修理厂的师傅可以倒油，但没空送去。我不在槐南，你帮我跑一趟行吗……"

"行，你把她电话发来。"

"麻烦你了……"

"千万别跟我客气，你是我哥，她就是我嫂子，这是我应该做的。"

很快，在手机上确定了安雁卉的位置，我换衣服出门，前去实施道路救援——等等，我忽然想到，李大腾刚才称呼刘曦蔓为"小曦"，他俩什么时候处得这么熟了？来不及细想，飞车赶到安雁卉的位置，只见她站在路边，眼圈都红了。我细细一问，这才知道，原来她并非不好意思给保险公司打电话，而是因为去年买这辆车时，她只负责出钱，出名字的是她哥哥，这辆车所有权在安雁龙名下，每次出点儿什么意外的小事故，她全家人都会第一时间知道，然后就是一顿训斥，所以她根本不敢打保险公司的电话。

成功帮她的车倒了油，我蹲着收拾工具，随口问了句："买车干吗不用自己名字？"

安雁卉脸红了，紧紧咬住下唇，嗫嚅道："他们……我爸妈都说……女孩子迟早要嫁人的，如果写了我的名字，以后这车就是别人家的了……"

所以我说她，美则美矣，就是有点蠢。

但你永远也无法说服一个傻逼远离愚昧，因为那是她赖以生存的沃土啊。

我淡淡地叹了一口气："唉，我还以为只有侄女在你们家是这个待遇，原来自家闺女也一样。"

"其实我也想过，自己偷偷买车，可我的工资一直是我妈保管……"

她的声音越来越低。

我收拾工具的动作一停，忍不住讥诮地笑了："那么个重男轻女的家庭，那么个人面兽心的哥哥，你还敢把工资交给你妈保管？说真的，你还不如交给我保管呢，至少我不会拿去贴给大儿子！”

“她说等我结婚了就还给我……”

“那你现在也快结婚了，可以问问她，把你的钱保管到哪儿去了。”

说话间，我已经整理好工具箱，塞进车里，站起身来，抹了一把额头的汗。她两只手无意识地揉着裙角，局促不安：“谢谢你，瓦、瓦砾，你从小就比我聪明，现在更厉害了，什么都会……你过得这么好，能不能，别再怪我家里人了？我爸爸和我哥，他们以前确实有做得不对的地方……但是，我爸爸也差点被你砍死……”

我打断她的话：“关于你爸和你哥的恶行，我不想多说，毕竟你也长了眼。”

“对不起……

“你不用替他们道歉，也不要替他们说话。他们父子俩是一个瓢里的货色，所以才互相辩护——今天他不为畜生说话，明天他当了畜生，谁为他说话呢？但是你不一样，你还可以抢救一下，我希望你赶快结婚，离开那个疮痍满目的原生家庭。”

话不投机半句多，我拉开车门，结束了这次谈话：“不用谢，再见。”

回到家时，我看见杨叔兴致勃勃地拿着纸和笔，正在桌上画着线段，一边画，还一边讲解。

端木希鸣就坐在他对面，哭丧着脸，眉头苦皱，鼻梁上的眼镜都快架不住了。只见她两只小手绕着辫梢，坐立难安，拼命想澄清动机，以挽回自己一时好奇造成的无心之失：“我、我就随便问问，您真的不用浪费这个时间——”

“年轻人做事不要这么随便！”杨叔一本正经地在纸上画着图：“我把路线画给你看嘛，你看，这个圆的位置是昆明市，那么它的这个方向就是大理……”

端木希鸣惊恐地抱住了脑袋，高喊：“杨老板我错了！我错了杨老板！”

我靠在门边瞧着这幅画面，乐不可支，笑得前仰后合。

杨叔前半生阅历丰富，对许多事情都略懂一二，无论是天文地理的冷知识，还是两性情感的奇葩问题，他都有独到的见解，而且对自家人特别热情，无论你找他打听什么事，他都能喋喋不休地拉你谈上半个小时，经常一张口就是："作为一名合格的中年人，就应该多跟你们年轻人讲大道理，来，我把这个道理讲给你听嘛……（此处省略八百字）"端木和我都因此落下心病了，最近，杨叔一旦开始作势要开始演讲，我们俩就默契地伸出右手，剪刀石头布，猜拳输了的人要主动站出去向杨老板承认错误："杨老板我错了！我错了杨老板！求求你别再说了……"

他选择当大货司机，属于人生定位出了偏差，如果当年选择去混知乎的话，可能早就是一个大 V 了，受万人景仰。

我笑了半天，好容易坐下来喘口气，问端木："你要去大理吗？"

"去大理？要不是家里泡面吃完了，连楼下超市我都不想去！"小姑娘把脑袋摇得像拨浪鼓，"要不是为了活下去，我都不想离开床！"

"那你打听大理干啥？"

"小曦现在就在大理玩呀，你没看她的朋友圈吗？"

我一愣，拿出手机翻了翻朋友圈。

刘曦蔓的朋友圈于 27 分钟前发布了六张享用丰盛午餐的照片，餐厅环境幽雅昏暗，她穿着低 V 露背的吊带长裙，收紧的腰部有几何形镂空设计，十分性感，长卷发掠到耳后，露出两只黑色镶金边的三角形耳环，细金链长长地垂坠至锁骨上方，彰显出轻熟女的极致诱惑。其中一张，她用涂着流沙金指甲油的右手握着一瓶红澄澄的酸角汁，隔着玻璃贴在腮边，腕上套着鲜艳的五彩铆钉手环，粉底偏白，口红可能是今年大热的 Ruby Woo，图片色调美艳夺目。酸角是云南特产，这瓶饮料一亮相，无须显示位置，微信好友便都知道她身在云南了。这六张照片的配文是"今天周五，非常羡慕忙碌的诸位依旧坚守在自己工作岗位上，而我却只能在大理的街头听听民谣，喝喝酒，逗逗猫，约约炮，十分惭愧。因此，我给自己点了一份汤片牛腱子和松茸炖鸡，希望能与你们分享我的痛苦！"

难怪她一向否认自己是网红，自称网黑，我看了禁不住一笑，顺手点赞。

我单知道她这几天有急事需要出差，并不知道她出差到遥远的昆明去了，刘老板的业务真是越做越大了啊！

往下翻看留言，发现杨叔的一条评论：“拍照的是谁啊？”

我被他这句话提醒了，立即将屏幕滚动上去，重看照片，果然，从好几张照片的角度都能看得出来，不是自拍。

但小曦没有回复他。

我抬起头，饶有兴趣地盯着杨叔，笑着问他：“你担心她遇上坏男人吗？”

“放屁！我担心她糟蹋好男人！”

杨叔矢口否认，懒得理我，抓起桌上才绘制一半的“昆大丽西旅游路线图”，悻悻地起身走掉了。

端木希鸣热泪盈眶，双手合十，对着我千恩万谢。

我一手托腮，若有所思地盯着杨叔一瘸一拐的背影，心中更加笃信，老杨对小曦，肯定是有一些超出友谊的情意，只是他经历过太多失望与苦痛，从来不说而已。

十年前，杨叔受伤退役，那会儿他全身关节没剩下几个好的，脚腕韧带拉断一半，膝盖髌尖末端病、椎间盘突出、肩韧带撕裂、眼骨碎裂、左眼视网膜脱落做过修复手术……不久，他又遭遇妻子背叛和离婚的双重打击，极为痛苦，为逃避现实，离开家乡，远赴祖国的西北地区去帮朋友开卡车，日日奔波劳累，为的是不给自己安静下来思考人生的机会。

直到女儿小笼包六周岁，该上小学了，不能再跟随他四处流浪，这才下定决心择一地定居。

在大多数世人的眼中，他遭到背叛还净身出户，实在怂得可怜。可在我眼中，他看破了世情，依然想做一个好人，其实强得可怜。

老杨用他戏谑的言谈，掩盖过多少辛酸。

小曦用她放浪的笑容，粉饰了多少心累。

而我，用吃胖的大脸，隐藏掉多少悲伤。

就因为身强体壮，外人都觉得我们拥有一颗坚硬如铁的爷们儿心，即便敌军万箭齐发，也不能伤我方分毫。

——唉，都是体质的错啊！

第八章　文化节风云

（一）

早上出门前，我匆匆忙忙照了几眼镜子，檀棕色齐肩短发还是那么爽利，有段时间没染色，姬胡桃部分开始渐变成黑色了。自从回到槐南，我就没再起这么早过，镜中女孩虽然睡眼惺忪，五官依旧清晰，迷茫与犀利这两种截然不同的眼神却完美地融合在她的眼睛里，英气中带着妩媚，眉宇之间，还时不时掠过一丝阴狠、隐忍、跋扈，各色情绪交织迸发，人格扭曲得像个演技爆表的老戏骨。

最后一场春雨结束了，天气越来越热，已逼近夏天。

我穿了黑色针织小背心，红短裤，外罩一件竖条纹防晒大衬衣，扎个丸子头，戴副大墨镜，改变了所有的个人特征，确保于彦峰认不出我来。

——是的，我要去江城大学，偷偷看一场他的演出。

微信上，我一直表示今天没空，他很失望，但还是宽容地说没关系，他会录下现场视频发给我。

这个周三，江城大学的校园文化节正式开幕，到处飘扬着彩旗，各式各样的海报贴满了所有通知栏。江大剧院北门小花园里的海棠花也开了，我最爱海棠花，花苞胭脂红，盛开后胭脂粉，海棠花开意味着已经到了暮春时节，百花都将逐渐开始凋零了。它虽娇美，却不金贵，易栽，好活，城市绿化带里种得到处都是，我就喜欢它这份美丽而不清高的谦冲自牧。

开幕式正在剧院举行，冗长的领导致辞之后才是文艺表演，我退出来，在附近散了会儿步。

花圃的另一边开满了鲜红妖艳的三角梅，头上像飘浮着大片大片玫红色的云，走在小道上，不时要低头避让沉甸甸的花枝。

路尽头有一家小小的书店，名叫“书卷香”，卖书兼售饮料。我信步走了进去，本来想找找看有没有盗版小黄书，不料突然“呼啦”闯进来一大帮穿着帅气制服的男生，每一个都花枝招展、眉清目秀。无奈，我只好挪到旁边的书柜，拿下一本教辅材料，皱着眉头对店老板说：“哎呀，你这里只有解析几何没有数学建模呀……”

老板热情地指向门外：“喏，出门直走第三个路口左转，图书馆有！”

我没有学生证，自然是混不进图书馆的，于是假模假式地道个谢离开，出门右转，直奔体育馆而去，掐指一算领导发言应该快结束了。

果然，表演已经开始了，第一篇章“青春律动”都是热闹的大群舞，节目流程跟中央电视台春节晚会是一个套路。

刚才我在书店撞见的那一伙制服男生，表演了第四个节目，是个超级帅气的集体街舞，名字没有听清楚，但那不重要，无非都是些什么“舞动青春”“阳光校园”“快乐飞扬”“时代在召唤”之类的小学生广播体操名字，你敢取个“撸动青春”“逗逼校园”试试，分分钟给你整个节目 PASS 掉。

第二篇章是“骄子风采”，第一个节目就是于彦峰的男子天团，几个帅男生出场的一瞬间，剧院屋顶都快被妹子们的尖叫声掀飞了。

他们的唱功其实非常一般，要是放在过去，这几个孩子一开嗓儿，大家就知道，这是祖师爷赏饭吃了——光赏了白米饭，没给菜。也就是说，要靠卖艺讨生活他们连口榨菜都吃不上。不过，现在这个年代是颜值定输赢，五个大男孩胜在腿长、人帅、台风正，整场节目的气氛一时沸腾至顶点。

我站在角落里，目光从人群里撬开一点缝，远远看着舞台。虽然看不清楚人脸，而且五个男生身高体型相仿，动作也整齐划一，但凭着感觉，我很清楚地知道站在最前面那个就是于彦峰。

表演结束，男孩子们谢幕退场，我等着小峰给我发演出视频。

然而，并没有。

难道他已经把这事忘了？

我从剧院南门溜进了后台，假装在帮助演员整理衣物，偷偷抬眼打量，一眼就看见于彦峰坐在一个行李箱旁边仰头喝水。李银河老师曾经说过："如果你能几秒之内从一群人中分辨出他，恭喜你，你爱上他了"——原话可能不是这么说的，我记不清了，但意思是一样的。

他身边有个女生，殷勤地递水、打扇子，正是哒哒哒喷蓝火的陈美娅。

她今天穿得很骚气，露腰小T恤加裹臀短裙，我差点没认出来，明明只是个俏丽可爱的圆脸萝莉，非要把自己脑补成祸乱江山的倾城妖妃。

两人谈笑风生，相处甚欢，我定定地看了他们一会儿，转身走了。

江大文化节开幕式的演出很有水准，除了歌舞节目，还有杂技、魔术、啦啦操和管弦乐合奏，台下学生们的欢呼声一浪高过一浪。我盯着舞台上的精彩表演，眼前掠过的却是那一男一女亲昵嬉闹的身影，心里拔凉拔凉的。

不知不觉，节目只剩下最后一个全体演员大合唱了，在《相亲相爱》的歌声中，学校领导再度登台，宣布江城大学文化节今天正式启动，散会，退场。

学生们从剧院各个出口像开闸的洪水一般涌出去，我不跟孩子争道，站在一边等他们先走。

每一首终场的《相亲相爱》都显得特别漫长，我倚在墙角玩着手机，一直等到台上的大合唱结束，演员都陆续退场，学生们才不那么拥挤了。

我收起手机，走向北门，刚走上第二个台阶，突然听见背后传来一阵吉他、军鼓和键盘的调音声，接着，有一支无比耳熟的音乐旋律响起来，我愣了几秒钟，倏地回身。

于彦峰和他的队友站在舞台上，台下学生已经走了大半，台上五人看起来孤零零的，却坚定勇敢。

有一部分还没有走远的学生闻声折回剧院，都在交头接耳，议论纷纷。

“还有节目吗？”

“节目单上明明没有了啊！”

“难道是返场？”

“管他呢！反正，男神坐在台上嗑瓜子我也会看的！”

老实说，这个乐队的表现实在差强人意，似乎组了没多久，各个乐器之间配合得还不熟练，吉他手甚至还弹错了几个音，但是，当主唱于彦峰那温柔的声音响起来的时候，我还是禁不住热泪盈眶，至少他没有跑调。

“我曾经也想过一了百了

在听到海鸥哀鸣的时候

浮沉在浪花之间无边无际地漂流

请把我不堪的时光带走

……

我曾经也想过一了百了

在没能和你相遇的时候

能有你这样的人存在于我的心尖

让我开始有些期待这个世界

……”

一首歌唱完，吉他的余音尚在剧院四壁间袅袅回荡，于彦峰顿了顿，对着台下观众鞠了一躬：“谢谢大家留下来，听我唱完这首歌。这是我送给一个女孩儿的承诺，虽然今天她不能来到现场，但是没关系，她永远都在我心里。”

台下，轰然响起一阵起哄的拍手、口哨和叫好声。

我坐在远远的角落里，推起墨镜底边，用手背狠狠擦了一把眼泪。

2014 年，当我开着一辆后八轮飞驰在漆黑的山路上时，耳边播放的就是这首中岛美嘉的《曾经我也想过一了百了》。那条山路极窄，车轮一侧就是深不见底的悬崖，我并不害怕，反正早就不是很想活下去了，虽然也不太想死。这么多年，我走南闯北去过各种地方，摄影作品能凑个中国地理志出来。每个月，总有那么三十几天心情糟糕，通常二月份能稍微好一点。那段时间，除了睡在车上，就是睡在 30 块钱一夜的小旅馆里，住宿条件不好，我习惯在睡前搬一个沉甸甸的桌子抵住门，往往累得半死，才发现房门是朝外开的。

虽历经苦难，却不肯屈于世俗，对迷茫而狂乱的人生充满反抗精神。

支撑着那时的我活下去的力量来源，就是不屈与反抗。

以及于彦峰。

2010 年夏天，我的大学录取通知书被撕得粉碎，又砍伤了自己亲大伯，无家可归，亦生无可恋，于是决定干脆一了百了，离开这个凶险的人间。自杀前一晚，我翻墙进了于彦峰的房间，想向喜欢的男孩子告个别。那时我十八岁，和十六岁的于彦峰躺在一张床上，他剧烈的心跳声带动床板一震一震，几乎掩盖了我们聊天的声音。半夜，他小心翼翼地凑到我面颊旁，嘴唇触碰之际，突然流了鼻血，而我望着他跳下床去冲进卫生间那狼狈慌乱的背影，忽然又有了活下去的勇气和希冀。天还没亮，我翻窗离开他家，买了一张北上的车票，决定再给自己一个机会，向未知出发，慢慢等待破茧重生。

我曾看过一个故事，有位富有的美国佬自驾飞机，意外栽进沙漠，坚持了二十多天，期间喝尿吃屎等各种艰苦，并且由于没有装备、缺乏知识，而犯了各种野外生存大忌。当他终于获救时，有记者采访他：依靠什么信念活了下来？他说：我是驾机去跟我妻子离婚的，如果我死了，那个贱人就会得到全部遗产，所以我不能死！

靠着求生的信念和意志力，我也活到了今天啊！

在伸手不见五指的极夜中下意识地寻找光源，于彦峰，就是我永夜的极光！

尽管，我曾经也想过一了百了。

我抹了把眼泪的功夫，于彦峰已从高高的舞台一跃而下，跟前排一个男生击了个掌，拿过他的手机，低头认真操作了一会儿。很快，我微信收到了他发过来的一个视频，不用点开我就知道，是他刚刚唱的这首歌。

压缩后的视频，清晰度很差，可他的声音温柔得能拧出水来，我一阵泪目。

于彦峰抬起双手在半空虚按一下，示意大家请安静片刻，然后，他将手机贴近嘴边，轻声说了一句什么话。

微信上，他发了一句语音过来，我鬼使神差地点开了。

宽敞明亮的剧院里，这片短暂的寂静之中，所有人都听见于彦峰的声音从靠近北门的角落里响起来，清晰无比："姐，今天，我要做一件可能是这辈子最有勇气的事情，就是放弃做你弟弟的机会，让你知道，我喜欢你。"

从第三个字起，于彦峰便倏地抬起头，望向这边。

我一时心慌意乱，仓促中竟想不到应该先关掉扬声器，手机一扔，只顾着拼命挡脸。

（二）

"在最黑暗的日子里，从没有人伸手拉过我一把，是我自己拼了命把自己拖出深渊。"坐在港式冰室里，我的声带好似被多芒小丸子冻伤了一般，发着抖，短短一句话，充斥着好多次抑制不住的哽咽声，"虽然，那时候你还是个孩子，胆小软弱，但我活下去的力量，都是来自于你……"

于彦峰也哭了，他掩饰地捂住双眼，垂下头。

"我偷偷跟踪过你好多次，看见过安雁龙骚扰你，我扎过他的车胎，从楼上对他撒过粉笔灰，我恨我自己没有勇气光明正大地帮你教训他……你失踪以后，我知道你是被迫逃走的，我想过十几种帮你报仇的方法，可是最后都不敢下手……”他低着头，懊恼的声音里透出浓浓鼻音，“最后这两年，我甚至都忘记你过去的遭遇了，只记得所有美好的经历。当人追悔莫及的时候，有一种心理保护倾向，就是强制忘却，自己坚信自己肯定没有经历过这一切，以减轻自己的负罪感……”

我抽出纸巾擦了擦眼睛：“所以，这就是你变成姐控的心路历程吗？”

他捂着眼睛笑了，嘴巴在手掌下方弯成一个好看的弧，然后放下手，说：“我一直希望自己快点长大，快点强大到可以保护你。”

“现在你长大了。”

“可惜不能陪着你从小时候重新活一遍，遗憾的事，永远是遗憾。”

“来得及。我永远十四岁。”

说完，我们相视而笑，他伸过手来握住我的手，坚实有力。此时此刻，仿佛已经到了一本言情小说的大结局，还是个温暖人心的 Happy Eending。

如果不是有几个混蛋突然蹦出来捣乱的话。

“哟，校草在这儿呢？”冰室门外，传来一个怪腔怪调的声音。

我一回头，看见几个男生挤挤挨挨地推开玻璃门走了进来，把我们的座位团团围住。这四个人面色不善，由一个流里流气的光头男生打头阵。这人五官还算周正，鼻子、嘴都没长错位置，就是眼睛的形状太奇葩了，令我想起初中生物老师对草履虫的形容，“看上去像一只倒放的草鞋底”，嘴唇以下长满了硕大的青春痘，仿佛下巴上趴了一只牛蛙，红光满面，那气质、那眼神，啧啧，我一看就拳头发痒。

青春痘男把一只手搭在我椅背上，猥琐地问：“怎么，今天没跟胖子搞基，换了个妹子啊？”

我挺好奇：“这几个谁啊？”

于彦峰皱着眉头站起来，没有回答我，直斥对方：“赵兴谭，你想干什么？”

赵兴谭一张丧脸上洋溢着自以为很帅的笑容：“本少爷是个守信用的人，说过要收拾你，就一定遵守约定！”

哎哟，这货还好意思自称少爷，看面相，我应该尊称他一声大爷才对！看他这副睥睨天下的气势，一准儿在云南干过导游，还是暴打了全车游客的那种！

我冷冷一笑，安雁龙带人砸场子我都没怵过，还会怕这几个毛没长齐的熊孩子？

只可惜现场观众太少，事态进展不够有趣。我记得于彦峰读初二的时候，有一次篮球比赛，对方有一个胖胖的男生故意犯规把他撞倒。小峰还没吭声，观众席先沸腾了，有四十多个女生跳出去围殴那个胖男生，场面惊天地泣鬼神！

于彦峰讥诮一笑：“神经病得治，治不好就捆上，别出来乱咬人！”

赵兴谭踮起脚，攥住于彦峰的衣领子，把他往外拖：“走，咱们出去聊聊！”

“我跟你没什么好聊的！”于彦峰挣脱他的手，长腿一抬，当胸将他踹翻，“不就是想打架吗？动手吧，还挑什么地方？！”

赵兴谭快摔倒时，吱哇鬼叫，双手乱挥，一把抓住我的椅背，堪堪维持平衡。我没等他站稳脚跟，将整杯多芒小丸子朝他脸上一泼，然后单手按住桌子飞身跃上桌面。赵兴谭同学有情有义地搂着那张空椅子，僵硬倒下，摔了个四脚朝天，脸上糊满屎黄色的杧果块，样子狼狈不堪。

刚才那个跳跃运动，出自第二套全国小学生广播体操“雏鹰起飞”，动作机敏连贯，一气呵成，我简直忍不住想动手给自己的祖国点个赞。

赵兴谭推开椅子，抹着脸爬起来，恼羞成怒地骂娘：“都愣着干吗？一起上！”

四个人扑上去就打，于彦峰双拳难敌八手，瞬间被堵到墙角。

冰室老板是个有性格的小姑娘，正趴在桌上睡得口水横流，可能这种事见多了，一点不紧张。

我徐徐站起来，立于桌上，居高临下地摇了摇头：“你们这些孩子都是脑残吗？跟在一个小流氓后面寻衅滋事给你们兴奋成那样！知不知道什么是好人什么是坏蛋？”

那票人厮打正酣，没人搭理我。

我跳过几张桌子，从最后那张桌上一个侧空翻落下地去，抄起吧台桌板上用来装果汁的大玻璃瓶，晃了晃，随后一个箭步冲到战圈之外，扬起瓶子，重重地敲在赵兴谭头上。

“啪”的一声脆响，果汁四溅，赵兴谭也应声踉跄退开。

酒瓶、砖头，到处可见，唾手可得，绝不弹刀、永不卷刃，更不影响下一步动作，连招给力，能打得对方满屏幕乱跳，如果出了暴击还可以直接把对手拍晕，实乃居家旅行活捉对手的必备武器！

我揪住赵兴谭的后领，将他拖出一米开外，反拧胳膊，一个锁技将他压跪在地。

他想挣扎起来，我用半拉玻璃瓶在他脸上比画一下，他就不敢动了。锋利的玻璃碎片好似一排参差不齐的虎牙，不时闪过一道道寒芒，特别有威慑力。任谁想象一下自己脸上被拉出几道血沟的样子，都不敢妄动。

“你被开瓢了，正在流血，可能需要缝个三四针。”我好心告知，“谭哥，让你的小伙伴停手吧。”

“别、别打了……”

赵兴谭脸上披下几道血流，一个刚才还霸气侧漏的光头，被血吓得声音打战。

斩首行动，算是成功了。

于彦峰长了这么一副大块头，打篮球厉害，偏偏不喜欢打架，不像我认识的其他男性，普遍认为将一切忤逆者轰杀至渣才是男人的浪漫情怀。要不是为了保护我，他估计不会率先发难，踹赵兴谭那一脚都算是扭曲的人性突破了道德的底线。见对方陆续停手，他也没再乘胜追击，用手背抹了一把眉骨上的血丝，神情很是悻然。

我用瓶外壁敲了敲赵兴谭的颧骨，质问：“你们到底有什么过节？”

赵兴谭眼珠子乱转，没回答。

“都是因为……”于彦峰犹豫一下，坦然道：“陈美娅。”

我纳闷地抬起头，望向于彦峰，他继续说下去：“美娅是我们寝室小强的老乡，经常跟我们一起联谊，关系还不错。前段时间，她说，有一个叫赵兴谭的学长在追她，对方出了名的横，她拒绝不了，所以让我冒充她男朋友，想让这个姓赵的自己知难而退。”

都是套路！我翻了个白眼：“小强喜欢她吧？为什么不让他冒充？非得找你？”

“我当时也这么问过，小强自己不敢争取，非要求我帮忙，我反正也不在乎这些男女关系，就当日行一善了——”

他话还没说完，门外即传来一连串凄厉的呼喊：“峰哥！峰哥！你没事吧！”

韩国强和两个室友气喘吁吁地赶来了，背后还跟着陈美娅，可能是她及时通风报信，让小峰的室友赶来救人。几人一冲进来，就看见我们好端端坐在椅子上，于彦峰气定神闲地用纸巾擦着脸，眉也不抬，而我手里扭着赵兴谭的胳膊，一只脚还踏在他肩胛上，正是一幅审贼的情象，顿时震惊了。

“峰哥，这、这还是那位小姐姐吗？这么霸道！”

小强都有点结巴了。

“赵……你怎么回事……”

陈美娅也是目瞪口呆，险些惊掉了下巴。

我敏感地注意到，自从他们一进来，赵兴谭就开始不安分地试图挣脱，他应该是真心喜欢陈美娅。在心爱的姑娘面前，被别人用脚踩着，确实太影响形象了。

“聊聊吧！现在当事人都在场，有什么事当面解决。读书人应该有读书人的气质，不要信奉暴力！”

我松开手，踢了把椅子到赵兴谭面前。

他揉着肩窝，没敢坐这张椅子，特意选了另一张离我远点儿的椅子坐下。

现场并没有如我所愿，立刻开始激烈的辩论，两拨人虽然剑拔弩张地面对面坐着，却只是面面相觑，谁也不愿意先开口说话。憋了半天，气氛尴尬得一塌糊涂，我正准备一拍大腿说“去你妹的，咱们还是再打一架吧”，赵兴谭突然开了口：“美娅，你是不是真的喜欢他？”

我眯起眼，这个口气，似乎他们俩是熟人啊。

陈美娅慌了：“我喜欢谁，跟你无关！”

“什么？跟我无关？”赵兴谭气愤地一捶桌子，“你也不想想，如果你的事跟我无关，我为什么要玩命整他们寝室的人？给隐形眼镜里倒洗衣粉，给床上撒图钉，给那胖子介绍高利贷……我费心血干这些事都是为了谁？！”

我啧啧称奇，现在的孩子，居然还有这些下作的手段，真是作业布少了。

“赵兴谭！”陈美娅也拍了桌子，“我就是喜欢阿峰！你想怎么样？”

“阿峰？你叫我全名，叫他阿峰？”赵兴谭讪诮一笑，“那，这个阿峰，他知道你其实——”

“啪！”

陈美娅扬手给他一耳光，中断了他的话。

因此，我们至今也无法得知，她其实曾经做过什么。

赵兴谭不躲不闪硬挨了这一巴掌，也没摸脸，只是怔怔地看着她。半晌，他才低下头，朝地上啐了一口带血的唾沫。

我向来不惮以最大的恶意揣测别人，陈美娅和赵兴谭，私下里一定有交情，今天的事，一定是阴谋。但我不想深究。毕竟干蠢事是傻逼们难以克制的本能，这原理就像小孩子尿床一样，可能没什么成熟的动机，也没什么周密的计划，纯属自控力差。况且，这种骄纵自私的女孩子往往不可理喻，她会在犯了错误之后，还恬不知耻地跟你扯犊子，装天真，扮受害，而你这时候已经连掐死她的心都有了。

——不问为什么，因为已猜到答案。

——谁不曾年轻过？谁不曾为爱情犯点儿浑呢？

我预感到一场悲情大剧即将上演，实在看不下去，赶紧挥手：“你们走吧，下不为例。”

赵兴谭缓缓站起来，深沉阴鸷的目光仍投注在陈美娅身上，而后者扭过头，根本不愿意再看他一眼。几个寻衅的男生陆续朝门外退去，赵光谭经过于彦峰身边后，冷不防从衣内掏出一把小直刀，身子一扑，朝小峰的后腰直捅过去。

陈美娅的惊叫声响彻天空："住手！住手！赵兴谭！你疯了吗！？"

我一直密切关注着他们的举动，眼疾手快，一把握住了刀刃，还没来得及感觉到疼痛，迅速自腰部发力返身一个后摆肘，由下而上，顶中了赵兴谭的下颚，他像个被力工扔上卡车的麻袋般直挺挺地朝后飞出去。

"记住，永远不要背对坏人！"

我忍痛张开手，拔出割进肉里的刀刃。碰到流氓，你才知道花臂女朋友的重要性。

都怪我学艺不精，要是我师父杨大烟枪在这里，轻轻松松就能做到百分百空手接白刃，不需要用手来挡刀了。

韩国强他们这才反应过来，扑上去，围着摔倒的赵兴谭一阵踢打。

于彦峰既紧张又轻柔地抓过我的手查看，看到我三根手指的指腹均被割破，血流了满手，立时咬牙切齿，眼睛都红了，冲过去揪住赵兴谭猛打，一边扇他的脑瓜儿，一边掐住他面门上下摇晃，明眼人一看就知道，这是一个篮下带球过人的动作。

几个寻衅男生站在门边目睹了一切，都很焦躁，迫于我拿着一把刀堵在前面，没一个人敢进来。

赵兴谭被打得鼻青脸种，闷不吭声地被扔在我脚下。

"你来处置。随便处置，没事。"

于彦峰指节染血，语气阴森，我第一次见他这么暴力，小心脏还有点瞎激动。

"应该怎么处置他才好呢？"十指连心啊！我疼得在心里直吸溜嘴，但表面上还是保持镇定，笑吟吟地甩了甩手上的血，将小直刀扔向空中，一抛一接，"只用刀片切鸡鸡，都显得浪费了，刀把那一头还可以用来爆菊——很抱歉我说了脏话，文明用语已经无法表达我愤怒的情绪了。我对读书人一向很尊重，但随身携带匕首的大学生，能是什么好角色？”

我一刀扎在他手指缝里，吓得他一哆嗦，蜷起身子，显然吓惨了。

度人未必全靠感化，棒喝也是选择——对于像赵兴谭这类熊孩子来说，假如你不知道错，能知道怕也是好的。

“记住，我是槐南人，我哥哥叫安雁龙，我大伯叫安德高，不服的话尽管来找我家人算账！”

我一脚把他踢回队友身边。

赵兴谭趴在地板上默念几遍，记住了这两个名字。

那几个男生赶紧七手八脚扶他起来，一起往门外撤退，陈美娅低着头不敢看他们的背影。

“你名字改了，脾气也好了，我认识的朵朵可没这么大度。”于彦峰意外地看了我一眼，顿了顿，又说：“其实，你可以往他手上也戳几刀，只要别砍掉，就没事。”

“疼，懒得戳了。”

“我陪你去校医院。”

“不用了，我不想给你惹麻烦，校内打架会受处分吧？”

“没事，相信我。”

于彦峰语气温柔，目光笃定，我禁不住心里一软，霎时将什么严重后果都抛之脑后，只愿意相信他的话。

去校医院的路上，于彦峰打了个电话，声音压得极低，我只断断续续听见几句“……外科今天是哪个医生值班……对，就是现在……别多问，知道了吗……”，待得进了外科清创室，那个大夫果然没有细问，态度非常温和，一口一个“同学”，顺便还享受了一下女护士的捏肩服务。半小时后，步出校医院，我看着自己右手被绷带缠得像断了手的漩涡鸣人一样，不由感叹道：“唉，这年头，做好事要遭报应的！”

韩国强装模作样负手望天，严肃地摇了摇头，说：“不，小姐姐，我不同意你的看法！我觉得，做好事有好报！”

“那你解释一下，我手指都被裹成胡萝卜了，是什么好报？”

小强淫邪地盯着我笑：“这个 size 的手指你不喜欢？”

我大脑中猛地嗡了一声，突然明白过来，飞起一脚踹在他屁股上，气急败坏地指着倒在台阶上连滚带爬狂奔逃命的胖子大喊：“有种你别跑！看老子不灭了你的口！”

追出两步，我停了下来。

我看见于彦峰站在台阶下面的一片树荫里，正在接电话，脸色特别难看，垂在身侧的左手不知不觉紧握成拳。

（三）

我用没受伤的左手支着下巴颏儿，趴在床尾，百无聊懒地用遥控器搜索电视频道，酒店里软绵绵的大枕头垫在胸口还是那么舒适。老规矩，于彦峰昨晚又睡在我隔壁房间，虽然告白已经成功，但是他并未急色，对我仍然表现出了充分的尊重。只是我孤枕难眠，不免惆怅一番：唉，难道我千里迢迢跑到江城来开房，就是为了帮酒店修理电视机吗？

翻了个身，我将四肢伸成“大”字形躺在柔软的床上，丢掉遥控器，拿起手机，瞟了一眼时间，才八点一刻。于彦峰没有发任何早安消息过来，这就证明他没醒，我还可以再赖一会儿床。

刘曦蔓的朋友圈一大早就有更新。

“终于在丽江发现一家有规模成气候的健身房，但……有没有人能告诉我，这种前扣的运动文胸你们自己是怎么拉上去的！！”

配图是胸部特写，三根手指捏着文胸拉链，丰满的胸部被挤压成一团，卡住了链齿，拉不上去。

我立刻往下滑动屏幕。

果然，杨叔又第一时间回复了：“我都是让三个男朋友合力拉上去的呢。”

我哈哈大笑，从朋友圈返回微信聊天界面，点开亲友群，特意圈了杨大烟枪，追问他：老杨，你的三个男朋友分别叫作大拇哥、二拇弟，还有敏感词，对吗？

杨叔：不，你说的那是我女朋友。

我：哈哈哈哈哈哈哈！

杨叔：别哈哈了，我有一个噩耗要告诉你。

我：咋了？

杨叔：豹哥跑了。

我：啥意思？？

杨叔：今天一早，端木拿快递的时候，门一开，它就跑没影了。

我：……

杨叔：我们已经在小区里找了一圈，端木刚去打印告示了，豹哥从来没有自己出过门，估计跑不远。这件事咱们心里有数就行了，你先别告诉小曦，她要知道得疯了。

我：你能瞒她多久？

杨叔：她这趟出差一个礼拜，三天后返程，我们三天内把猫找回来，就没事了。

我：要是找不回来呢？

杨叔：那就再买只猫养呗，还能让我给它抵命咋的？

我：你别忘了，豹哥不仅是小曦的命根子，也是我的心肝宝贝！

我：昨天我临走的时候，还特意跟你们打了招呼，务必好好照顾我豹哥，结果我才出来一天，你们就把它弄丢了！

杨叔：大王息怒！千万别露馅！

我：等我回来再收拾你们！

我：洗干净脖子等着！

瞄准枕头愤愤地把手机一扔，我开始收拾东西，心乱如麻。豹哥不是什么稀有品种，它只是很常见的黄花狸猫，智商低，性格憨，胆子小，不爱动，一岁半做了绝育手术之后，它的野性已被彻底磨灭。这么一只又肥又蠢的宠物猫从家里跑出去，没有铲屎官的照顾，别说转型成流浪猫，它连过马路躲避车轮都成问题。

三年前我在国道上捡了它，当时才三个月大，瘦骨嶙峋，刘曦蔓亲手把它养到5.5公斤，感情笃深，还为它仿写过一首诗：“喵星人，我的生命之光，我的欲念之火，我的罪恶，我的灵魂。摸——依——凹，嘴巴张开，分三步，唇角尽可能咧开最后落在耳根上。摸依凹，喵。”虽然它一闯祸，小曦就气势汹汹地喊“烧水炖猫”，其实心里把它当儿子疼。有天清早，豹哥往她被窝里塞了一只血肉模糊的死鸟，她不但没发火，还颇觉老怀甚慰：“我儿孝顺！”

豹哥走失，我归心似箭，匆忙洗漱一下便去隔壁按门铃，想让小峰送我去车站。

可隔壁房间空空如也，于彦峰不在，连所有他曾入住过的痕迹都已被清理得干干净净。楼层服务员告知我，那位客人一早就退房了，可能还没到八点，他行色匆匆的，应该是有什么急事。

我的心陡地一沉。

自从父母双双意外去世，接着财产被大伯霸占，最后连外公外婆都被赶回乡下，对于“祸不单行”这句俗语，我就有了超出普通人的深刻体会。虽然我嘴巴上从不承认自己命硬，克死亲人，但我对这冥冥中似有诅咒的一切真的非常恐惧。这个不祥的早晨啊，豹哥刚刚走失，于彦峰又突然丢下我独自离去，我心里很慌。

我背起双肩包下楼，同时在微信上问他：“出什么事了？”

谨慎又悲观的人，可能都像我这样，宁可发微信或短信，也不愿打电话，生怕自己硬生生的介入是不受欢迎的，唯恐打扰了别人。

过了好久好久，我都快出地铁站了，他才回复：“对不起，我今天不能送你了。”

我：没关系，出什么事了？

小峰：我爸来了。

我：哦。

小峰：他知道我在学校跟人打架了，过来处理一下。

我：我给你惹麻烦了？

小峰：不，没事的，你放心吧。

小峰：这几天我暂时要待在学校里，不能送你了。

小峰：五一放假了我去找你。

我：我等你。

小峰：乖。

这次聊天十分漫长，因为每一句回复都要等上很久。我从简洁的字句中，感觉到了他的不便，因此没再回复“么么哒想你”之类的废话，识相地保持沉默，捧着手机，等待他时不时发来一句话。检票上车后，他没再发消息来，而我却忍不住一次又一次地打开聊天记录，听他唱歌，听他告白，一看到最后这个“乖”，唇角便不自觉地想往上翘，胸腔中怦怦跳动的，仿佛不是心脏，而是一个热气腾腾的糖包子。丹田深处更似藏了一个暖烘烘的小火球，沿经脉游窜，四肢百骸无一不舒坦，眼看我就要打通任督二脉练成全真心法了。

直到此时，我才明白什么是“胸中百炼钢，尽化绕指柔”，有了挂念，铁石心肠也会千回百转。

车身安安静静地晃动，令我禁不住回忆起离家出走那一年的红皮火车，车轮撞击铁轨，发出巨大的震动与轰鸣声，哐铛铛，哐铛铛，仿佛一匹沉重嘶吼的科摩多战争巨兽，呼吸之间火星四溅，载着失意的少女离开家乡，飞快地朝中原腹地奔驰而去。

无论路途多么艰苦，黑夜多么漫长，我只要一束光源照亮前方，就能像手持审判之剑一样锋利无阻地穿行在荆棘丛里。

光源与我，永远追随，从不猜疑。

第九章　我想知道真相

（一）

豹哥走失的第二天，下午两点，刘曦蔓意外回来了。

为了寻回豹哥，我一到家就召集了所有见过它模样的亲友，连保洁阿姨都被我请过来了，每人一个方向，到处找，可方圆 200 米内均未发现它的踪迹。第二天夜里下了一阵暴雨，还伴有闪电和隆隆雷声，我担心豹哥害怕，又担心它太蠢了，不一定找得到地方避雨，心急如焚，把杨叔从被窝里拽起来，连夜下楼去找。两个人撑着伞在小区里像没头苍蝇似的乱转，大声喊它的名字，希望喵主子在恐惧之下能自己跑出来与铲屎官相认，可一直找到凌晨两点，还是无功而返。

大院的绿化太好，花园里有很多灌木丛，茂密到进不去，还有很多没人居住的别墅楼，猫进得去，我进不去。

我缠着保安通知那些不在家的业主，尝试说服他们回来一趟。如果能打开那些别墅的门，找一找，也是一线希望。又塞烟，又塞酒，保安大哥都快烦死了，最终承诺我，如果再过两天还找不到，就帮我通知业主，前提是只能他们自愿回来开门。

保洁阿姨见我特别重视这只猫，好奇之下，也提醒我，要不找个算命的试试。

我也是病急乱投医，立马在网上找了个自称“猫语者”的算命先生，对方收钱以后，煞有介事地占卜了一下，告诉我，豹哥没有走远，从我们家的方位继续往东找，它就躲在一个有雕塑的水池子附近的树林里。

杨叔他们只能抽空帮我找猫，大多时候都在忙搏击馆开业前的各项准备，收集证书奖牌、添置办公器材、测试训练场地、定制统一的服装护具……就连发放宣传单的兼职人员都要提前定好。还有，小笼包要上学前班，外婆要接送孩子，每个人都有更值得去付出时间的事情，找猫的重任基本落在我自己身上。这天冒雨找了一夜，我实在累极了，一回到家就双脚发软栽倒在床上，昏天暗地，睡到下午两点。

重重的关门声将我惊醒。

接着，是一阵急匆匆上楼下楼的脚步声，我一睁眼，刘曦蔓已经站在房间里了，气喘吁吁地擦着汗问我：“豹哥还没找到？”

我目瞪口呆，赶紧爬起来坐好：“你怎么知道的？”

小曦迟疑了片刻：“是你腾哥告诉我的。”

我心里“咯噔”一下，疑窦丛生，不禁皱起了眉头。没错，为了增加找猫的人手，前一天早上，我确实在微信上联络过李大腾，还给他发了一张寻猫的照片，当时他回复说在外地出差，还没有回来，所以我只叮嘱了一句“不要说出去”，也就作罢了。

这个叛徒！战争年代是要被拖出去打靶的！

小曦没注意我的脸色，只顾陷入深深的自责：“我在家的时候，它从来不跑，开门都不跑，它一定是出来找我的……”

“也怪我，你不在家的时候，我不该出远门，它跟别人都不熟……”

说不下去了，我心里酸得像被塞了三片柠檬。

好不容易暂时安抚住了焦躁的刘曦蔓，我躲进卫生间，气冲冲地打了一通电话质问李大腾，并痛斥“你这个叛徒”七八遍。他被我骂急眼了，又委屈又气愤地澄清事实："我没说！我没说！我没有说出去！是她自己看见的！她看见了就追着我问，一米多长的西瓜刀都抵在我脖子上了，你说我能怎么办？！"

"她看见啥了？"

"看见……你微信上发给我的……寻猫告示……"

他的声音越来越低，从这语气中，我甚至听出了一丝问心有愧的意味。分析这番话，好像是刘曦蔓监视了李大腾的微信，那么，她是如何做到的？究竟要通过什么样的技术手段，才隔空看到别人的微信图片呢？我脑子一时转不过圈来，有点懵逼："不是……你俩到底怎么回事？"

"没……没什么……"他吞吞吐吐，"就是朋友嘛……"

我想了想，装作随口问道："腾哥，你现在在哪儿呢？还在出差吗？"

"我快到家了，你需要我帮忙找猫的话，随时——"

"瓦砾，你躲在这儿干吗呢？"刘曦蔓一把推开卫生间的门，面色不快，"猫跑了让我找，你也藏起来让我找？"

我迅速挂了电话，倏地转过身。

"小曦，你一个人去的云南？"

"哦，是啊。"

她笑得十分自然。

"咱俩这么多年交情了，你那点儿花头精骗骗别人还成，瞒不了我的。"

"哦，你发现什么了？"

"李大腾是个老实人，你占了便宜就收手吧，别再跟他联系了。"

"为什么？我配不上老实人吗？"

"你在说什么？你当然能配得上任何人，任何一个人，注意前提是一个人，你选一个单身男人行吗？李大腾已经快要跟安雁卉结婚了，他现在关系着两个人，一个是我哥，一个是我妹，你让我怎么做呢？眼睁睁看着你拆散他俩吗？然后呢？你会嫁给他当媳妇吗？你会安安分分待在家里扫地做饭甘心当他的贤内助吗？在他们这种人的传统观念里，爱情并不是必需品，婚姻才是。小曦，你就当作——就当作是给豹哥积德，让它能早日回家，行吗？”

我说到“豹哥”时，刘曦蔓的眼神明显闪烁了一下，很快垂下眼睑。

“你说得对，我不该招惹老实人。”

她喃喃自语一般，双手抱臂，低着头靠在门边，一瞬间语态显现出了罕见的软弱。

“唉，可惜，晚了。”

她抬起头，轻声对我说，脸上仍挂着一个灿烂的笑容，但眼中却有那么一点破釜沉舟的孤独与无路可退的哀婉。我久久盯着她的脸，那双漂亮的丹凤眼笑得眯成了一条幽深狭谷，假睫毛刷得漂亮，妆容精致，近乎完美，脸上甚至洋溢着机械的热情，而我望着这样一张性感蛊媚的美人脸，心脏却恍如沉入冰冷的潭底，说不出话来。

（二）

豹哥是在第二次下雨的时候找到的。

试营业前夕，杨叔想起有一样重要的东西丢在老家，于是暂时离开槐南，独自回老家取。据郑家臣回忆说，那应该是十年前的一条金腰带。孙大圣一开始还在开玩笑：“放家十年，该锈了吧，一条金腰带有啥稀罕的？我过去在擂台上打的那些虎超子，个个儿都有金腰带！”说完，他叉着腰哈哈大笑，可能是觉得自己这一番豪言壮语怪幽默的。然而，并没有人跟他一起笑。郑家臣斜睨着他：“那是中国搏击选手征战世界职业大赛的第一条金腰带，识货的才懂它的分量。”张达正色说：“杨哥是中国第一代综合格斗选手，是我们这一行的传奇人物，曾经被誉为最有希望打进UFC 正赛的中国选手。你个虎超子，你知道什么是正赛吗？光出场费就几十万！美元！全世界有无数人在为了这个奖金而拼命，但更多人在晋级赛就被淘汰了。”

孙大圣咧着大嘴傻笑：“我就开个玩笑，杨哥多牛逼我不知道吗？你们一个两个吹你奶奶个哨子！”

郑家臣脸一沉："你说什么？再说一遍！"

"嘁，别说一遍，就是再说十遍——"

孙大圣年轻气盛，对郑家臣语气中的威胁根本不以为然。眼看他们一言不合，要打架了。杨叔不在，端木希鸣也不在，孙大圣就像个脱缰的神经病一样，没人管得住他。我赶紧打开手机相册，点开一个视频，只听端木娇滴滴的声音从扬声器中传出："老公，别惹事哦！"

不得不说，端木的训夫效果是立竿见影的，孙大圣的下半句话迅速咽回肚子，警惕地望向我。

我飞快地收回手机，点开了第二个视频，再举到他的眼前，只见端木眼含煞气命令了一句："孙大圣！你要听瓦砾姐姐的话，知道吗！？"

孙大圣苦着脸，回答一句："知道了。"

我见自己想出的点子奏效了，心中非常得意。此前我见识过孙大圣的脾气，为了防止这种不服管教的意外状况发生，我特意让端木希鸣录了几个常用的训夫口令，存在手机里，随身带着，以备不时之需。接下来，我又从包里抽出一张端木希鸣板着脸正襟危坐的彩色照片，啪一声将照片贴在自己额头上，冷冷下令："快向郑哥道歉！"

孙大圣张了张嘴想说什么，最终忍了回去，垂头丧气地道歉："郑哥，我错了。"

这两个人之间的气氛本来剑拔弩张，突然上演了这么一出，郑家臣他们都是一阵啼笑皆非，摇了摇头，各自忙活去了。

孙大圣追在我身后索要他媳妇的照片，我听得涨脑子，提前离开搏击馆，先回家了。

约莫是下午四点，阴天，下了一场小雨，我拎着两袋水果从超市步行回家，虽然背包里就有伞，但这种蒙蒙细雨淋着很爽。晚春四月，正是打伞的和淋雨的互骂傻逼的季节。走进小区时，我特地拐了一个弯，选择比较远的那条小路往家走，顺便找找豹哥。其实我那时候已经不抱什么希望了，纯粹只是习惯性地刷掉一个日常任务，因为这条路我此前至少找过三次，毫无收获。小道两旁树木林立，浓荫下一枚温婉的小荷塘嵌在草地上，微雨中更显清幽。我一边走着，一边心不在焉地喊了几嗓子，“豹哥”“豹哥”，声音并不大，但路旁的灌木丛中突然传出了一声微弱的猫叫。

我如遭雷殛，又惊又喜，生怕自己听错了，连续喊了两声，它又应了两声。

再喊时，它怯生生地露出了一个头，警惕地向外打量，看见我，一瘸一拐地走到我腿边用头顶磨蹭。它浑身脏兮兮的，步伐缓慢，样子十分虚弱，可能是饿了好几天，整只猫瘦得我几乎认不出来，大圆脸都变尖了。幸亏过去养得太好了，长得肥，还有不少肉膘子可以扛一下。

我扔掉水果，把它紧紧抱在怀里，发疯一般拔腿往家里跑，一边跑，一边撕心裂肺地狂喊：“找到了！我找到豹哥了！”

明知道家里没人，连小笼包都没放学，但我还是激动得大喊大叫。

刘曦蔓是打车回来的，太激动了，开车怕出事故。

我简单向她介绍了一下找到豹哥的经过，她又问了几句，两个人声音发抖，都快哭了。见豹哥瘦得厉害，我们赶紧端来水和猫粮，可它只舔了两口水，不愿意吃东西，而且左前爪一直不敢放地上，像是受了伤。我当即决定，送它去宠物医院，做个全身检查。刘曦蔓小心地抱着豹哥，坐在我车后座，带着劫后余生的欣慰语气一直在碎碎念：“今天上午，我还被人骗了四百块钱，对方声称自己知道我丢的猫在哪儿，要求先发红包，我二话没说就发了两个。我一向觉得自己智商算高的，现在才知道，人一急起来，全都会变成傻子，这就是人类出厂前被设定好的程式，谁也跑不掉。”

“小曦姐姐言重了！被骗四百块钱，也不至于就是傻子吧？”

“不止如此，为了找豹哥，我又登了微博号。”

“霹雳小肚兜？”

“嗯。”

“你没把寻猫告示贴上去吧？”

“贴了，刚删了。”

“刘曦蔓，我们一早就说好了，你想要开始崭新的人生，就必须放弃原先所有的联络方式，不能让人发现你在槐南！告示上有猫主人的详细地址，有心人只要右键保存一下，你现在删也没用啊！”

“我知道。本来发动一下十几万粉丝，我也是急傻了……”

“粉丝有几个是本地的？发动他们有什么用？”

刘曦不说话了。

我从后视镜看了看，她的脸色黯然且冷漠，偏着头靠在座位上茫然看向车外。

两人各怀心事，我对这段路不熟，兼之走神，差点开过头了，急忙一脚刹车停在马路边。小曦拎着猫包，一个箭步冲下车，穿着10厘米高跟鞋跑出了百米冲刺的速度，刷刷刷刷，像快镜头似的冲进宠物医院的大门。

这家医院是我们在网上找到的，评分非常高，都说有一位姓王的年轻男医生长得巨帅，我有幸见了，也就是斯文而已，比我男票的盛世美颜差远了。现在社会对男性颜值的评价标准已经这么低了吗？只要不凶，有点斯文儒雅的文明感，就说他帅。

王医生检查后告诉我们，豹哥从高处摔下来过，而且很有可能是脸先着地，左前爪摔断了，上颚还裂了个一指宽的口子，需要手术缝合。不过它现在的体质太弱，也非常饥饿，在家里不吃不喝只是因为进食会导致它口腔疼痛，所以需要先输液补充营养，以及做几项术前检查。

这次离家经历把豹哥吓得不轻，死活赖在小曦身上，非要她抱着才老实，否则就伸爪子去扒拉她。

就这样，小曦抱了它好几个小时，而且正襟危坐，一动也不敢动，生怕不小心碰着它伤处。刘曦蔓，这位一组200斤硬拉能做6个、负重深蹲时恨不得把健身房所有杠铃片都加上的女汉子，敢笑项羽不爷们儿，最后哭着说自己胳膊废了，双手抖得像隔壁吴老二似的，上厕所擦屁股都费劲。

折腾到晚上快九点，输液完毕，我们把豹哥装进猫包，准备回家。

小护士送我们到门口，特意交代，下次带猫来做手术的时候，务必假装跟医生厮打，做出拼命保护猫主子无奈打不过对方最终被撵出去的样子，等到手术做完了，再假装拼命厮杀进来把猫抢回去，这样，以后它才不会记恨铲屎官。

我和小曦互视一眼，感到肩头的担子沉甸甸的，道个谢，走了。

——其实应该让我大妈送豹哥来做手术吧，毕竟她演技那么好，还能给自己加场戏，装昏装死什么的，炉火纯青。

第三天送豹哥做手术，刘曦蔓谨遵医嘱，假意跟几个医生护士推搡了几下，谁知道她只使出一分力气，就把一个小护士的手腕拉脱臼了。万万没想到对方的战斗力这么弱，小曦也慌了神，瞪着那位嗷嗷呼痛的小护士不知所措。我眉头一皱，发现事情并不简单，当机立断，抖开一个干净的黑色大垃圾袋，抠出两个小孔，套在脸上，闷不作声地冲进去将她撂倒，然后倒提起一条腿硬生生把她拖了出来。

小曦一动不动，死尸扮得惟妙惟肖，奥斯卡欠她一座小金矿。

豹哥手术很成功，王医生说只要一个月内加强护理，基本落不下后遗症。刘曦蔓信誓旦旦声称自己要休假在家，全心全意照顾她猫儿子，结果次日一早，就踪影全无了。

起初我以为她去安排工作，十点来钟，孙大圣通知我，店里来了个小姑娘，名叫陈美娅，她声称要找安老板谈谈。

听到“陈美娅”这个名字，我很是吃了一惊，料想这场谈话会与于彦峰有关，于是立即打刘曦蔓的手机，想问问她工作完成了没有，抽空回来替个班，照顾一下豹哥，我好去店里会一会那位情敌，但意外发现她关机了。

我隐约觉得不对劲，随后一个电话拨给李大腾，居然也是关机。

这两个人之间绝对有问题，而且非常默契，都瞒着我！

我咬了咬牙，在手机上给孙大圣发了一条信息“家里没人，我去不了，让她来家找我”，然后愤怒地跳上沙发，打着坐默念“俩傻逼、俩傻逼、俩傻逼；我眼瞎、我眼瞎、我眼瞎；别生气、别生气、别生气……”

弹跳动作大了点，旁边正在闭目养神的豹哥吓得浑身一抖，睁开眼睛，疑惑地望向我。

我身子一歪，倒在它旁边，摸着它光滑的背毛一起闭目养神。

刘曦蔓的个性和手段，我非常了解，因此开始隐隐地替安雁卉担心起来。虽然我憎恨安德高一家人，但是我很清楚，安雁卉在那个家里只是个无足轻重的小角色，只有从安雁龙和他的儿子下手，才能让安德高真切感受到什么是心痛。重男轻女者，毁其男丁；爱财如命者，掠其钱财，这才是报复他们的最好方法。所以，我的所有计划，都不包括那个善良懦弱的小姑娘，安雁卉。

小曦究竟是出于什么心理接近李大腾的呢？她知道我的原则和底线，不可能是为了帮我报仇才蓄意勾引安德高的乘龙快婿，破坏安雁卉的姻缘。

那么，是真爱咯？

这念头甫起，我自己都失笑了，刘曦蔓的情感经历何等丰富，岂是区区一个李大腾可以降得住的？

躺了片刻，深呼吸几次，我感觉好多了。

门铃响起的时候，豹哥又是警惕地浑身一哆嗦，从睡梦里惊醒，我急忙抚摸了它几下，起身去开门。可能是血淋淋的社会新闻看多了吧，我推门时非常谨慎，默默地准备了许多种应对突发状况的处理办法，不客气地说，就算她反手扔进来一个煤气罐，我都能准确地飞起一脚踹回她屁眼里去。

但陈美娅没有动粗，笑眯眯站在门外，我只好客客气气把她迎进来。

“终于找到你了，安瓦砾。”

“呵呵，随便坐，喝水自己倒。你是怎么找到我的？”

“是你自己说的呗，文化节开幕那天，你对赵兴谭说，你是槐南人，你哥叫安雁龙，你爸叫安德高，我记住了。”

“呃……”

“你给的线索是错的，但也挺有用，我找到了一个叫安雁卉的女孩，她告诉我，她有一个剽悍的堂姐是逆袭吧搏击俱乐部的老板，所以我就找过来了——话说，你这个店名字是谁取哒？那人一定帮你挡过原子弹吧？这么难听，你也照用？！”

被人当面批评创意，我感到脸上有点挂不住：“你不懂我的思路，我不怪你。”

陈美娅眼珠子转来转去，在楼梯上流连了一会儿，似乎在评估我的家境。或许是为了会见情敌，她今天这个妆画得用力过猛，修容下手太狠了，看起来就像长了一层络腮胡子似的。环视一会儿，她没头没脑迸出一句：“你家，挺乱哒。”

“嗯，人多。”

我简短回答，心中很反感她的哒来哒去。这个女孩子总是不好好说话，捏着嗓子，虚弱得跟刚割完包皮似的，让人听了蛋疼。我下意识地捂了一把裤裆，直截了当地问她：“不要浪费时间了，直说吧，你找我有什么事？”

“也好，我们开诚布公地谈一谈，你跟于彦峰，什么时候勾搭上哒？”

“勾搭？”我皱了皱眉。

“勾搭是我能想到用来形容你最温和的词！”

她微笑着，眼中却不乏讥诮之色。

我从水果盘里掰出一根香蕉，慢条斯理剥开，咬了一口：“小姑娘，不是我吹，我撕你一层皮，就跟撕这个香蕉皮一样轻松。”

“我知道，你看着就不像好人。上一次见面，还说是阿峰的姐姐呢，不到一个月，你们关系就质变了。鲁迅说过，一切没有血缘关系的姐姐哥哥全都是耍流氓！你们俩眉来眼去的，我早就看着不爽了！哼！”陈美娅不屑地冷哼了一声，“我讨厌你！看到你的第一眼我就讨厌你！我看你就是那种自称女汉子，以兄弟的名义，极力挑拨别人情侣关系的人！”

“鲁迅先生，”我啃香蕉的动作停顿了一下，“他知道自己说过这句话吗？”

她冲我翻了个大白眼：“我家虽然有钱，但我过得很不幸福，是阿峰一直在给我幸福感。你知不知道，在你出现之前，我和阿峰只差一点点就是实质性的男女朋友了！你一出现，他就丢下我一个人在黑暗里摸爬滚打，满身鲜血，却要去照顾另一个只是在阳光下看起来有点寂寞的姑娘！”

通过她的语言，我判断她应该是戏剧专业的，台词功底很扎实。

我咬下最后一口香蕉叼在嘴里，把香蕉皮一扔，斜睨着她，含混不清地从牙缝中发问：“你有没有想过，也许，那姑娘只是看起来有点寂寞，其实一直在黑暗中独自摸爬滚打，也许她早已经满身鲜血了，只是从来不愿意让人看见。你有没有想过，自己忍受不了的黑暗角落，可能是别人的日常生活？”

“哼，还挺能说。”她撇了撇嘴，“开个价吧，你要多少钱才肯离开阿峰？”

我震惊了，瞠目结舌，一大块香蕉从口中跌落下去。

——这个姑娘是不是走错摄影棚了？通常来说，“你要多少钱才肯离开我儿子”，这句话不应该是婆婆的台词吗？怎么这个小姑娘年纪轻轻，说起话来也这么自以为霸气侧露实际上老气横秋的呢？

“我可是承包了七间门面房的大老板，虽然不全是我的，四舍五入一下价值千万！我缺钱？”

哈哈笑了两声，我大马金刀地抬起一只脚，踩在茶几上，做出暴发户的样子。

搏击馆马上就要试营业了，作为一颗商业界冉冉升起的新星，我会缺钱？真是笑话，我觉得她一定是在开玩笑！自从安德高签了财产转让协议之后，一个一个手续办妥，拿着厚厚一摞房产证，我都觉得自己是土豪了好嘛！只要我高兴，随时可以买两辆保时捷911，一辆在前面开道，一辆在后面护驾，我在中间开皮卡！！

“你是在搞笑吗？”陈美娅不屑地扭过头去，冷嗤道：“曜创力教育集团的公子，未来80%股权的继承人，十八岁就身价过亿了，还比不上你那几间破房子？！”

曜创力!

这三个大字，就好像三柄大锤，重重地对我当头敲下来。

我懵了，脑筋一时转不过弯来，许多许多刘曦蔓曾经透露给我的信息，变成回忆的碎片，纷至沓来——“曜兰爱朵”“冯启坤”“他收购了你爸爸公司”“曜创力”“8%股权”“于彦峰”“中国的人口基数这么大”“怎么可能刚巧只有他一个呢”……

“曜创力……你说谁啊?”

我听见自己的声音在喃喃发问，甚至带着笑意，像是希望陈美娅告诉我，她在开玩笑。

她没留意我的神色变化，仍然带着那种轻蔑的语气，继续对我劝说:“阿峰和你，或许过去曾是同乡故交，但现在，你们俩已经是两个阶层的人了，你还真以为他能跟你结婚吗?像你这种市井小民，嘴脸太难看，他只是暂时还没有看清楚罢了，一旦他被你的吃相吓到，分分钟会甩了你，到时候你可就连一个有钱的普通朋友都失去了，还不如趁着眼前的机会，从我这里狠狠捞一票。一……两百万，怎么样?你开那个小破店，几年才能挣到这个钱?而我现在就可以给你!还有，我向你保证，咱们之间的交易永远不会有第三个人知道。说不定，以后，你和我们夫妻俩还可以做个普通朋友，需要用钱的话，也可以帮得上忙。怎么样?”

我对她的话充耳不闻，满脑子都是“曜创力”“收购”“曜兰爱朵”“冯启坤”“于彦峰”这些词句在闪动……如果陈美娅所言属实，那么于彦峰的爸爸，就是冯启坤，此人能迅速又顺利地收购我爸的公司，一定和安德高早有勾结!

安德高，是我的仇人!

冯启坤，是个趁火打劫的小人!

那么，于彦峰，他……他又是个什么人?在我年少时的悲剧中，他究竟扮演着什么样的存在?从小到大，我都以一个强者的身份在保护着他这个弱者。十一岁，我家变之后，对小峰更有一种同病相怜的爱惜和回护。两个穷孩子，一个自幼清贫，一个家产被夺，多么苦命又相爱的一对少年少女啊！可真相是什么？难道，他也是造成我苦难际遇的一个帮凶吗？

想不到，我的命运居然真的这么玄幻。

我脑子很乱，陈美娅见我不说话，又补充道："我跟你不一样，我是真不缺钱。我想跟他在一起，只因为我很爱他——"

"别说了，你让我考虑一下！"我一抬头，打断了她的话，"留个联系方式，五一假期后我给你答复！"

"好，还有两天，我等你消息。"

她接过我的手机，飞快地拨了一串数字，留下了她的电话号码。

我听了她的话，这才反应过来，原来今天已经是五一期假的第一天了。我们家没有上班族，也没有学生，所以对节假日没什么印象。9月1日就要去小学报到，小笼包六岁了，还从来没有系统地接受过学龄前教育，所以学前补习班每一节课她都得去听，一个休息日也没有。

想到这里，我心陡地一沉，已经放假了，于彦峰为什么完全没有提过要来槐南？

是不是，他的爸爸已经发现了什么？

是不是，江大文化节的第二天，他爸爸一早赶到江城，并不是为了处理他和赵兴谭打架的事，而是要处理他和我的事？

（三）

5月2日，"逆袭吧搏击俱乐部"试营业，杨叔亲自到现场指导宣传工作，二十多个勤工俭学的大学生四处散发传单。试营业期间的优惠活动，是七日之内办理会员卡，即可在搏击馆正式开业之前享受专业搏击教练的十五天免费教学，十五天后不满意，可以无条件全额退还学费。

我觉得这话说得有点满了，难保没有人故意占这十五天的便宜，但杨叔坚持如此。

听说，孙大圣在门口摆开了一个大舞台，光着膀子卖艺，表演各种极

他忽然将视线移向别处，若无其事地收起了手机，接着，头一低，钻进车里去了。若不是我确确实实看清楚了，他凝重的目光在我脸上停留了两三秒，光从表现来看，他就像根本没有发现我一样。

那辆黑色奥迪车开走了，我几乎是下意识地一踩油门，追了上去。

我不信，他会对我视而不见。可能是车里有什么重要人物，我要跟着他，直到他落单为止。

堵堵停停，在上海的街头开了一个多小时，在这种路况下，能保持距离又不被甩掉也是考验车技。在一个路口，那辆奥迪停了下来，于彦峰拎着一个背包独自下了车，左右打量一下，沿着人行道大步流星地朝后方走来。

我顾不得被贴罚单了，戴上墨镜，捋了捋头发，跳下车，向他迎面走过去。

而他依然像没看见我一样，始终望着远方，连眼睛都不眨，笔直地与我擦肩而过，全程一张冷漠脸。就在我愣愣地停下脚步，想要转身跟上他的时候，忽然听见背后传来一声压低声的喝斥："快滚！"

这个声音，曾经温柔又软弱，像个孩子般向我撒娇。如今，却冷冰冰的全无感情，仿佛一柄刚从古墓里挖出来的宝剑，寒光四溢，阴气森森。他已经好几天没有跟我说话了，想不到今天的第一句话，是让我快滚。我苦笑一下，霎时，竟冒出了一个古怪的想法——我一直都以为他是总受型的美少年，想不到，他板起脸来也可以攻气满满啊……

他这么凶，其实是在害怕。

怕什么？怕在他父亲面前与我相认，惹上个大麻烦，所以不惜恶言相向也要极力撇清关系？也就是说，他在重压之下，其实已经做出了选择，他选择了与我对立的那个方向，选择了与我的仇人站在一边。

我没有回头，怔了片刻，机械地继续走往反方向。

既然分道扬镳，那就别再回头！

第十章　大姨妈登场

（一）

我打开微信，点开于彦峰的聊天窗口，想要说点什么，以完成这个告别仪式。在按下语音的一瞬间，还觉得有满腹的话需要倾诉，可刚说了“你知道吗”四个字，我就忽然失去了一切表达欲望，只觉得这行为可笑。

手指一松，语音自动发送了出去，好在消息还可以撤回。

我调整好心情，将手机往储物格一扔，驾车离去。

爱是暴力游戏，不讲任何情理。他爱你，你就是个磨人的小妖精；不爱你，你就是个烦人的大魔王。

下高速后，进城前，我停在路边听了会儿歌，昂科威的音响效果相当不错。

路边是个村庄，挺富裕的，家家户户都盖起了崭新的楼房。我还依稀记得这条路，路边池塘特多，小时候，我和腾哥、小峰曾经偷偷坐了长途车来这里钓小龙虾。5 月，野草莓开始结果了，马路两旁的田埂上白生生一片幼圆可爱，当地村民叫它“地瓢儿”，根本没人吃，到了城里反而变成稀罕的原生态野果。

我伏在方向盘上，静静地趴了会儿，伸出右手，连按两次切歌，调出了霉霉的《shake it off》。

上礼拜，于彦峰给我分享了一个视频，还让我从专业的角度点评一下。我打开一看，是三个留大胡子穿高跟鞋的妖男在大跳这支舞，一扭一撅，一颦一蹙，扑面而来的妖娆差点就击碎了我的手机屏幕。当场我便抠瞎自己的双眼，盲打四个字过去：骚断腿了！

劲爆的节奏一响起来，我猛地跟着鼓点甩起头发，颠狂地扭了两下，然后换挡，准备起步。

“But I keep cruising

Can't stop won't stop moving

It's like I got this music

In my mind saying it's gonna be alright”

——我一直在前进的道路上巡航向前，锁定目标，永不停歇，就像这段旋律在我脑海中回旋，它告诉我一切将会晴朗美好！

迎着风高唱战歌，我重新上路。

那些想说而未说的话，用力甩甩头，将它抛在脑后吧。

——“你知道吗？我只想告诉你，无论发生什么事我都能选择相信你！可你却连真相都不愿告诉我，只想着逃避吗？难道我们的整个人生，注定要毁于上一代的恩怨吗？你可知道我从没有想过放弃你？即便出离愤怒，也无法让我失去面对你的理智。悲怆的怒火再炽烈，也会在你那里婉约成星星之火。只要你选择了我，我们可以滚烫如焰。但若你要走，我决不挽留，因为我从来不向谁低头，尽管我像呵护光明一样爱了你很多年。请放心，我不会为此而哭泣，我知道，早在十一岁那年，就没有人会抱住我安慰我了。”

家里没人，外婆和小笼包中午吃剩的菜丁窝头还摆在桌上。

我拿起一个窝头丢进微波炉，定了两分钟，胡乱裹腹。然后爬上床，努力劝说自己午休一下。不知附近哪位业主养了一群鸽子，经常在小区上空盘旋来去，鸽哨声清亮，聚飞如烟，恍如往事在心头浮浮沉沉，不舍得离开，却也无法回到过去。

迷迷糊糊不知趴了多久，客厅传来说话声，我瞬间醒了。

“妈妈！”

小笼包人未到，声先至。

她蹦蹦跳跳地跑过来，手里举着个语文作业本，跟我炫耀：“妈妈，我会写自己的名字了！”

我起身接过来一看，紫色封皮上歪歪扭扭的三个大字：杨怡勤。

“哇，写得太好看了！干净整洁的字迹言简意赅，活泼潇洒的结构令人眼前一亮，蜿蜒曲折的笔锋不难看出深厚的书法功底，黑紫相间的色彩彰显出意境的高雅，使人目眩神迷，沉醉其中，此字只因天上有，凡间哪得几回见？好字！好字！这简直就是艺术品！”

我既违心也开心地夸了几句，摸摸她的头，不觉间微笑浮上唇角。

小笼包今天穿的是我买的一件蓝绿色长袖纱裙，腰后系着个大蝴蝶结，走起路来忽闪忽闪的，像个忘记长翅膀的小花仙子，特别可爱。小姑娘最近不爱扎辫子了，要跟班上女同学一样披发戴发箍儿，她长发已经及腰，戴个水晶发箍，笑起来眼睛弯弯的，两排睫毛浓密到看不见双瞳，腮边一对酒窝好乖，可以想见，她的生母绝对是个大美人，至少胡同八强。

可惜，那女子虽美却无情无义，我的小笼包一直到六岁也没见过亲生母亲。

小姑娘笑嘻嘻的，歪着头，意味深长地看着我，我猛然想起来，今天去上海忘了给她带礼物，只好歉意地笑笑。鬼精灵般的她猜到了我可能没有惊喜给她，也没说什么，接回本子乖乖进屋去写家庭作业了。

我穿鞋出去时，外婆已经系上围裙，准备做晚饭了。

“朵朵啊，今晚你不跟他们出去吃吗？”

“不了，我肠胃不太舒服，今天想在家吃点清淡的。”

“好，那我来给你煮个土豆粥，紫皮土豆粥。曦曦说了，熬粥一定要用高寒地带的紫皮土豆，我跑了好几家超市也没买到，还是呜呜在网上买的。”

我失笑：“以后别听她瞎逼逼，爱吃不吃！费那洋劲！”

“别这么说，人家懂得多，也是好心。行了，你忙去吧，饭好了我叫你。”外婆嘴上说着，却没有立刻进厨房，而是仔细观察我的神色，踌躇了一会儿才开口：“朵朵，今天是不是有什么……不顺利？”她说得很迟疑，选了尽量委婉的用语，生怕惹恼我一般，“你从来不会忘记给小笼包带礼物，去店里一趟都要买盒糖回来。今天魂不守舍的，是不是有什么心事？别闷在心里，多找家里的两个姑娘说说。”

我很震惊，也很感动，打小我情绪变化就瞒不过外婆的眼睛，想不到成年了还是如此。

“没事，这几天太忙了，就是缺觉。”

“那快去睡会儿吧。”

我点点头，转身走进卧室，躺在床上辗转反侧了一个多小时，把床单都蹬烂了，让人看见了肯定以为我刚和家用电器大战三百回合。

外婆煮的土豆粥确实好吃，但不怎么顶饱，夜里十一点我就饿了。

隐隐约约闻到一阵炖排骨的肉香，我被刺激得精神百倍，一骨碌从床上爬起来，给楼上的小夫妻俩发短信：“走，请你们去夜市吃白灼大海螺！”

孙大圣平时响应宵夜最积极，不料，今天却断然拒绝：“不行，我老婆在哭呢，我得哄她！”

翻了几个身，我又发给刘曦蔓：“别睡了起来嗨，请你吃小龙虾！”

“这一周素食刷脂，谢谢！”

我不死心，再发给杨叔：“杨叔，杨叔，吃宵夜吗？”

对方直接没反应。

杨大烟枪睡起觉来雷打不动，能在睡眠中渡劫，我万念俱灰。

可怜我一个妙龄女子，强忍着失恋的悲痛邀请大家出去吃喝玩乐，结果没一个人响应，真是闻者流泪，见者伤心！

（二）

陈美娅给我打来电话的时候，我正在一家中医馆里做头部针灸，最近用脑过度，特别容易累，疲倦状态下嗓子都是干哑的。医生介绍，头顶百会穴是提中气的，治疗疲惫，同时对颈椎也有益处。

一边介绍，一边把我脑壳儿扎得跟刺豚一样。

陈美娅是找我要答复的，五一假期已经过去了，她特意宽限了我几天，让我好好思考，以示大度。结果耐着性子等到了今天，我还是没有丝毫音信，她实在忍无可忍，才主动给我打来电话，催问考虑的结果。

哎呀！我一拍脑袋，差点把这事给忘了！

几天前，刘曦蔓刚发了曜创力的最新消息给我，那天开会是决议股权变更，传闻，于彦峰的股份已增至 28%，而他将于 6 月正式入职曜创力。正是为了这 20%，他将我舍弃了。钱真是个好东西，天要下雨，你要失恋，这是人间常态。

我当即顺坡下驴，同意尝试断交，而且不要一文钱，但有条件，她必须帮我完成一个心愿，作为最后的留念。

她自然大喜过望，无比痛快地答应下来："别说一个心愿，十个也行！"

通话结束后，我突然感到一阵后怕，幸亏她这通电话不是五分钟之前打来的，那时候我扎了满头的银针还没有拔，一拍脑袋就悲剧了。

出了中医馆，我直奔槐南学院。

在正式开业前，杨叔召集我们开了个会，呼吁接下来趁热打铁，务必加大宣传力度。老杨以前日子过得特别节俭，曾经告诉我："只剩下烟屁股就不能抽了吗？剩下也得嘬几口再丢啊！"如今他是当老板的人了，烟屁股吸几口就扔，再也不嘬最后那点儿剩下的了，还特意理了发，修了容，穿了身讲究衣服，配上魁梧的身材看起来颇有几分英姿勃发。

老板的一句随口散扯，往往会变成经理的政治任务，最后变成员工的生存任务。

可怜我堂堂一个股东加房东，沦落到高校附近去发宣传单、扫码送小礼物的地步，一天累得半死，回家发现刘曦蔓又在给豹哥做病号餐，牛骨髓、羊肉、鸡胸、生蚝、青虾、鸡蛋黄，煮熟后打成泥拌上猫粮。本菜单可以再一次加入“人不如猫”系列！为了预防血栓，每天还要加喂蚓激酶，小曦想让它多动弹，不知从哪儿弄了只系着蝴蝶结的小蓝猫回来，给豹哥当童养媳，可惜后者早在一岁半就被阉了，完全不受美色诱惑，而且目前处于手术恢复期，心情欠佳，频频冲着自己的童养媳亮爪子。

我懒洋洋地瘫在沙发上，连澡都不想洗。

小曦敏感地瞥了我一眼：“你整个脸都浮肿了，是不是哪儿不舒服？”

“心烦、失眠、易疲劳、胃口不好，还老想吐……”

她吓了一跳，似乎紧张起来了，直截了当地质问我：“你不会是怀孕了吧？孩子他爹是谁啊？”

我指了指嘴角起的小泡：“都憋出内火了，像是有性生活的样子吗？”

“这么说，楼下泰迪有重大作案嫌疑啊！”

“可不咋的，泰日天那个战斗力是隔山能打牛、隔空能授精，左眼瞅谁谁怀孕，右眼瞪谁谁流产，双眼从你身上扫过，你就得坐个小月子！”

“不开玩笑了，身体不舒服得去医院，你知道吧？”

“心病，没药医，我放弃治疗了。”

我一阵黯然。

小曦一手支着额角偎在沙发上，狐疑地观察了我一阵子，正色问我：“安瓦砾，你是不是背着我偷偷去见那个于彦峰了？怪不得，李大腾说要给你介绍男朋友，你说不需要……”

我一怔，反问她：“你是不是偷偷去见李大腾了？”

她僵住了，没说话。

说曹操，曹操到，我们刚聊到这儿，李大腾就给我打了个电话，说话急匆匆的：“朵朵，你帮哥哥一个忙，如果卉卉以后找你问我上次云南出差的事，你就说，是你和小曦跟着我一起去的。一定要说你也去了！记住没有？”

云南出差？我心里咯噔一下，望向刘曦蔓。

“怎么了？你出轨事发了？”

“不是不是……回头再跟你解释，我先挂了。”

他匆匆忙忙挂了电话，加之刚才说话声音压得巨低，我觉得他这是藏在厕所之类的地方偷偷打过来的。

我放下手机，紧紧盯着刘曦蔓，后者避开了我的目光，看向豹哥，仍是一脸懒洋洋又无所谓的笑容。我不知道该说什么好，只能问她：“安雁卉跟我说过，长辈把他俩的婚期定在六月初六，阳历 7 月 9 号，是个周六，这事你知道吗？”

她摸猫的手指蜷了一下，强自镇定：“知道。”

“那你对别人的终身大事，有什么特殊的祝福方式吗？”

“你不用拐着弯损我，我知道轻重。他如果决定要跟别人结婚了，那我为什么不放他一马？”刘曦蔓抬起头来，唇角依然微微向上翘起，但眼中已无笑意，只剩凛决，“我做人没什么道德感，但是我有最基本的是非观，他如果选了别的姑娘，就代表放弃了我，我不会再跟他纠缠的。瓦砾，别以为只有你是个铁骨铮铮的直女，我也是个不戴头巾的男子汉，叮叮当当响的婆娘！拳头上立得人，胳膊上走得马……”

“等等！”我打断她的话，“这好像是，《金瓶梅》里潘金莲毒死老公之前的台词吧？”

小曦义正词严的自陈遭我抢白，再一寻思，好像确实是这么回事，于是哈哈大笑。

可能是笑得太用力了，我突然感觉腹中一阵绞痛，捧着肚子倒在沙发上，咬紧牙关，瞬间渗出了一脑门儿汗珠。小曦“嗖”一声蹦起来，惊恐地指向我屁股上的一摊血迹，苦着脸骂我：“还有脸说没怀孕，你这都流产了啊……”

我咬牙切齿：“滚！滚去帮我拿个姨妈巾！”

这会儿，我总算明白过来，为什么这两天老是感觉疲惫胸闷吃不下饭，其实就是大姨妈光临之前要讲个排场啊！

第十一章　冯启坤是谁

（一）

5 月 18 日，逆袭吧搏击俱乐部开业当天，杨叔穿得人模狗样，许多市体育局的领导和本省同行莅临到贺，所有人忙得人仰马翻。据说，请到领导就能吸引不少职业运动员和立志成为职业运动员的年轻人加入，未来培养一批自己的签约选手，推广自己的比赛，增加行业影响力，圈内崛起，指日可待。

我并不想去共襄盛事，杨叔恨铁不成钢地点着我脑门儿："有什么事比接待领导还重要？"

"撸猫什么的，也很重要啊！"

"放屁！"

"对了对了！我想起来了！今天我要相亲，要相亲！哎呀，太遗憾了，不能亲自接待领导……"

"真的？"杨叔半信半疑。

"当然是真的，小曦也知道这事，是我腾哥给介绍的。你看——"我故意停下来，耸一耸肩，用征询的眼神盯着他。

“那，当然还是你解决个人问题重要，去吧。”

“谢谢杨老板开恩！”

我一边说一边赶紧脚底抹油开溜了，跑到楼上躲着，打个电话给李大腾：“你之前不是说要给我介绍男朋友吗，那人今天有空吗？”

“今天？”

“就今天，此刻，现在！”

“你改变主意了？那我问问人家。”

说着，腾哥又小心翼翼地问：“卉卉这两天没找你？”

“没有。李大腾，你到底干什么了？卉卉是我堂妹，小曦是我朋友，我最瞧不起欺骗女孩子感情的男人，你自己掂量着，看看事儿发了我会不会打断你的狗腿！”

李大腾沉默片刻：“我没碰过她。”

“哪个她？”

“什么哪个她啊？”李大腾急眼了，声线倏地拔高了，“哪个她我也没碰过啊！我……我就不是那种人！”

我顿时语塞了。这个，一位从来没有滚过床单的老实人，不贪财、不图色，能称得上是玩弄女孩子的感情吗？至少，在小曦那儿，应该算不上吧？我一时间有点拿不准了，支吾半天，恼羞成怒，把电话给挂了。唉，还是吃了没文化的亏啊，知识储备没有跟上教育别人的步伐！

没一会儿，李大腾发了条消息给我：“有空，一小时后，你楼下见。”

我看了看窗外，今天是多云天气，不算太热。抓紧时间洗头、更衣、化妆，喷点小曦的香水，她常说纪梵希的老版灿若晨曦味道最好闻，果然清新又矜持，不像香奈儿 cooc 小姐那么温暖有亲和力，那么招蜂引蝶。我每次去见于彦峰，总会特意穿得温婉妩媚一些，这次跟别的男人约会，我挑了一件小尖领的白衬衫，双层黑色大百褶裙，裙侧有斜口袋，插个手，帅得没有朋友，主要没有男朋友。

刚扎起头发，我便接到个陌生电话，一个男子声音彬彬有礼地说：

“安小姐，我在你家楼下。”

我答应着，走到窗边，看见一辆玛莎拉蒂总裁停在楼下，心中吃了一惊。

下得楼去，见一男子低头正玩手机，抬头看到我，眼睛一亮。

这人年龄约莫二十七八岁，穿得比较正式，偏高，偏瘦，模样长得也算周正，看起来斯斯文文，眼中却有股精明气儿，刚刚见面就含笑递给我一张名片，省去了自我介绍。我接过名片粗粗扫了一眼，头衔无非是某某公司副总裁，年轻有为，我盯着他的名字，对“亓稷”两个字懵逼了半天，有心想喊他一声“元神”，自己估摸着是念了白字，不敢贸然开口。

“安小姐你好，我叫亓稷。”他热情地伸出右手。

“亓，稷。”我念了一遍，跟他握了握手。

“对，爸妈给我取这个名字可能是为了不吃亏吧，生僻字占了俩。你看，这两个字猛一看像不像‘元婴’？整天有人问我什么时候渡劫，要离我远一点，免得被雷劈着。”亓稷风趣地帮我掩饰了不认识字的尴尬，接着上上下下打量我一遍，颔首称赞：“短发，衬衫，百褶裙，赫本风的姑娘我很喜欢。”

然后，他一歪头，目光落在我脖子上：“咦，好像缺了条小丝巾，我的机会来了！”

他绕到副驾驶这边打开车门，示意我上车，首先陪我去挑了一条爱马仕的丝巾，又在店员的指导下，亲手帮我系好。走出店门时，他笑着对我说：“今天，就是我们的罗马假日，公主殿下，请您好好享受这一天的假期吧。”

我忍不住报以微笑，郁闷好多天的心情，这会儿居然开朗起来。

老实说，我对这个亓稷的第一印象并不坏，他事业有成，又风趣体贴，最重要的是跟他对话如沐春风。从十八岁开始，我就跟一群抽烟喝酒烫头的糙老爷们儿厮混在一起，杨叔虽然很有修养，但谈吐不能算是文雅，开心或发怒时说粗话也是张口就来，孙大圣他们这些小年轻，更是荤段子挂在嘴边，所以，跟这个风度翩翩的亓稷待在一起，我既觉得新鲜，也觉得亲切，他仿佛更像是我爸爸那一类人。

他带着我玩了一整天，骑马、吃日料、看音乐剧、打台球——六年前，打台球从来只有我虐别人的份儿，可惜太久没玩过，如今技术退步多了，摆摆 Pose 还行，真玩起来只有被别人当菜虐的份儿。

在水下餐厅吃晚饭时，亓稷问我："你的梦想是什么？"

"啊？"我揉了揉眼，生怕跟自己约会的是汪峰，看清了是亓稷，才答道："我的梦想就是当一条咸鱼。"

"此话怎讲？具体一点呢？"

"我十八岁离开家乡，漂泊在公路上，已经有了归属感，所以我觉得我的一生都应该在路上。今年我回来，是因为有两个历史遗留问题要处理，等到事情结束了，可能我就要离开槐南，继续上路了。"

"去哪儿呢？"

"我也不知道……"我怅然了一下，"反正没什么牵挂，在哪儿都一样。"

亓稷识趣地岔开话题，聊起了下午看的音乐剧。

晚餐吃得挺久，快十点才完毕，我以为这个时间他应该送我回家了，哪知道他仍然兴致勃勃："这一天的假日还没结束呢，走，我带你去一个地方，很好玩的！"

我回去也没事做，就答应了。

亓稷开着玛莎拉蒂，在高架上飞快地行驶，看这个方向，是要去北郊了。路过一个步行街的入口时，我看见了几个在玩花式滑板炫技术的小帅哥，心中很欣慰，连极限运动都开始普及，槐南已经俨然具有大都市的风范了。

车在一栋巨大建筑前减速，周边荒无人烟，杂草丛生，目光可及的一侧还拉了张铁丝网。

这建筑我认识，是武都老机场的候机厅，小时候我曾经来过。四年前，新机场启用后，这里便被关闭。关于它的新用途，听说一直在重新规划，之后规划成什么样我没再关注。

亓稷熟练地驾车驶入老机场，周围环境荒凉，光线却很强，不断有人声和引擎轰鸣传来。

“我们到了。”

拐进一个露天停车场，亓稷将车停好，推开车门的瞬间，我看到他那边停的是一辆兰博基尼，而我这边停的是一辆火山红捷豹。下了车，四下环顾，目光所及之处，停的都是豪车，角落一辆宝马 X5 可能是最寒酸的了。

这个其貌不扬的露天停车场，其实价值连城啊！

仔细观察，我才发现，整个老机场和周边的荒地被改建成了一个赛车基地，有专业的赛道和看台，道路两旁轮胎堆成排，路段中央还有电子记分牌，看台上有块大屏幕正在播放无人机拍摄的赛车画面，在赛道上疾驰的是奥迪 TT 和斯巴鲁翼豹，镜头还算稳定。一男一女两个声音在解说，男的一口乡音激情四射，女的主要负责发出尖叫。无数强灯射线将宽阔的停机坪照亮，有如白昼，这里横七竖八地停着许多辆车，也聚集了很多人，从法拉利、阿斯顿马丁、保时捷到高尔夫、EVO、福特 Mustang 野马、Type-R、宝来、飞度……这些车子有一个共同点，就是分别都有不同程度的改装，每一辆外形都拉风无比。

粗略一看，大家玩得十分热闹，实际上这里的赛车规则非常混乱，似乎并没有按照排量分组。

规模如此庞大的赛车场地，而我此前却从未听说过，隐藏得够深！

我看得触目惊心，转头问亓稷：“地下赛车？”

他点了点头：“前几年，街头飙车出事故被抓了几个人，就转到这里了，场地够大，没什么安全隐患。”

“你经常来这儿玩？”

“我挺喜欢车的，平时工作压力大，每周至少来玩一回，放松一下身心。”

“玩……玛莎拉蒂吗？”

问这句话时，我情不自禁地捂住了胸口。回想我玩过的那些场子，大家开的都是萨博、卡罗拉、思域 SI、丰田 86、马自达 RX-8 之类的，偶尔加入一辆 Mustang 野马都算是土豪级别了，根本逃不过被众人轮大米的噩运，那群糙汉把玩车当成唯一的业余爱好，山路竞速、泥地漂移、极限越野拉力，往死里操，每年总要报废几辆车。亓稷那辆粪叉没改装过，原配轮胎，一想到烧胎起步时磨掉的根本不是轮胎，而是人民币，我的心都替他滴下血来。

亓稷笑了笑："那是约会专用车，平时保养都心疼，别说下赛道了。"

他领着我走进一栋老旧的玻璃幕墙大楼，这是原先的候机大厅，现在改建成了室内赛车场地，小规模技术型的都聚在这儿玩。在我们对面，尽头处，有一家没挂招牌的大型汽车改装店，亓稷的赛车就停在这里，是一辆马自达阿特兹，加了前铲、侧边和尾翼，经典红白蓝搭配，改得很酷。

亓稷介绍："这车叫阿特兹，便宜、耐操，就是一辆 Track Toy。"

我大脑一热，习惯性地上手去摸，检查改装套件。

亓稷问："你也会开车吗？"

"呃，会啊。"我停下手，转过身，诧异地看向他。李大腾曾经详细盘问过我这几年的生活，而他是李大腾的多年好友，为何竟不知道我的职业就是司机？外面那些吆喝着跑赛道的小年轻，在我眼中，也就是晚饭后出来遛弯儿的中学生而已。我感到很意外，随意地问了一句："你跟李大腾认识多久了？"

他脱口而出："有三天了。"

我心陡地一沉，隐隐有些奇怪的预感。

李大腾声称要给我介绍一个知根知底的男朋友，还是上个星期的事情，掐指一算，至少也是五天以前了。可是为什么，亓稷却说跟他认识才不过三天呢？李大腾到底从哪儿找来的这个人？他们究竟是什么关系？

（二）

亓稷跟改装店的几个朋友打了招呼，嘱咐我系好安全带，将车开出去，在旁边的练习赛道上一路狂飙。在这地方玩的人都非常自由，下赛道的下赛道，练 8 字的练 8 字，没有任何的标准和规则。这条环形道路相对安全，没有急弯，一路上，我看见不少没见过世面的小女生在男友加速时惊声尖叫，搞得我很尴尬，不知道应不应该伪装一下高潮。

可能是我的沉默让亓稷误以为我害怕了，他很快将车停在停机坪，关切地询问："你不喜欢玩这个吗？"

"还好，挺喜欢的——"我话才说到一半，正准备接着说"如果让我开，我可能会更喜欢"，突然从旁边闪过来一个胖子，猛地趴在副驾驶窗户上，吓了我一跳。他的嘴几乎就凑在我耳朵边，嬉皮笑脸的，眼睛盯着我，口中却在跟亓稷说话："老亓，换妞儿了？有日子没见你了，车改装好了？来咱俩跑两圈试度呗？"

这胖子肥嘟嘟的后脖子纹了只鹰，眼带挑衅，一看就是个浑球儿，故意找茬儿的。

亓稷皱起眉头，面色阴沉："今天不行，今天我要陪朋友。"

胖子嘿嘿笑了起来，似乎准备开嘲讽了，我假装好奇地微笑着发问："你的车是哪一辆啊？"

他略带骄傲地向身后一指，我伸头看去，果然是一辆神车，丰田 86，改得它妈都不认识了，车身布满气流引导开口，骚气外露的磨砂蓝和土豪金配色涂装，亮瞎了我的狗眼。还有一个穿着暴露的女孩站在副驾驶那边，隔着车顶，卖弄风骚地冲他飞了个吻。

"怎么样，哥这辆 86 比藤原拓海的豆腐车帅吧？光改车就花了 40 万！比车还贵！能在这个地方玩车玩女人的都是富二代，不适合你们这种小白领！老亓，你开玛莎拉蒂的时候把兜捂紧了，当心钢镚发出声儿来……"

胖子的目光一直锁定在我脸上，一脸油腻腻的笑容，挤眉弄眼，表情浮夸。

我摇摇头，叹了口气，就冲他这副得意扬扬的架势，我还以为他开的是秒杀过布加迪威龙的爆改 GTR 呢，也就是个 86 啊，我对 86 的了解比对我亲爹还深。

"别跟这种人废话，我们走。"

亓稷脸色铁青，刚想倒车，我按住他的手背："等一下，我有点口渴，先帮我买瓶水好吗？"

他略作犹豫，起身下车。

眼看亓稷走远了，我转过头对胖子说："喂，胖子，我跟你跑两圈怎么样？"

"行啊！"

胖子爽快地答应了，冲我邪魅一笑："我赢了，你是我的。你赢了，我是你的。"

我跟在他的车后，缓慢地开到起始点，等待发令。从摇旗美女姗姗走来，到发令旗猛地落下，短短十几秒的瞬间，我已经完成了一套标准的烧胎弹射起步动作，声浪迷人。这是炫技大招，也可以表明身份，震慑对手。至于这么做会不会毁掉变速箱，飙车的人，从来不考虑这个，反正这车也不是我的。

从起步我就领先，为了表现勇猛，胖子近乎疯狂地超车，可惜他只能在直线上超过我一两次，只要一过弯道就被我超回来。

很快两圈结束，我看到赛结旗挥动的时候，胖子还在追我的尾灯。

下了车，亓稷拿着两瓶饮料一脸紧张地在等我，看见我，反而不知道该说什么，倒是旁边的人群发现赢的是女司机，迅速围过来，起着哄给我鼓掌喝彩。那胖子远远地站着，脸色非常难看，他女朋友在一旁扶着车门吐得昏天暗地。估计胖子做梦也没有想到，他会被我逼着漂移过弯，差点一跟头翻出赛道去。

赢这胖子很轻松，他可能有二百斤，再带个女朋友，完全是找死。我们比赛从不带人，带人是增加载荷的行为，非正规赛不需要领航员。他以前如果赢过，那也是仗着胆子够大，敢踩油门，不怕死罢了。

——要知道，藤原拓海开的不是86，那是披着86外壳的高达！

"原来你开得比我好，这就非常尴尬了。"

亓稷终于憋出一句话来。

我冲他莞尔一笑："我帮你出了一口恶气，你也帮我一个忙吧。"

“我能帮你什么忙呢？”

“你说一句实话，就算是帮了我的大忙了。”我盯着他的眼睛，一字一顿地问：“请你告诉我，到底是谁让你来约我的？”

他一震，避开我的注视，陷入沉默，似乎在盘算什么。

我耐心等待着。

“是曜创力的冯总。”他终于开了口，略带迟疑，“他说，你是他的故人之女，让我务必好好照顾你。然后，我就先联系了李大腾……”

“冯总？冯启坤？”

我大吃一惊，这个答案令我一时不知所措。其实我原本怀疑的是于彦峰，我以为，他是为了预防我的纠缠，才假借李大腾之名，介绍男人给我。若确实如此，我不亲手捶死这小子，难解我心头之恨。可是，亓稷居然说是冯启坤！为何是冯启坤？一句意味深长的“故人之女”又是什么来历？

莫非，他认识我父亲？

疑问和感慨一齐涌上心头，我顿时百感交集。

从赛车场回去的路上，亓稷开着他的玛莎拉蒂，时不时跟我说句话，期望得到回应。而我却只是歪着头靠在车窗边，始终一言不发，大脑陷入了飞沙走石的思想斗争当中。

我的沉默，令亓稷坐立难安。

到小区门外时，我下了车，他跟下来唤住我：“安小姐，有空的时候，再联系，再约你出来玩行吗？”

我回过头，笑了笑：“好啊。”

“那太好了！我很怕你误会我，以为我接近你，是为了完成某个人交代的任务。不是这样的，我是发自内心的很……很高兴认识你，我觉得你是我见过最好看的姑娘，有时候笑起来像个人畜无害的孩子，有时候笑起来又会露出挺残酷的表情，集乖萌甜和霸道坏于一身，总之，特别迷人，我……我很喜欢你！”

亓稷说这些甜言蜜语张口就来，显得挺老成，挺有经验，但手却在微微发抖。

我定定地看了他片刻，心头一热，突然很感动，好想上去抱抱这个刚认识一天的陌生人，在我如此灰暗的时刻，给我带来一丝温柔敦厚的美好善意。但我很快按捺住了这个冲动，早就不是十八岁的孩子了，已经懂分寸、知进退，我微笑着冲他一颔首："谢谢你，这么晚了，你回去要注意安全。"

他脸上浮现一个失落的笑容，强作洒脱，冲我挥挥手。

楼下新搬来一对热爱生活的老夫妇，在门口修了一个小花棚，我家也跟着沾光。

穿过香气扑鼻的花棚，我举步上楼，开门，换鞋，回家。今天玩得太晚，大家都睡了，我被重重疑惑所困扰，无法入眠，蹑手蹑脚走上三楼露台乘凉。

豹哥陪着小蓝猫睡在房间垫子上，耳朵动了动，知道是我，懒得睁眼。

坐在摇椅上，晃晃悠悠，露台已经开始有蚊子了，我挠了挠腿。

围栏上，摆着一盆不知什么品种的兰花，柔韧的长叶子在夜风中冲我微微点头，素雅又温婉。我看了它很久，心中百转千回，轻声说："妈，我想跟你说说话。你不要担心，我没有别的意思，不是难过，也不抑郁，日子还能撑得下去。我今天见了一个很不错的男生，他好像还挺喜欢我的，可是我已经有喜欢的人了，喜欢了十几年，不能说变心就变心，真伤脑筋。你知道吗？我也到了该相亲的年纪，你要是在家，说不定还能给我拉个皮条呢。朵朵快要结婚了，腾哥可能还在犯糊涂，我也不知道该怎么办。对了，我今天又去玩赛车了，你没想到吧，我从十一岁开始一看见车子就害怕，长大以后却要以车谋生，人生真是处处充满惊喜。小峰马上毕业了，他读的就是我第一志愿填的那个大学。你一直希望我能考个好大学，可我好不容易走狗屎运考上了，却没机会去念。妈，你给我托个梦吧，告诉我，那个冯启坤到底是谁？也是亲戚吗？我小时候有没有见过他？唉，我不能再哭了，家里人多，外婆也在，你和爸在一起要乖乖的……"

（三）

第二天是周六，大清早我就接到了安雁卉的电话。当时我还没睡醒，蓦地想起了李大腾嘱咐我的事，一骨碌爬起来，强打精神调整好心理，准备接下来一口承认自己也去了云南。然而她却一反常态，声音冷冰冰的，像隔着手机丢过来几颗石子一样生硬："我找你，有两件事！"

"第一件事，我哥被人起诉，嫂子跟他闹离婚，小宝也被带走了，我爸气得住院，是你害的！"

"第二件事，李大腾有外遇了，也是你安排的！"

"这是我家的报应，我不怨你。"

"但是李大腾他没有害过你，你放过他好吗？他玩不过那个女人的！"

安雁卉的话语中，有一种不容置喙的尖利，亦有一种小动物受虐濒死般的凄厉。

我从没有听过她这种语气。

她一直是个娇柔怯懦的女孩子，对人生没什么安排，对事业也没什么抱负，连专科毕业证都没拿到，刚满二十岁就辍了学，在父母的安排下到一家打印机专卖店里做电商客服，勤勤恳恳打工至今，刚刚升到客服主管的位置。据李大腾说，某一个月，结算工资的部门同事忘了计算她的加班费，她就是不好意思去找人家核对。

就连开车上路也是弱弱的，为了礼让别人，防止碰擦，从来不躲坑洞或井盖，每回都是颠簸一下直接轧过去。

李大腾曾郑重表示："我必须替她向全市的井盖儿道歉！"

而今天，这个软弱的姑娘，终于被现实逼得扬起头，敢于打电话向我问责了。

安雁龙离婚了，很好，看来他老婆终于见到他嫖娼的英姿，也知道他欠下了巨额赌债。这件事情的爆发，比我预想的迟了一个月。早在 3 月下旬，我就把手中掌握的资料在网上散布了出去，包括安雁龙私刻公章、伪造合同。这两个月，我一直关注着事态进展，发现本地论坛的帖子迅速被删，证明有人背后花钱公关。但互联网传播何等之快，只要碰上热门事件，随随便便就是一场自发的聚众狂欢，雇人盯着删是根本行不通的，安雁龙父子俩的丑事必然败露，只是时间迟早的问题而已。

对，我答应过不外传，但我没有遵守诺言。

安德高率领儿女搬进我家时，曾信誓旦旦地说要好好照顾我，也没有遵守诺言。

安雁卉何时挂了电话，我不知道。我沉浸在一种大仇得报的痛快感觉之中，甚至兴奋得汗毛都竖了起来。直到良久之后，我突然意识到听筒中很久没有传出痛斥声，从激动情绪中清醒过来，这才发现电话早已挂断。

若说是报应，那么，这报应来得着实太晚了。

我兴奋得直搓手，立即打了个电话给刘曦蔓报喜，第二步计划成功，让她再帮我查一下起诉安雁龙的是私人债主还是建筑公司。跟她说到一半，我突然醒悟到安雁卉所说的第二件事，警慎地问了她一句："小曦，你和李大腾正式在一起了吗？"

"有吗？谁说的？"

她反问我。

"安雁卉说的。"

刘曦蔓在电话那端沉默了一下："我这两天，没见过李大腾，他失联了。"

"怎么回事？"

"他这个人心太软，遇事就逃避，不肯做选择。"

我没有接话，又想起往事，不由自主地咬紧了后槽牙。周所众知，李大腾是一个有口皆碑的老好人，热心、爱帮忙、不计较钱财。我小时候被迫寄居在安德高一家的屋檐下，每当受了委屈，负气出逃，他都会想方设法找到我，陪我吃饭散心，然后给我买一堆零食，劝我回去："忍忍吧，毕竟他是你亲戚，还是长辈，怎么可能真对你有什么坏心眼……你看他一家人都不顺眼也没办法，反正别人的事我们管不了，咱们自己能过好就可以了……”

什么“别做傻事，不开心就来找我”；

什么“吉人自有天相，你肯定能遇难呈祥，化险为夷”。

——我不想听这些没用又孬种的安慰，我只需要挺身而出，以牙还牙，将自己曾经遭受的屈辱，一一讨还！

刘曦蔓问：“我有故事，你有牛肉干花生米麻辣烫小龙虾炸鸡排羊肉串泡椒凤爪盐水毛豆东坡肘子可乐鸡翅红烧狮子头梅菜扣肉宫爆鸡丁剁椒鱼头和酒吗？”

我苦笑：“家里只有两斤早樱桃，晚上喝点吧！”

晚上，我约了刘曦蔓，去酒吧坐会儿。

开车的时候，我话里话外敲打她：“你觉得李大腾失联了，没准儿，是他们夫妻俩串通起来，故意演一出戏给你看，私底下两个人感情好着呢！毕竟快要结婚了，说不定他们提前去马尔代夫度个蜜月……”

“瓦砾，你这招挑拨离间，玩劈了。我年纪不小了，你骗不了我。”

刘曦蔓拿出小镜子补妆，故意做出一副不想说话的冷漠模样。

我猛踩了一脚刹车，她猝不及防，上半身骤然往前一冲，唇膏狠狠地捅进了鼻孔，状极狼狈。她慌忙从鼻孔里拽出那支 Tom Ford 黑管，先检查膏体有没有受损，然后气急败坏地骂了我一声，扯了张纸巾，仔细擦脸。

看她出糗，我得意地哈哈大笑，继续上路。

很快到了酒吧，停好车，我们找了一张角落里的清静的小方桌坐好，点了酒和软饮料。有一个穿着骚气的小酒保凑过来，弯下腰，挤眉弄眼地问我们：“两位小姐姐今天喝素酒啊？要不要去包厢玩一下？我们新来几个男模，两个只要一千六，第一次玩能给你们打五折……”

“信不信我给你打骨折？”

我斥退了酒保，转脸问小曦：“哎，你觉得李大腾是帅呢，还是有钱呢？”

她简直嗤之以鼻：“你快别逗了，你哥能泡上妹子完全靠人格魅力。”

“那你喜欢他什么人格魅力？”

刘曦蔓轻轻地往后一靠，说话之前，先叹了口气：“我第一次去找他，那天正好下雨，你还记得我从香港代购的那双手工鞋吗？九百多买的，缎面鞋，踩水就完了。当时人行道被淹了一段，我站在水边踌躇，他立马脱了运动鞋让给我穿，自己光着脚，趟着水走过去，还把我的鞋子高高提起来，生怕沾着水。”

我一哂：“这有什么特别的？每个男人都能做到！”

她瞟了我一眼，继续说下去：“后来我才知道，他那双其貌不扬的迷彩运动鞋是华伦天奴的，售价五千四。这，每个男人都能做得到吗？”

妈呀，这个李大腾做善事真下血本，我被噎住说不下去了——我倒能做到，但我买不起啊！

“他陪我去云南待了四天，处处照顾得无微不至，但是没有睡我。即便是在炮声隆隆的大理，他跟我躺在一个房间里，也依旧心存清明，恪守本分。”她斜睨着我，火辣的目光自带挑衅，“这，也是每一个男人都能做得到的吗？”

我被怼得哑口无言。

刘曦蔓轻晃着手中的酒杯，悠悠地问我：“我长这么大，只有他对我的好是不图回报的。你有什么办法，让他别对我好吗？”

张口结舌了半晌，我才憋出几句话来：“我……我虽然没有办法，但是我还不能有点看法吗？男人偶尔经受不住诱惑，并不代表他的三观会为你而改变。你俩的生活环境完全不同，性格迥异，相处的时间越久，你们之间的分歧和裂痕就会越大。总之，你再这样执迷不悟，最后只会害人害己。”

虽然说这种话显得我老气横秋，但是，他们目前这层三角关系总得有人来点破。

“你现在说这个，晚了。”她微微蹙起眉尖，眼神既忧伤又黯淡，“你知道以前我过的是什么日子，我最受不了有人对我好，还不图我分毫……”

我叹了口气，因为懂得她受过的苦，不忍责备，只能殷勤地劝她饮干杯中酒。

似乎她的愁闷不亚于我，飞快地喝掉了一套 B52 半支君度橙，略有醺态，突然主动开口问我：“你知道，我为什么会跟李大腾越走越近吗？”

“为什么？”

她的目光一倏犀利：“因为你。”

“我？”

“因为你有危险了，我要找一个，最了解你过去的人。”

她的话里似乎暗藏玄机，我稍加思索，试探着问道：“小曦，你是不是早就发现了，于彦峰其实就是冯启坤的儿子？”

“你都知道了？”她震惊地望着我，犹豫一下，又问：“你知道多少？”

“除此之外，我一无所知。”我摇了摇头，盯紧她眼底的一丝闪烁，“你还有什么别的内幕信息吗？”

她偏过头，避开我的目光，沉吟着喝了一口酒。

酒吧里虽然嘈杂，但空气却仿佛一时凝固了，我甚至能听到我们俩思想交锋的尖锐铿锵之声。良久，她才突然冒出一句话：“瓦砾，你得离开这儿，你挡人路了你知道吗？”

这话我听不懂，她一定发现了什么端倪，是我还不知道的。

我料定她不会轻易告诉我，所以也没有直接问，只是越发殷勤地劝她喝酒。

“你那个堂妹啊，看起来怯生生的，其实是个大杀器。生了一张清纯无害的处女脸，她那种水汪汪的凝视，根本没几个直男抵挡得了。相信我，我是身经百战了。”刘曦蔓突然转移了话题，说回到我们之前聊的事情上，“假如，无可避免地有两个女孩要为你流眼泪，一个是软萌的初恋，另一边是个风尘女子，你会选谁呢？”

还没等我回答，她就先哈哈大笑起来：“当然是选萌妹子！多情不义必自毙嘛！”

她一脸自嘲自黑的样子，唇角勾起的妖艳笑容看起来却那么凄恻孤苦，我心里非常不好受。

不出意外，她很快就把自己灌高了，醉得一塌糊涂，勾着我的肩膀从洗手间出来，口中还在念念叨叨：“瓦砾啊，你离开这儿吧，别管我了，快走……”

“行了行了，少说话，你别吐我一身。”

我把她背出酒吧，咬紧牙关，累得吭哧带喘。

好不容易到了停车场，我一眼看见自己车旁靠着几个男的，身形晃动，特别可疑。

我在鱼龙混杂的公路上跑过许多年，对这种场面极其敏感，迅速把小曦放到地下，打量一下周围环境，特别客气地开口：“请你们让一让好吗，那是我的车，我和朋友要走了。”

一个嗓音低沉的男子问道：“你朋友，是姓刘吧？”

口音很熟悉，我猛地想起对方是什么来路了。刘曦蔓十六岁漂泊在西北，被一个汽修厂老板收留，对方有家室，却硬将她留了下来，变成一个没领证的老板娘。在决心逃走之前，小曦一直被他以爱情之名软禁在厂里，两人相爱相杀，也经常对打。那个汽修厂的老板，名字叫钱锐，我曾经见过几面，长得倒挺英俊，只是脸上弥漫着一股阴鸷的邪气，喜欢眯眼看人。

这个说话的男人，正是钱锐。

我背毛都炸了，料想来者不善，一言不发，弯腰拽起刘曦蔓就往回走。

无奈小曦此刻烂醉如呢，死沉死沉的，我只能将她半抱半拖着前进，刚走出三四步，就被人挡住了去路。

我全部精神都在注意着前方，正待说话，忽然感觉腰上一紧，有个人从背后把我牢牢抱住了。前面两个男的不由分说，从我手中夺过刘曦蔓，每人抓住她一条胳膊，粗暴地把她往停在前面的一辆面包车上拖。

刘曦蔓晕晕乎乎地喊了声：“救命……”

我一仰头，狠狠砸中身后那人的鼻子，双肘后击，挣脱对方。脱身后，我没有急于救刘曦蔓，而是笔直地冲向一旁边走边抽烟的钱锐——对方人多，必须执行斩首计划。钱锐正慢吞吞地走向面包车驾驶座，我蹿到他背后，跳起来就是一个裸绞锁喉。西北地区民风剽悍，这个老板也不是等闲之辈，反应极快，被我锁喉的瞬间，他左手一抬将滚烫的烟头按在我的手臂上，然后举起右手的不锈钢扳子，往后一挥，重重地敲在我脑门儿上。

刹那间，我的脑袋疼得像是一头撞到了炸开的煤气罐上，热乎乎的血流迅速沿着额头流下来，模糊了右眼。

我松开手，趔趄着后退，退开一个安全距离。

这时我才想起杨叔告诫我的话，“动手之前先看清楚对方有没有带凶器，如果带了，无论是锐器还是钝器，立刻溜，能跑多快跑多快，年轻人做事冲动，不计后果，动不动就掏刀的二愣子太多了”，一时间肠子都悔青了。

是我太心急，疏忽了，犯下一个大错误，没留意到钱锐还拎着扳手。

我紧紧捂着手臂上的烫伤，等锥心的疼稍稍缓解，我立刻擦了把脸，甩一甩头，可眼前还是有点模糊，只见前方三个人影呈半包围抄了上来。

钱锐穿着件亚麻色坦克背心，眯着眼睛，笑得像一只阴毒的老狐狸。

“就是你把她拐跑的？”他上下打量我几眼，抛下一句“年纪不大，胆子不小”，就放过我，径自走了。

“站住！抓流氓！这是人贩子！”

我忍着痛又追上去，喊人帮忙。酒吧地处繁华路段，虽然是半夜，还是有不少行人驻足围观。钱锐走上前去，推开了挟持着刘曦蔓的两个男子，熟练地一把揽住她的肩膀：“老婆，你怎么又把自己喝成这样啊？跟你说多少回了，夜店不安全，走，跟我回家去！”

围观的几个人本来就不想惹事，听他这么说便散了，临走前议论我：“人家夫妻闹别扭，她跟着瞎起哄，可别是个傻子吧……”

等我踉踉跄跄追上去，钱锐他们已经把小曦塞进面包车，慢慢开出停车场，喷我一脸尾气。

我冲回自己车边，这才发现车身布满狰狞的划痕，保险杠破裂，大灯也被踹坏了，看来这伙人早就在我车上动了手脚。来不及仔细检查，我跳上车准备发动车子追上去，可车子怎么都启动不了，点火点不着，而且车底传来漏油声。我急忙下车打开引擎盖，震惊地发现发动机后的油管被人切开了，不远处的刹车线也被绞断，不知哪个部位的电线一直在滋滋地冒火花，总之，我的爱车已经被破坏得惨不忍睹。

再回头时，面包车已经开远，都快到五百米外的十字路口了。

我徒劳地奔出两步，脚下一软，坐在车边，哭着打电话给杨叔："师父，我刹车线被人切了，输油管也剪了，还在漏电……追不上去了……"

杨叔冷静地听我说完，迅速吩咐："先远离事故车，漏油一旦碰到电火花可能会……"

他话还没有说完，我鼻端果真嗅到了一股焦糊味，悚然一转脸，看到车头到车腹下的漏油已经轰一声燃烧起来。油箱就近在咫尺，我一阵惊惶，站起身来往后退，堪堪跑出两步，杨叔口中的"爆炸"二字业已落音，只见我的皮卡周边腾起一圈刺眼的亮光，大团火球升起，紧接着听见"砰"一声惊天动地的脆响，两吨多重的车随即被爆炸掀歪，一股巨大的热浪像十倍龟派气功波般将我拍倒在地，还扫了一个跟头。

刹那间我眼前发黑，耳膜战栗，大概是瞎了也聋了。

我顾不得检查自己的受伤情况，连滚带爬蹿出去老远，一路上听见背后传来连二接三的爆裂声，轮胎、玻璃、气囊全炸完了。

——我车炸了！我要剁了那帮龟孙！！

我失魂落魄地走在凄清的街头，心中呼啸着这个念头！

这一切发生得太快了，那辆面包车还在十字路口规规矩矩等着红灯，突然，斜刺里冲出一辆白色宝马，狠狠地撞上了面包。

我的鼓膜已经暂时不工作了，没听见撞击声，只看到附近的人和车都在纷纷飞奔闪躲。

这个充斥暴力的夜晚，实在太疯狂了。

第十二章　老实人玩劈了

（一）

酒吧门口的监控摄像头，详细记录下了钱锐他们四人疯狂地破坏了我的车，以及绑架刘曦蔓的全过程。拘留 15 天后，钱锐等四人以情节特别严重的故意伤害罪被逮捕，并提起公诉。律师信心满满地告诉我们，这个主犯本身就有过失致人重伤的前科在逃，这次又是故意伤害再加绑架，数罪并罚，至少要坐十年牢了。

那天晚上主动撞向面包车的司机，之前报过警，被判定为见义勇为，不承担法律责任。

钱锐锒铛入狱，刘曦蔓安全了。

可她却依然一脸愁容，时不时就对我冒出一句："瓦砾，你快离开这里吧，离开槐南，去过安全又逍遥自在的生活不好吗？"

我斩钉截铁地回答："不！在头发长好之前，我哪儿也不去！"

为了缝针，我头顶右侧被剃秃了一块，暂时罩着个绷带遮丑。出事当天，110 警车来得飞快，在派出所做完笔录后，杨叔赶到，把我们送去医院检查，小曦只是中度醉酒而已，而我除了脑门儿被开了瓢，全身还有多处被炸裂的汽车零件划伤，医生给我刮头发、清创、缝合，花了一个多小时。

还好我拼命地护住了脸，我英俊的相貌才得以保全。

拆纱布之前，连亓稷邀我去玩赛车我都拒绝了。

刘曦蔓感激我豁出性命去救她，毅然送了一支 CL 萝卜丁给我，正是我梦寐以求的黑管霸气女王红，太贵了我一直没下手。拿到萝卜丁的第一天，正好拆线，我迫不及待涂了出去上散打课，到了才发现孙大圣在上一对一私教课，于是蹿进拳击教室，在胡志昆的指导下缠好手掌戴上拳套，把一个沙袋打得特惨。

老胡嫌我动作不规范，一直冲我翻白眼，但碍于我是老板，不好说啥。

为了遮丑，我扎了个高高的双丸子头，略微朝右歪，利用周围的头发盖住伤疤。杨叔隐忍地沉默了半天，到中午开饭时，他终于憋不住了，开口问我："瓦砾，你弄这个发型的思路是什么？暗示你是葫芦娃亲生的吗？"

教练们都笑了，我懒得跟直男废话，有那功夫跟他解释什么叫丸子头，不如多吃两个肉丸子。

四点左右，一辆红色昂科威远远地停在马路对面，刘曦蔓来了。她似乎很怕杨叔发现，给我打了个电话，然后冲我招手，让我不动声色地慢慢转移过去。

我一看，老杨正在算账忙得热火朝天，于是大摇大摆出门了。

"什么事啊？"

"先上车，你来开。"

她的整张脸惨白惨白的，眼神散乱得十分瘆人，虽然妆容鲜艳，但我还是隐隐有一丝不祥的预感。

"到底怎么了？"

"陪我去趟槐山医院。"

她给我指了路，然后缩在椅子上半天不吭气，问什么都不回答。

在槐山医院的地下车库停好车，小曦一言不发，径自拉着我走进了住院楼 B 座，上到 13 楼，在医生办公室找到了一位男医生，向他介绍道："她是 25 床病人安雁卉的姐姐，我们想了解一下病人的情况。"

我倏然转头："卉卉病了？"

医生纠正："是外伤，交通事故，你不知道吗？"

我听得心惊胆颤，从十一岁起，我就害怕听到"交通事故"这四个字，导致我学开车时花了很长时间来克服心理障碍。通过医生的叙述，我得知，安雁卉独自驾车时出了意外，头部被撞伤，虽然没有生命危险，但是却留下了轻微脑震荡的后遗症，有间歇性失忆，不说不笑，不叫不闹，有人靠近就哭，吃什么都吐。

"她的性格变化肯定不是来自生理创伤，我感觉，心理因素影响更大。你们是她的亲人，想办法找出心理问题的根源，症状就自然缓解了。"医生总结道。

我谢了他，匆匆走向安雁卉的病房。路上，我向刘曦蔓抛出了一连串的问题："你什么时候知道的？为什么不早点通知我？现在是谁在照顾她？"

安雁卉最近遭遇的变故太多了。她哥刚被判了一年半有期徒刑，她爸正在上海住院，她妈留在上海照顾她爸，根本无暇分身，而她自己那个老老实实的未婚夫最近也有劈腿嫌疑。安德高本身便是肝癌晚期患者，从今年 3 月份开始，财产被夺走、儿子入狱，宝贝孙子又被儿媳妇带走，短时间内，他陆续遭受了好几波沉重打击，一气之下，原本已经稳定的病情开始迅速发作、恶化，听说一度陷入了肝昏迷。

安德高，可以说是恶有恶报。

但是，对安雁卉，我确实心中有愧。

刘曦蔓是我带来的，也是我介绍她和李大腾认识的。虽然我不杀伯仁，但伯仁却因我而死。

"你放心吧，是李大腾在照顾她。"

小曦说着，停在了病房外，站在门边偷眼往里瞧，似乎不敢进去。我也停下来，先瞄了一眼。失联了好久的李大腾果然正在病房内陪着安雁卉，背朝门口坐着，手里拿着一本相册，翻给她看。床头升高了，安雁卉僵硬地半靠着，绷带将她的脑袋包裹得严严实实，只露出了一张苍白的小脸，似乎伤得不轻。我看到她嘴巴动了几下，似乎轻声说了句什么，腾哥猛地点点头，偷偷背过身来，抬手擦了一把眼泪，然后强颜欢笑地转回去，大声说："我们下个月就要结婚了，卉卉，你快点好起来，我还等你试婚纱呢！"

我蹑手蹑脚走进去，喊了她一声："卉卉。"

安雁卉的眼珠循声一转，看见了我，很明显茫然了片刻，似乎在绞尽脑汁地思索着什么。

李大腾连忙提醒："她是你姐姐。"

安雁卉动了动嘴唇，声音极轻微，看口型是"姐姐"两个字。

我俯身问她："好点了吗？"

见到有人凑近，安雁卉立即做了一个下意识的躲闪动作，向后瑟缩。李大腾慌忙抓住她的手，替她回答："好多了，现在愿意说话，吃东西也不吐了。"

"哦。"我也不敢多说，赶紧站远些。

"卉卉！卉卉！别害怕！刚才我还没说完呢，你还想再听吗？"为了安抚安雁卉，李大腾又开始不间断地追忆往事："我第一次牵你的手，你还挣扎了一下，虽然那时候是冬天，但我们俩手心里都是汗。我心怦怦直跳，当时就痛下决心，这辈子我认定这个女孩了……"

刘曦蔓慢慢走了进来，贴墙站着。

安雁卉眼珠一转看见了她，突然偏过头，剧烈地干呕起来。

李大腾紧张地站起来，一脸为难，对小曦说："你怎么来了？她现在这情况……你先走吧……"

小曦轻声问："你还会找我吗？"

安雁卉双手紧紧攀住李大腾的手臂，表情十分痛苦，干呕的同时，泪水也像喷泉一般往外涌。李大腾手忙脚乱地给她拿纸巾擦脸，口中胡乱回应：“不不不，我不会再找你了。你很好，但是我要结婚了……”

小曦呆立片刻，转身走了。

我心中忐忑，立即向他俩告辞，匆匆追了出去。

这时已是初夏的下午七点钟，天边一弧晚霞，透出黄昏的无限寂寥。刘曦蔓呆立的那个片刻，想到了什么呢？是大理的那顿午餐，她抹了色号为 Ruby Woo 的口红，美目流转，静看对面那个男人略带腼腆地拿起手机，给她留下一张又一张美丽的照片？还是酒店房间里，他热情却不逾矩的行为给她带来的心头一热？抑或，她仅仅只是想起了自己无依无靠的上半生，再度感慨那么几秒钟？

被遗弃的人变成了吸血鬼，和你有关的美好，就像阳光，每次回忆都冒出一阵灼痛的青烟。

（二）

刘曦蔓今年二十八岁，曾经是政法大学的高才生，身材火辣，是个上苍赋予她美艳的性感尤物，一扬眉一抬眸，御姐范儿十足。无论纯情的少男，还是情场浪子，都曾经纷纷为她倾倒。这样的女子本应是恋情中的控场手，可惜她在最好的青春年华里，却偏偏遇上了几个渣男，所托非人，极为惨痛，每一次付出真心，就被现实按在地上用脚猛踩。这导致她在后来的情感经历中，一直坚持只走肾不走心，从不轻易托付真心。也正因此，她成了一个在感情道路上所向披靡的奇女子。她的豪放事迹，在西北那一带赫赫有名，坊间口口相传，到了最后，人人提起这个浮艳的修车厂老板娘，都可以毫无羞愧心地对她进行一番莫须有的荡妇羞辱。

我知道，她很孤独。

孤独与孤勇不同，人孤独时最脆弱，但勇者必须经历孤独，似断翅的鸟，如搁浅的鱼，唯有凭借极大的悍勇才能在逆境中生还，才能征服并驾驭内心的愁苦悱恻。

有些人的生猛是与生俱来的，读高中时，有一节自习课我突然心血来潮，也想戴耳环，于是揉了揉耳朵，用圆规给自己扎了一对耳洞。由于没做任何消毒措施，后来反复发炎、化脓，两个耳垂每天红肿成球形，疼得滚烫，差点连耳朵整个儿烂掉。我能活到今天，凭的就是，我还有一口真气没有散！

——倘若生而有翼，怎甘心一生匍匐，形如蝼蚁？

小曦的心理是有些许缺陷的，她其实脆弱到连“安全感”三个字也不敢提，只是伪装得太好，所有人都注意不到这一点。即使被辱骂、殴打、绑架，她也从没有流过一滴眼泪，维持着她鲜亮的外表。相反是我那天看见爱车被烧成废铁了，哭天抢地，鼻涕拖了一米多长。

而今天，我在她的眼中看到了一种欲哭的冲动感情，不是失恋神伤，而是极度的寂寞与倦意。

不知哪里曾经看过一段话，跃入我脑海——“她是个杀手，埋过冰冷的骨头 / 她也笑着吻过王的右手，最后提刀砍下他的头 / 她拎着酒瓶在街上摇摇晃晃地走 / 笑着摔倒，又哭着推开所有人的手 / 她那么美丽却在镜子前发着抖 / 每一次鲜血溅上她额头 / 每一个致命的刀口 / 都让她下手更温柔 / 她能爱上黑夜能爱上铁锈，能爱上鲜血与烈酒 / 唯有孤独她无法忍受”。

我专心开车，不敢说话，生怕下一秒她就流出泪来。

她也不敢说话，在极力压抑情绪唯恐崩溃吧。

一路沉默着回到家，小笼包和外婆正在看动画片，我们简短交谈了两句，小曦准备上楼洗澡，杨大烟枪突然从没开灯的阴影处闪出来：“站住！”

刘曦蔓僵在楼梯第二个台阶上。

我知道小曦为什么怕杨叔，老杨知道她最近在跟一个有未婚妻的男人厮混，一直强烈反对。

“过来！”

杨叔的声音不容任何异议。

小曦低下头去，咬住牙，垂眸片刻，然后高高地抬起了下巴，走下楼梯，站在他面前，带着挑衅的语气问：“有事吗？”

“你刚才去哪了？”

“去医院了！”

“看谁？”

“一个朋友！”

“男朋友女朋友？”

“女的！”

“你确定是去看女的？不是看她男朋友？”

杨叔问得尖刻，小曦一愣，料定他已经知晓了自己的行踪，恼羞成怒，伸出右手用力推了他肩膀一把：“你跟踪我？！”

小曦力气大，我如果毫无提防被她推一把，肯定栽个跟头。但杨叔只微微一撤肩，卸开力道。

客厅里火药味巨浓，我感觉他们俩马上就要打起来了，立马冲外婆使了个眼色，外婆赶紧把小笼包哄到二楼去洗澡。

杨叔心中憋着极大的恚怒，却突然语锋一转，问我：“你们晚上吃什么了？”

我愣了愣，飞快地思索一下回答：“还没吃……”

他一指餐厅：“先去吃饭！”

我犹如得了赦令，飞也似的蹿到餐桌前。外婆今晚做的是玉米烙饼，两根甜玉米，削下一条条玉米粒，几刀切碎，拌上鸡蛋、面粉，倒进热锅摊几张玉米鸡蛋饼，香的鸡蛋饼掺了甜的玉米粒，咬起来啪啪爆汁。没剥干净的玉米棒子，剁成细细几段，炖了一锅排骨汤，汤锅的电源还设定在保温挡，一揭开盖儿，袅袅热气夹着扑鼻的肉香。

刘曦蔓没动，还在犟嘴：“今天低碳日，我不吃碳水。”

“我知道。”

杨叔应了一声，从烤箱里端出一盘黄油烤的蒜香龙利鱼，熟练地摆上切片的西红柿和西兰花。另外从厨房里拿出一盘牛肉丝炒洋葱，虽然微凉，但夏季天热正适合吃，看起来就特别有食欲。我揣摩他的心意，这俩菜应该是专门为小曦准备的，如果她今晚没有回来，那么我可能就开不了小灶了。

小曦默默地走过来，坐下，拿了个叉子开吃，心不在焉。

杨叔一瘸一拐地走到餐桌边，一手抓着椅背，手背上青筋暴起，似乎在忍耐一种极大的冲动。直到我们吃得差不多了，开始喝汤，他才忍无可忍地猝然开口："刘曦蔓，你告诉我，为什么你盘下了槐南城东的那家汽修厂，老板却不是你的名字？而是你带来的伙计？！你是不是根本就没想过留下来？！"

小曦拿水杯的手顿在半空，默默放下去，我听了这话也是大吃一惊："真的吗？"

她沉默不语。

"我们不是说好了吗？我们是伙伴，是死党，我们要一辈子互相帮助，在槐南扎稳脚跟……"我不知道该说什么了，这一刻，语言是那么苍白无力。我们决定结伴回来的时刻，曾经雄心万丈，都觉得这份友谊坚不可催，但深思一下，我们分别出于什么动机呢？我是为了复仇，杨叔是为了让小笼包接受学校教育，小曦是为了逃离动荡不安的人生。那么，当我们都完成了这一切，接下来呢？老杨开了搏击馆，至少在笼包接受完九年义务教育之前，他不会离开。可我并不想在固定的城市待上一辈子。小曦呢？我甚至不知道她的理想是什么，她也从来不提。

刘曦蔓低低地垂着眼帘，不肯说话。

杨叔一把夺过她手中的玻璃杯，死死瞪着她，眼光如果有温度早在她身上剜出一个洞。

"你到底想去哪？"他恨得咬牙切齿。

小曦再次抬起头时，眉尖微蹙，脸上挂着一个无所谓的轻浮笑容："就，旅行呗！周游全国，然后环游世界，你和瓦砾以前不也是四海为家吗……"

"你以为那是旅行？"杨叔一脸恨铁不成钢，"那是流浪！"

表面看起来，杨大烟枪是我们当中身世最飘零的人，其实却最渴望安定。表面看来，刘曦蔓是我们当中最轻视爱情的人，其实，她也最渴望归宿吧？我想，作为一个屡遭抛弃的悲观主义者，李大腾的最终抉择，她可能早就有预感了。

——曾经年少无知，挥霍年华毫无愧意，明知自己可能是罪有应得，却还在期待救赎。

刘曦蔓的笑容开始变僵，面对老杨的疾声厉色，她有点端不住了。

杨叔抓住杯子的手握得越来越紧，样子痛心疾首，继续说下去：“刘曦蔓，你好好想想，我为什么临走之前一定要把你带来？我没了你，也能活得下去，我早就习惯单身汉生活了，我一个糙老爷们还怕日子过得苦点吗？可是我怕你一个人过不好！我怕我走了以后没人真心帮你！我怕你出了意外的时候，没人能像我一样及时赶过去救你的狗命！”

他拳头攥得越来越紧，忽然，“砰”的一声，玻璃杯碎了，碎片嵌进手掌，扎出了好多血。

杯子碎得如此应景，我听到的，仿佛是他心碎的声音。

老杨怔怔地抬起右手，麻木地看着血流下来，毫无反应。

玻璃杯爆裂时，刘曦蔓浑身一震，迅速抓住他的手腕，把他拽进了厨房，将水笼头拧到最大，拉着他的手伸到水笼头下反复冲刷，直到确认玻璃残渣都被冲走之后，才去翻找碘伏和纱布，给他处理创口。

做这一切时，他们俩人都保持着沉默，我不禁屏住呼吸。

小曦将医药箱收进柜子最底下一格抽屉，然后慢慢站起身来，走到老杨面前，定定地看着他的脸，眉尖又剔起来。

老杨还是伸出右手的姿势，手掌宽大且粗糙，那点皮外伤根本不值一提。

小曦眼眶红红的，一点一点缓缓地伸出手，握住他裹着纱布的手。我甚至看出了她谨慎之中的一丝战战兢兢，那是情怯，也是勇气。老杨叹了口气，伸出另一只手将她用力揽进怀中。小曦靠在老杨胸口，大滴的眼泪像断了线的珠子，扑簌簌往下落，瞬间便打湿了他一片衣服。我从来没见她流这么多眼泪，像是要一口气哭完半辈子的份额。她平时是妩媚火辣范，吸引了无数姐控，可哭起来却委屈得像个受伤的小野兽，眼中晶莹闪烁，不断坠落。我都惊呆了，不知道应该干吗，连递纸巾之类的都忘了。

他们双手相握的那一刻，我简直想冲过去撒一捧花，吟一首诗，嚎一嗓歌，放一挂炮仗，再点三炷香，最后跟着窜天猴一起飞上天。

六年了！！

从我刚认识他们开始，就一直知道两人心中互有情意，却始终不敢公开。

原因无非是，杨大烟枪觉得自己年纪大了，又带个孩子，腿脚还不方便，不想拖累了一个好女孩。而刘曦蔓却觉得自己并非良家女子，名声恶劣，不是老杨的良配。对待世间一切险恶都能嚣张应对的两个人，在面对彼此时，却始终小心翼翼隐藏真心，胆怯并退缩着，一直以来，都用调侃和打击掩盖情意，但互相之间的关怀与牵挂连我这个外人都看得出来。

可是我什么都没来得及做，就被羞涩的杨叔轰走了。

据说，那天晚上，杨大烟枪动情地表白道："小曦，我送点攒了大半年的东西给你。"第二天，刘曦蔓扶着腰向我诉苦："妈的，老娘还以为他攒的是钱呢！"

后来啊，我分别采访了这两位，为何坚持这么多年都不愿意坦露心迹。

"我一旦爱上女人，就窝囊得不行。"杨大烟枪说，"我不单是怕伤害到她，我也怕她伤害本宝宝啊……"

"从他救我命的那天起，我就觉得自己是他的人了。"刘曦蔓说，"可是我知道他过去的身份显赫，在他那个圈子里地位那么高，只要他愿意，肯定有成群的妹子往上扑，要不他为什么总是一副不缺我的样子……"

我很感动，问小曦："我师父这么多年没碰过女人，就栽你手上了，感动吧！"

她抽抽噎噎的，还在嘴硬："不！不感动！"

"不感动你哭什么哭？"

小曦一甩长发，拽了张纸巾过来，把鼻涕擤得惊天动地："我哭……哭的是……我买的上好牛排，都被老杨切成丝炒洋葱了……298 的菜啊，秒变 29 块 8……"

（三）

杨大烟枪找了个机会，把李大腾狠揍一顿，美其名曰教训教训不自觉的年轻人，实际上我们都知道，他就是泄私愤。

我在搏击馆没见到杨叔勤劳的身影，已经感到事出有异，收到刘曦蔓的消息，赶紧飞车赶去阻拦。谁想到杨叔发起怒来十分可怕，几个人根本拦不住，我又打不过他，只能挡在李大腾身前，拼命招架，结果被老杨失手狠狠打了一拳，嘴角裂了，渗出几条血丝。我摸了摸唇角的伤，又摸了摸头顶的疤，往地上一蹲，呜呜呜就哭了，我这个苦命人活在世上真是造孽啊！

杨大烟枪这才悻悻住手，揪住李大腾的衣领子威胁："以后，好好对你自己媳妇，离我媳妇远一点！"

李大腾擦了一把鼻血："我快结婚了，你说话注意点！"

"昨晚发微信的不是你？"

杨大烟枪攥他衣领子的手又紧了紧，一脸嚣张。

刘曦蔓气急败坏上去拽他，大喊："你知道个屁！我跟他联络，是为了瓦砾！为了你的爱徒！！"

"瓦砾？她又怎么了？"

老杨莫名其妙。

我也抹一把眼泪，抬起头，认真聆听。

"跟李大腾联系是为了安瓦砾"——她的这个理由，我听说过很多次了，可每次她都是欲言又止，我实在不懂她在忌惮什么。大家都这么熟了，还有什么话不能当面直说呢？就算你说我丑，我也不会恼火啊，只会送你去看一下眼科而已。

听老杨这么问，刘曦蔓先看了看我，又跟李大腾对视一眼，表情很不安。

半天，她才迸出一句："我们……至少瓦砾，你暂时离开这里吧。"

我费解地摇了摇头，反问她："现在安德高一家惨成狗，我们已经赢了，为什么我还要走？"

她咬咬牙："不……我们赢不了……"

我不禁皱起眉头："你是不是怀疑，于彦峰的爸爸才是那个幕后主使，他和我大伯串通勾结，一起迫害我，所以光扳倒了安德高还不算赢？"

"不，我的猜测更大胆。"

"到底什么猜测？"

"我现在——"

李大腾突然"喂"了一声，打断我和刘曦蔓的交谈。看他表情紧张，我突然也怦怦心跳起来，隐隐产生了一种特别糟糕的预感，虽然不知道他们了解到什么，但从这样期期艾艾不肯说出实情的神色里，我就猜到，一定是件很可怕的事。

接着我的手机响了，是陈美娅打来的，她声音颇有几分得意："你让我办的事，已经妥了，你注意查收一下，然后你必须按照约定拉黑于彦峰的一切联系方式！告诉你哦，这照片可不是随便谁都能弄到的，我费了好大的工夫……"

她话还没说完，我就直接掐了，懒得听她长篇大论。

果然，短信里有她发来的一张照片，是张于彦峰的全家福，看他面容稚嫩，可能是好几年前拍的了。

——终于能看到那个冯启坤的真容了，他到底是谁。

我只看了一眼，如坠冰窟。

这个男人，脸上有一道长长的蜈蚣疤，基本上等于毁了容。怪不得，贵为曜创力的最大股东，他却从来不在任何商业场合露面，网上也查不到曜创力创始人的任何照片。

他这张脸，虽然已经毁了，但我认识！

我见过他的！

曾经跟他朝夕相处十一年，这个男人，虽然面容苍老了，但我怎么可能忘掉？！

只不过，在我认识他的时候，他还不叫冯启坤。那段时间，他的名字应该叫作安德民，是我最崇拜最亲爱的爸爸！他也不应该跟照片上那个美艳妇人肩并肩站在一起，还笑得那么温和亲昵，十三年前，他就应该和我妈妈一样躺在坟墓中，他应该在地下长眠才对！！

我闭上眼，心脏一阵绞痛，喉管鼓动，有想吐血的感觉。

于彦峰，到底是什么身份啊？

他是我弟弟吗？

怪不得，无论他隔着网络跟我怎么表白，说得多么火热，现实中见了面他都理智无比，克制守礼，连一个逾矩的亲吻都没有。

原来，我们之间，是有血缘关系的啊！

我默默扬起手，狠狠地抽了自己一个大耳光——你差点逼奸自己的亲弟弟！还有人性吗？我抽死你！

在场众人全都惊呆了，小曦惊恐地问："你、你干什么？"

"小曦，我知道你什么猜测。"

我睁开眼睛，看不到自己是什么样的恐怖表情，但我听得出，自己语气带着一分可笑、两分心痛和七分绝望，一字一顿地轻声叙述出了他们所了解的真相："你在怀疑，我爸爸根本就没死，他还活着，他就是于彦峰的父亲，对吗？"

这话说出来，就像一颗潜伏已久的定时炸弹，时间终于到了00：00，轰的一声把我的世界炸得灰飞烟灭。

李大腾不知所措，刘曦蔓满脸悲伤，老杨错愕失声："啥？啥！你什么意思？！"

第十三章　开启地狱模式

（一）

十一岁那年，我曾经交过一个陌生的朋友，是个素未谋面的好心哥哥。他的手机号码，跟我妈妈的手机号码只差一位数，因此，我前几个月才不小心充错了一次话费，拿着妈妈给的钱跑到楼下，却把话费错充到别人的手机上了。

第一次跟他联系的时候，我抱着移动电话躲在露台一角，生怕被人发现。

电话接通后，我怯生生开了口："你好，你还记得两个月前，有人给你充了一百块钱话费吗？"

"充错了吧？"电话那头轻笑起来，是一个爽朗温和的男子声音，"多傻啊，话费都能充错，那我还给你吧？"

"不，你别误会，我不要你还……"我急切地解释着，"我本来是给我妈妈充的……她上个星期，去世了……"

"哦，"他沉默了一会儿，才说："你很想她吧。"

爸妈的葬礼，我都像个行走的呆子，不知道哭。但他这么一问，我哇的一声就哭了出来。

我当然想念她，我也想念爸爸，我想念我那个完整到近乎完美的家，就算一直被唠叨，偶尔被呵斥，我也不能接受他们就这样不打招呼地离我而去。平时，我妈妈连出去买个早点，都会给我留一张小纸条，开头称呼永远是温温柔柔的“小朵儿”，结尾是“等着我哦”。可是那一次，她却没有给我留下任何消息，我等啊等啊，也永远都等不到她挽着大包小包回家来了。

就这样，我跟这个陌生的朋友，虽然未曾谋面，却聊了好久好久。

直到读初中，电话被控制，才逐渐断了联系。

现在回想起来，这段经历，甚至有可能是我的幻觉，因为那个好心的哥哥没有留下一点点痕迹，多年后我再尝试着打通那个电话，也不是记忆中的声音了。那天，挂了电话后，我悲伤地失笑了，心想：哦，原来在我最坚苦的日子，只能靠着一个虚无的声音来慰藉自己啊。

这个时候，我的父亲他在做什么呢？

我本以为，他也在车祸中一起死去了。可是他如果没死，那么在我最悲恸最孤单最需要亲人陪伴的时候，他在哪儿呢？他在做什么呢？他躲到了别人家里吗？终于有这么一个机会，他可以名正言顺地摆脱我们母女，去做于彦峰的爸爸吗？如果整个安家的氛围都是重男轻女，我凭什么以为我爸是个例外？我究竟是打哪儿来的这份自信呢？！

两个小时后，我人已在上海。

我有一点脾性随我师父，那就是，想做的事，谁也拦不住！

往左边唇角贴了一张创可贴，借了小曦的车，我直奔上海，原本100码要一个多小时的车程，我开到130码四十分钟就到了。车内仪表盘测的是发动机输出速度，永远是高于实际车速的，比起车外的检测速度要更高。况且，不超过10%不会被扣分，像我们这样能精确掌握时速到小数点后三位的老司机，一般只要开132码，就绝对到不了133码。

按照小曦给我的地址，我找到了冯启坤家，蹲在门外，等着人出来。

不久，一个美艳妇人挎着爱马仕凯莉包袅袅婷婷走了出来，穿着小礼服，蹬着高跟鞋，像是要出去赴宴。我斜眼觑去，是照片上那个女人没错了，她就是于彦峰的母亲，一向对我不太友善，我幼时曾远远见过几面。趁她弯腰整理鞋子，我从树荫下站起身，迅速靠近门边，一把叉住她的脖子直接拖进院落。她吓得不轻，两只脚乱蹬，高跟鞋都蹬掉了，涂了厚厚粉底的老脸憋得通红，一路有气无力地挣出一丝喑哑的声音狂喊："救、救命啊……抢劫啊……"

我敲了敲门，里面人早就听到动静，还没等我再敲第二下，门就迅速推开了。

于彦峰抢步出来，他脖子上戴着个颈托，似乎受了伤，看见一脸暴戾的我，立刻惊呆在门口。

"冯启坤呢？"我顾不上问他颈椎出了什么问题，一把推开他，像摔条死鱼似的把他妈摔在地板上，死死掐住她咽喉，凶狠地抬眼环顾整栋房子，"让你爸爸出来见我！立刻！否则让你跟我一样成为没娘的孤儿！"

地上的女人还在挣扎，从嗓子眼里憋出几个字："他、他不在家……"

"让你说话了吗？"我扇了她一耳光，"闭嘴！"

于彦峰脖子僵硬得动弹不得，眼睁睁看着我打了他妈，脸颊抽动一下，却无比隐忍，站着没动。这时客厅一侧的门打开了，一个戴老花镜的男人走了出来，手里拿着个相册。他头发茂密，焗得乌黑，容貌的变化不大，只是脸上多了一道十余厘米的长疤，从左眼角穿至右唇边，虽然疤痕颜色褪了些，不如我想象中那么刺眼，但细瞧之下，还是狰狞可怖。

见到他的第一眼，我就打消了所有疑虑，这就是我父亲，没有任何误会！

他老了，但那儒雅温和的气质，还是我记忆中的样子。

为什么要装死？为什么弃我不顾？为什么选择跟别人生活在一起？于彦峰他们母子到底是怎么回事？我妈妈在死前知道这一切吗？她真的死了吗？怪不得公墓的管理员大叔说有位疤脸男子每年清明节都来给我爸爸上坟，他这是给自己提前攒冥币啊……我心中有千百个困惑和不甘想质问，可亲眼见到父亲死而复生的巨大震动，竟使我一时忘记了接下来该说什么，半句话都没能说出口，就先泪流满面。

"孩子，你先放开她，看看这个。"

他停在我面前，把手里的相册递给我，说话的声音听起来无比熟悉，却又无比陌生。

我抹了一把眼泪，不愿伸手去接。这相册，就是于彦峰开着黄色梅甘娜去老屋里取的那一本，我早就看过了，里面都是我的照片，从小到大，各个年龄段，从我刚出生一直到我离家出走之前，甚至还有一些照片是在我不知情的时候被偷拍下来的。

这相册，我一直以为是于彦峰收藏的，原来是我爸。

"爸爸一直都没忘记你，你的所有照片，从小到大，我一张没丢，全部收藏起来放在身边……你十八岁一个人跑出去，后来就杳无音信，这么多年了，我是真的以为你早就出了意外……"

他语气无限伤感，要不是我亲眼见过这本相册被扔在老屋里发霉，我差点就信了！

"真的想我，为什么不把照片带在身边？而是扔在老屋？无非就是怕新媳妇看了不高兴呗！"我讥诮地一笑，两颗泪珠滚落下来，滴在胸口，"你这点儿小心思，骗得过我老江湖吗？冯先生，我已经不再是十一岁的小孩子了！"

于彦峰接口："是啊，你已经十四岁了。"

我狠狠地瞪了他一眼，这种不合时宜的嘲讽，一点也不幽默！

他是我同父异母的弟弟，却故意隐瞒真相追求我，确认关系之后再狠狠甩掉，或许，这也是对我的报复呢？！新仇旧恨一齐涌上心头，等我待会儿闲下来，不把他正脸打到背后去算这颈托结实！

冯启坤一愣，瞥了于彦峰一眼，知道自己卖力演出的念女情深已经穿帮了，悻悻然合上相册，放到一旁的茶几上，然后往沙发上一坐，做了个请我也文明点先坐下的手势："自从安德高通知我，你回来了，我就知道你迟早会找上门来的。想聊聊吗？"

见我不以为然，他补充了一句："你想知道什么，我都可以告诉你。"

我冷冷地哼了一声，低头看着被我掐得白眼直翻却一脸懵逼的女人，缓缓说道："这位长得一言难尽的大娘，名字叫于瑞琴，今年四十八岁，比我妈小五岁。我妈生了一个女儿之后，不想再追生男孩，你心里觉得没法跟安家祖宗交代，所以我刚满一周岁，你就在外面找了个女人，给你生儿子。等我妈发现这件事的时候，我这个弟弟，可能已经有四岁了。我妈在曜兰爱朵有30%的股权，是准备留给我的，所以你不能轻易离婚把股权分割出去，就这样又过了四五年，我十一岁，你们在高速上出了车祸。"

来时路上，我给外婆打了个电话，通话长达20分钟，她把隐瞒多年的这些秘密都告诉了我。

她知道我爸当年有外遇，也知道我有个弟弟，更了解我妈妈为何无法离婚，只是不知道对方是什么身份，也不知道我爸有可能还活着。

幸好，我还认识一位八面玲珑的江湖百晓生，刘曦蔓。

她攻破了李大腾那关，从他那里套出许多有关于彦峰的信息，从于母开始查起，终于查出了我父亲当年那一段不光彩的出轨史。

"我是有备而来，废话不说，我只问一件事——那年的车祸，是意外，还是安排？"

我盯紧冯启坤，一字一顿，神色凝重。

他脸色变了："你什么意思？"

"你知道我什么意思！"

我步步紧逼，虽然脸上的眼泪都抹干净了，但已经滑入创可贴里面的那几滴，还是浸得唇角伤口生疼。

"车祸真的是一个意外，当时我和你妈妈在吵架，确实分了心。"冯启坤长叹一声，抬起手触碰一下脸上的长疤，面庞随之轻微抽搐，"刚刚创业的时候，我野心非常大，想做成行业霸主，但你妈妈根本不看重这个，她太……怎么说呢？她就不像是这个世界的人。她喜欢的，从来不管别人怎么看。她讨厌的，也从来不管别人怎么想……朵朵，你相信我，车祸的确是个意外，但是你妈妈的去世，也的确提醒了我。"他抬起头望向于彦峰，眼中满满地闪着舐犊情深的慈爱之光，“我亏欠了他们母子，整整九年啊！你也知道，他们一直过得很苦，住在地下室的那段生活几乎是暗无天日。也许，那场车祸就是老天有眼，可怜他们，以这种方式来提醒我，让我用下半辈子来慢慢赎罪……”

“老天有眼？”我对他这一番谬论嗤之以鼻，“老天如果真的有眼，哪怕是个屁眼，也会先把你这个丧心病狂的渣男劈死！”

冯启坤的脸色又变了，悻然道：“你果然变得尖酸刻薄，不可理喻！你妈在世的时候，虽然也不可理喻，但是胜在温柔和善，从来不说一句脏话，你看看你跟着那个姓杨的老流氓混成什么样子了？你妈泉下有知，看到你现在这副样子，她会怎么想？”

“她会感到庆幸，我终于逃离了安家的魔爪，找到真正值得依靠值得信任的家人。”我冷笑一声，五指一寸寸离开于瑞琴的喉咙，缓缓站了起来，“当我流落街头的时候，是姓杨的老流氓收留了我，他教我一技之长，帮我安身立命。姓安的在做什么呢？一个忙着在装死，好跟情妇和私生子组建新的家庭，享受天伦之乐；另一个忙着霸占我的家，侵夺我的继承权，诋毁我，羞辱我，以便在十八周岁之前把我撵走，将一切潜在的威胁都彻底消灭掉——没错，尖酸刻薄不招人喜欢，那我妈妈温柔和善又是什么好下场呢？她的丈夫因此爱她疼她、从一而终了吗？她的情敌因此对她友好，祝福她家庭美满了吗？在场的诸位，都在用血淋淋的事实告诫我，什么叫‘杀人放火金腰带，修桥补路无尸骸’，你又有什么资格指责我不够温柔和善？！”

我一口气说完，冯启坤哑口无言。

于瑞琴连滚带爬远离我身边，跌跌撞撞扑到沙发那边，捂着脖子，脸色惨白，看神色想骂人却一时缓不过气来。

“这件事，是我做错了，唉！”良久，冯启坤才长叹一声，“我本来以为，女孩子家没什么可操心的，只要把你抚养长大，再找个好人家嫁了，任务就算完成。唉，我万万没想到，安德高一家子都是这种蛇蝎心肠……你出事后，我很愤怒，龙龙欠了几百万赌债，安德高找过我无数回，我一毛钱都没给他。”

他说得愤懑，我只觉可笑，抛妻弃女的罪人，还自以为稍作忏悔便能感天动地？

“我跟你无话可讲，道理、感情，你都没有。”我懒得跟他讲话，转脸向于瑞琴说：“你记住，我是汤君的女儿。我摊上这样一个爸爸，只是头十八年命不太好；而你选择这样一个丈夫，住在地下室受苦和被人叉在地上打，都是自找的！”

她脸色阴晴不定，眼中怒火喷出来想燎人，却又不敢作声。

冯启坤的家教不错，这个女人即使恨我恨得牙痒痒，也得顾忌他的想法，男人没发话，她不知道该不该发火。

“你今天来找我，是为了留证据起诉我吧？”冯启坤试探着问。

“不，我还没想那么远。是否起诉你，要等我清醒过来再说。我不像你，妻子身故了第二天就能跟别人上演合家欢。”

“没办法，那一年政策有变，公司面临巨大的机遇和转折，所以我必须当机立断，不得不立刻振作起来，先处理好事业上的这个转机。此前我也考虑过，应该先离婚，再成家，但是那个年代思想还很保守，不忠的丑闻是致命的……”

我不无讥诮地呵呵一声，挖苦道：“死个老婆倒是不致命。”

冯启坤脸色尴尬，不自然地笑了笑，可能是发觉我成长得过于迅猛，牙尖嘴利，不好对付了，便干脆打开窗户说亮话：“是爸爸对不起你，朵朵，你再给我一点时间吧……”

“对不起有用的话，我还开拳馆干吗？”

我根本不想听他致歉，冷冷地抬起手准备再给他一个大耳光，可是手扬到半空就被人抓住了。

于彦峰挡在冯启坤身前，警惕地盯着我：“不要冲动。”

他还戴着个颈托，动作很僵硬，显然是颈椎部位刚刚受了外伤。我分分钟能花式摔他几十跤，可我心中发狠一遭又一遭，将后槽牙咬了一遍又一遍，面颊上的神经带动颧大肌跳动一次又一次，却怎么也下不了手。对这个男孩子，我的弟弟，我是打死都不解恨！又是亲死都不解爱！

“让开！”我沉声命令他，“于彦峰，你看着我的眼睛！”

“我不让！也不看！”他执拗地偏开视线，可惜脖子扭不动，“书上说，遇见野兽，千万不能跟它对视。”

我凄笑一声，感觉五内俱焚，想吐出一口老血来。

他语言传递出彻骨的冷漠，仿佛从来没有跟我说过那些温柔的话。我看不懂他的眼神，也悟不透他的脸色。他能看得出我的眼神吗，看得出我对命运的悲伤和无奈吗？我痛恨这个世界，却还是想把他攥在手心里带走。

目光所及处，发现他脖子上还挂着那个乳牙护身符。

我扯下他的护身符，狠狠地摔在地上。

在我动手时，有那么一瞬间，冯启坤脸上露出了一丝畏惧之色，使我心中一酸。

然后他站起身，轻轻将儿子推开，恳切地对我说：“再给我一点时间吧，朵朵，我亏欠小峰他们母子的，已经快要还清了。我亏欠你们母女俩的——”

我懂他的意思，曜创力的股权转移已经快要完成了，这就是他所谓的“还清”吧。

他顿得一顿，我偏不追问，耐心地等他自己说。

“我欠你们的，会用命还你。”他沉声说。

听到他这么说，我的心突然紧紧揪起，像被一根橡皮筋箍了几道，忍不住回想起了自己刚刚得知父母死讯时的样子，彷徨无助，又懵懂无畏，靠着不服输的狠劲和一根筋的生猛才存活下来。我虽然恨他抛弃我，选择了别的孩子，但更恨他不负责任地说出这句话来。我太害怕面对生死了，难道他不知道吗？

他当然不知道。

他心里满满的只有他儿子。

“别让我发现，当年的车祸有其他原因！”我丢下最后一句话，逃跑一般，匆匆地离开这片硝烟还没弥漫开的战场。

（二）

6月的傍晚，街上有一位兜售黄桷兰的老太太，用扁平的小盒子托着几十枚小花，异香扑鼻，每支花茎处都细心地缝了一根线圈，方便佩挂。

我见她年迈，又衣着破旧，恻隐心起，花十块钱买了三朵。

这花美得独特，香得诡谲，我将它们托在掌心，一路端详着，走进搏击馆附近的露天停车场。细长的米白色花瓣合拢着，色泽艳丽，隐隐透出一种玉雕感，越看越像前几天被我狠狠摔在地上的那个乳牙吊坠，不由得又是一阵黯然神伤。

我车是人为损坏，保险不赔。虽然钱锐被刑拘，但他个人资产为负数，指望他赔我车，遥遥无期。

好在我的朋友们都够善解人意，知道我没了车，闷闷不乐，争相把车借给我开。我整天不是开着昂科威，就是开着福克斯、高尔夫以及POLO，偶尔还能开开路虎和玛莎拉蒂，小日子红红火火，俨然就是一位婚庆租车公司的老板了。最近，杨大烟枪和刘曦蔓正处于热恋期，似乎年纪愈大做事愈是雷厉风行，两人刚确定关系就一起请假，三天两头出去浪，把搏击馆和修理厂两大摊子事儿都丢给了我，忙得我连伤心的时间都腾不出来，只能趁着蹲马桶的时候哭一鼻子。哭至动情处，频频拭泪，把半卷手纸都用光了，结果该起身的时候只能干瞪眼，然后默默掏出手机拨打求助电话。前台小妹认为自己多干了一份额外的工作，强烈要求安老板涨薪水……

我把黄桷兰摆在中控台上，关上车门，认真考虑了一下是不是该买辆新车，比如我梦寐以求的福特猛禽，外观霸气，动力强还省油，小城市开着特别爽。

槐南发展得太快，再不买，估计市区内就要有皮卡限行政策了。

——可惜卡车不能进城，我其实想买辆沃尔沃重卡。

考虑了半天，我决定，还是再过段时间吧，李大腾快要结婚了，我得先随了份子，然后看看银行卡里还剩多少余额能作为购车预算，说不定，农用拖拉机就是我最终的归宿。

驱车归家，看到楼上透出灯光，兵荒马乱的内心稍稍安定。

一楼花廊长势喜人，架子上的花花叶叶日益强壮、舒展，我每次路过都要驻足片刻，嗅嗅香，发发呆。虽然孙大圣从一个钢铁般直男的角度出发，总是抱怨这些花花草草招蚊子，叮得他媳妇两腿红疙瘩，但端木希鸣也很喜欢这个花棚的设计，觉得超有情趣。盛夏季节，花繁叶茂，粉色小朵的藤本月季攀援在架子上，虽然生长时间尚短，未能遮天蔽日，但已有一股咄咄逼人的绚烂。我跟一楼这家老夫妻闲聊过几句，互相都面熟，此刻他俩正在厨房里谈笑洗碗，老太太面孔端庄秀丽，穿了一件合身的雪青色绣花连衣裙，颈间挂串长珠链，老爷子是位既慈祥又幽默的美国人，戴副黑框眼镜，下巴留着短短的胡须。老太太隔着窗户看见了我，笑眯眯地挥挥手，跟我打招呼："安小姐，下班啦？"

我也伸长脖子冲她微笑："是啊，阿姨今晚没去跳舞？"

"唉，膝盖不太好，只能隔几天跳一次。"老太太语带遗憾，不无羡慕地感叹："还是中国的老年人体力好哇，他们每天都跳。"

美国老爷子也眉飞色舞地跟我打了招呼，他中文说得有点磕巴，夹杂着不少英文单词，以及手势，我连蒙带猜能大概理解他的意思，就是"你这么美丽，颜值在方圆十里之内仅次于我太太，以后不要回家这么晚，星星看见你的眼睛都会羞于露面的，这样，世界上又要有一个城市看不见星空了"——这个美国男人的祖上一定有意大利血统吧！

我被夸得心花怒放，感觉自己都是飘进楼宇门的。

上楼时，路过了老太太家侧门，她家的音响效果特别好，清晰地传出了 Asher Book 的《Try》，男声温柔唱着，"If I walk，Would you run？ If I stop，Would you come？ If I say you’re the one，Would you believe me…"

如果我靠近，你会逃跑吗？

如果我止步，你会走近吗？

如果我说你就是我的唯一，你会相信吗？
该做什么才能待在你身边？
该说什么才能把你留下来？
或许我还没准备好，但我会试着争取你的爱
我本可以选择逃避，但我会尽最大努力爱你
因为我们已经错过太久了
……

这似乎就是几个月以前，于彦峰第一次与我久别重逢隔墙而卧时，给我分享的那首小情歌。我伫立在楼梯拐角处，听得入了迷。一时间百感交集，既觉得有一股浓浓的悲戚袭上心头，却也由于命运让我再次偶遇这段旋律而觉得被稍稍治愈了一些。

情歌放完了，我继续上楼，背后随即传来掩门声。

一进门，我就看见小笼包愁眉苦脸地趴在餐桌上写作业，右手托着腮，手指里夹着一支铅笔，笔头被她啃得稀烂。小蓝猫正蜷在她的课本上打盹儿，这个小东西特别机灵，知道全家谁最宠它，仿佛找到了靠山，豹哥也不敢再欺负它了，偶尔示好性地轻轻挠它一下，都被我们正义感爆棚的小笼包同学拎着拖鞋追上三楼。

小笼包还给它取了个名字，叫蓓蓓，那是她在班上关系最好的朋友。

我在餐桌边坐下，揉了揉小笼包的头，然后托着腮帮子侧过脸去，装作不经意地问一旁的外婆："外婆，我到底像谁？像我爸？还是像我妈？"

从上海回来后，我的心中一直有个困惑，但太忙了，一直没有机会问。

——工作使我快乐，忙碌使我充实。

以及说谎使我丑陋。

"你不像你爸，你爸太顽固；你也不像你妈妈，你妈太软弱。"外婆瞧着我，用一种老年人独有的敏锐察觉出了我的异常，回答得极其睿智，"你啊，最像你外公了，聪明、脾气好、动手能力强。从小啊，无论你想学什么东西，只要一教就会。"

她说我脾气好，倒是让我很意外。会觉得我脾气好的，都是不曾伤害过我的人吧。

“您……”我迟疑了一下，“见过那个男孩吗？”

“哪个男孩？”外婆疑惑一下，恍然大悟，“哦，你是说你爸爸那个小孩啊？我没见过，他把那一家人保护得很好，连你妈都没有见过。怎么，你见到那孩子了吗？唉，早知道他们会出事的话，我还不如劝你妈放弃那点股份，离婚算了，钱再好也比不上人在。他俩最后那几年，貌合神离，都装得很辛苦……”

“是吗？”

我垂下头，想象得出妈妈在我面前强颜欢笑的模样，心中不由一酸。我没敢告诉外婆，我爸还活着，聊了几句便匆匆洗澡去了。

血缘，是个神奇的东西，正常人都对它有几分敬畏之心。

我对安德高尚能做到恩怨分明，但是对那个更换身份在别人家继续生活的父亲，我该拿他怎么办呢？是该庆幸他死而复生，还是痛恨他弃我而去？我非常混乱，想不出一丝头绪。与父亲相比，令我更悲伤的人，是我弟弟。从我小时候，见到于彦峰的第一眼起，总觉得他有一种莫名的吸引力，让我很想照顾他、对他好，过去，我认为是他长得好看的缘故，现在回想起来，难道这也是血缘作祟吗？

杨大烟枪和刘曦蔓出远门之前，请我吃了顿饭，当时小曦问我接下来有什么打算？

我沉默不语。

“冯启坤是曜创力教育集团的创始人、Chairman，他曾经伪造死亡，更改身份，抛弃了亲生女儿，并通过监护人的漏洞来收购亡妻股权。这桩官司不是一般的经济纠纷，可以说是惊天丑闻，对任何一个企业来说绝对是重创。而你，就是唯一的证据，只要把你抹杀掉，没有实锤，这事可能永远都不会再有别人知道了。”小曦耐心地给我分析现状，声音中透出一股不寒而栗的悚然，然后问我：“以你对你父亲的了解，你觉得，他会放过你吗？”

我继续沉默。

她追问：“你确定他不会？毕竟，你的存在对他和他儿子构成了威胁，只要你消失，他永远都不需要再提心吊胆了。”

我不知道该怎么回答，吃饭二十多年，头一次觉得两根竹筷如此沉重。

“要么先下手为强，要么远走高飞。”杨叔简短地中止了这次谈话，“我们等你决定！”

午餐结束，我开车送他们去机场，心中满满都是感伤。唉，真是难以承受的悲哀啊，这只有杨树林口红和香奶奶香水才能缓解的悲伤啊……我正独自感伤，还不到半分钟，我的手机蓝牙自动连接上了汽车音响，开始播放柿姐的《威风堂堂》，开头几句销魂的叫声振聋发聩，我一阵心虚，赶紧把声音拧小。后座两个人笑成一团，车内气氛顿时乌烟瘴气，我恼羞成怒，红灯前一个急刹，差点把狂笑的两人从座位上颠出去。

十一岁那年，我认为自己的人生开启了地狱模式，现在才发现，地狱亦是分层的，而今日我落入了第十八层。

是我自己生错家庭，爱错了人，我只能自己收拾这场残局。

诺兰电影《星际穿越》中，有狄兰·托马斯的一句诗“Do not go gentle into that good night”——不要温和地走进那个良夜。这首诗是写给他病危中的父亲，表达了诗人对于死神将亲人带离这个世界的愤怒，整篇诗文用了许多激烈的字眼，“怒斥，怒斥光明的消逝”。我原本对它的印象并不深刻，但在这时，它却突然像闪电一般劈进了我的大脑。

“我的父亲，正置身于悲哀的高地，
您的热泪是对我的诅咒也好，但愿是祝福，我祈盼着
不再温和地走进那个良夜，
怒对光明的消逝！”

（三）

夏至的第二天，教练张达搬家，宴请宾朋。

他查过黄历，据说夏至不适合拔锅搬屋，所以特意选在夏至次日。他

和妻子为了孩子的哮喘，早就决定从北方城市搬到南方来定居，只是差了一个契机，恰巧4月收到杨叔的邀请，夫妻俩便毅然放弃了原本稳定的工作，带着孩子搬来槐南，两人的事业都几乎要从零开始，真是可怜天下父母心。

出门前，我对着镜子化妆，没空打理的头发已经长到肩膀了，发尾蓬乱，我用手指沾点发蜡抓了几下，将它们制服。

张达在这边没有太多朋友，把李大腾和安雁卉也请来凑数。

——可能是想让他免费提供炒货吧。

腾哥和卉卉被安排在另一张桌子，他却特意跑到我这桌来，小声叮嘱我："少喝点，等会我有事找你。"

我下意识地摸了摸嘴角，伤已痊愈，但痛感仍在。

他要结婚，我要工作，大家都这么忙，他找我能有什么事？要是与小曦有关，我准备再揍他一顿。

孙大圣最喜欢这种场合，打架吹牛宠媳妇是他的三大爱好，酒一上头，就听他在那儿夸夸其谈："我老婆戴眼镜是为了封印她的美，以免破坏这个世界的颜值平衡……"言语甚是浮夸，听得我忍不住哈哈大笑。

午宴结束后，李大腾果然来找我，盛邀我去他们新房那儿坐坐。

安雁卉始终带着一抹淡笑，陪在腾哥的身边，话非常少，让人几乎忽略了这个瘦弱的小白裙姑娘的存在。她出院以后，今天我们还是第一次见面，她本来就挺瘦的，现在身子骨更显娇怯了，一副弱不禁风的林妹妹模样，真是我见犹怜。

我跟着李大腾他们到了新房，房子在新区，位置不错，环境优美，到处是各种后现代的雕像，充满了文艺气息。

李大腾打开智能锁，还没拉门，我就听见一阵小娃娃的哭声传出来。

我大惊失色，转过头死死地瞪着李大腾，用眼神表达了"怎么回事？你跟卉卉都干了些什么"的严厉逼问。他无辜地摊了摊手，用眼神回答我"跟我没关系，真不是我干的"。安雁卉冲进去，满脸担心，口中喊着"楠楠""楠楠"。我伸长脑袋，只见一个保姆模样的妇人正抱着个男婴在客厅里抖晃，但那小孩子在她怀里拼命挣扎，哭得撕心裂肺，保姆使尽了浑身解数根本搞不定他，也是满脸无奈。

“他怎么哭成这样？”

安雁卉吃力地将孩子接过去，急切发问。

保姆一脸委屈，说话带着方言口音：“他不玩玩具啊，就玩大米，搞得一屋子都是粮食……”

在李大腾的帮助下，安雁卉把孩子控制在沙发旁，用纸巾擦掉他糊了一脸的眼泪、鼻涕和汗，露出尚算端正的五官，我隐约觉得这孩子有些面熟，似乎在哪儿见过。

“楠楠，是安雁龙的儿子，你见过吧？”见我一脸疑惑，腾哥站起身来，靠近我，低声解释，“这个孩子两周岁了，发育迟缓，爱哭，内向，还不会喊爸爸妈妈。前段时间去儿童医院检查过，智力轻度低下，怀疑是儿童孤独症，就是自闭症。医生建议先参加早教班试试，说不定会有进步。但他妈一直没有正式工作，收入太低，供不起孩子读早教班，毕竟孩子爸爸不在，一个女人拖个孩子确实过得太苦了，就给送回来了……”

那孩子虽然两岁了，但不爱走路，摇摇晃晃地走几步就坐下，开始玩地上的米堆。

安雁卉深蹙眉头坐在沙发上，神色凄然。

这孩子看起来白胖健壮，居然患有自闭症，我感到很意外：“安德高不是做梦都想要孙子吗？怎么放你家来了？他爷爷奶奶不管了？”

李大腾叹了口气：“安德高——哦，我岳丈情况不好，岳母分不开身，这孩子也是命苦。”

“真正命苦的，是你们俩吧？”我瞄了安雁卉一眼，“你们马上要结婚了，这婚礼还没办呢，就先给新房弄了个孩子过来，这算怎么回事啊？这个孩子——他叫楠楠是吧？对于这个楠楠你们是怎么计划的？他的爹妈不靠谱，爷爷奶奶也没功夫管他，那你知不知道、有没有人、什么时间，能把这个孩子接回去？还是说，你们已经决定养他一辈子了？”

面对我一连串的发问，李大腾只是摇头苦笑。

“人无远虑必有近忧啊腾哥！”

我恨铁不成钢地盯着他，他搔了搔头，赔着笑说：“你说得对，近忧其实已经有了。过几天，我爸妈要过来，这件事我还没敢让他们知道，万一被他们发现了——”安雁卉在不远处抬起头，幽怨地瞟了腾哥一眼，他立刻刹住话头，没有再说下去。

憋了半天，他才低声叹道：“真是蛋疼。”

我瞥他一眼：“蛋疼吗？别害怕，可能是卫生巾质量不过关吧。”

李大腾尴尬地笑了笑，有点踌躇，欲言又止。

我大概猜到了他想说什么，主动挑明：“腾哥，如果你是想跟我商量，让我在你父母过来的时候把这孩子接走，照顾他一段时间，那么，我肯定没这个能力。老杨和小曦都不在家，我现在一天要打两份工，腾不出时间来。而且，我也不建议你们这样做，这么大个孩子，不是小猫小狗，你能隐瞒多久？你总不能在以后的日子里，只要父母一来访就把他托付给熟人寄养吧？这个孩子患有孤独症，我虽然对这病不是很懂，但我至少知道一点常识，这么大的孩子应该留在亲人身边。腾哥你想想我吧，我还没自闭呢，被亲人遗弃过的经历都把我逼成什么卵样了——”

说着说着，我激动起来，重重地一拍桌子。

李大腾吓了一跳，结结巴巴地说：“说出来你可能不信，这、这是卉卉出的主意……”

我意外地看了安雁卉一眼，她咬着嘴唇瞪了李大腾一眼，脸瞬间涨红了，但很快便平静下来，坦然解释道：“你是我的姐姐，我有困难时想到你，不是也很正常吗？”

我犀利地从眼尾瞄向她，沉吟着，没有说话。

这姑娘都出院了，是不是代表着，她那点轻微的失忆症也痊愈了呢？她已经想起，我才是祸害他们家的元凶了吗？她心里明明是痛恨我的吧，想让我对她兄嫂的婚姻解体负责任，替他们照顾孩子，却要让李大腾对我说出来。

——小丫头片子，还有两副面孔呢！

“卉卉，想要日子过得下去，你最好不要拉上腾哥掺和你原先家庭的事——”

我苦口婆心地劝，李大腾咳嗽一声打断了我，用眼神示意我出去再说。我机灵地闭上嘴，向他们告辞回去。腾哥把我送到楼下，面色凝重，对我说：“你爸爸找过我……”

一听这话我就急眼了，立马插嘴：“你跟他什么关系？上次你介绍那男的，也是他推荐的吧？你到底跟谁一边啊？”腾哥无奈地咂了咂嘴，愁眉苦脸的，十分委屈：“你别急啊，他虽然以前是有许多事做得不对，害得你很苦，但他现在给你介绍的可都是青年才俊，那不也是为了你好吗？你先听我把话说完，行不行？皇军托我给你带个话，只要你肯签署一份保密协议，他就能帮安雁龙还清赌债，填补公款的缺口，这个孩子也不会从小失去父母……”

“什么保密协议？”

“具体内容我也不清楚，只要你有意向，他随时欢迎你去找他谈。”

“我疯了吗？为了安雁龙家庭幸福，我要接受一份不平等条约？圣母是个妇科病你知道吗？那个王八蛋欺辱幼女，恶贯满盈，我巴不得他妻离子散父母双亡，多吃几年牢饭，多捡几年肥皂，这事没商量！”

我斩钉截铁地说完，转身就走。

走出几步，我突然又返身折回去，李大腾满是苦恼的脸上陡地精神一振，他可能以为我改变主意了。然而可惜，我只是特意回来提醒他一句：“给孩子买点儿太空沙玩吧，别再浪费粮食了，粒粒皆辛苦！”

第十四章　安雁卉的邀请

（一）

微信上，刘曦蔓耐着性子听我控诉完，深表同情。

小曦：扎心了老铁！

我：好气哦，不想保持微笑！

我：孩子不只是某一个人的孩子，他也是整个社会的后代，尊老爱幼是社会契约！他们家人如果觉得自己没有能力抚养，可以彻底放弃监护权，到处寄养算怎么回事？女人受苦又不是孩子造成的，是她自己当初闭着眼嫁人造成的！相反，父母既然带他来到这个世界，就要对他所受的苦难负全部责任！

我：还有，激浊扬清也是社会契约，怎么能因为一个罪犯是自己亲戚，就包庇他呢？

小曦：你说得对！

小曦：不过，有件事我要告诉你，关于那个保密协议，冯启坤也找过我，他开出的条件是给我弟弟全款买套婚房，或者让钱锐永远出不了狱。

小曦：我懒得搭理，也就没跟你提。

小曦：他给老杨开价更高，只要说服你签协议，曜创力将花一笔大价钱用来收购逆袭吧搏击俱乐部，作为教育集团旗下一个子品牌。

小曦：瓦砾，可能你身边所有人都被游说了一遍。

我：……

我：不得不承认，连我都动心了……

小曦：千万别有压力，我们都是三观超正的社会栋梁，坚决抵制不义之财。

小曦：咱们是一辈子的伙伴。

小曦：感动吧？快拍几张豹哥的照片发来！我想我儿了！

我确实非常感动，面对几百万的诱惑，坚持不肯出卖伙伴，甚至连提都没跟我提过，这世上有多少自诩忠诚的恋人都未必能做得到。虽然刘曦蔓是汽车修理厂的老板娘，杨大烟枪也开了家搏击俱乐部，但与曜创力教育集团的雄厚资本相比，一直以来，我们做的都是仨瓜俩枣的小买卖，在冯启坤的眼里，可能我们就跟马路边卖黄桷兰的老太太差不多，起早贪黑，只能挣几个稀饭钱，勉强充饥，饿不死而已。

曜创力旗下的子品牌有不少，文化出版、在线教育等，都是运营多年的老品牌，赫赫有名，他肯出大价钱来收购杨大烟枪这个刚开了两个月的搏击俱乐部，似乎是挺下血本的。

但我依稀记得，陈美娅说过，于彦峰十八岁就身价过亿了。我也看过网上的财报，曜创力教育集团每年净利润都超十亿。如此看来，冯老板损失这点儿小钱也算不上什么，毕竟，我身上流着他的血，是一个足以引发业绩溃败、将他行业霸主之梦摧毁的不可控因素。

哼，虽然我十八岁还是个漂泊在公路上的孤儿，流离颠顿，但我弟十八岁就身价过亿了，谁敢瞧不起我？

周五晚上，李大腾约我喝酒。他知道我忙，特意选在拳馆附近的一家小酒吧，我下了班直接过去就行。这家酒吧的红酒不是连瓶储存在冰桶里，而是倒入杯中后直接加冰块，冰块形状可爱，挺有想法的。老板特意介绍，这些萌萌的冰块是由葡萄酒冻制的，可以最大限度地保留酒液浓度，不至于被稀释。

腾哥直摆手说胃不行了，酒保给他倒了杯常温软饮。

——当年大杯大杯喝扎啤的腾哥，现在也开始小口小口品红酒了，我等着再过几年看他用保温杯喝黑枸杞花茶。

“我六月初六结婚。”

“我知道。”

“卉卉想请你当伴娘。”

他这一句话，吓得我心胆俱裂：“她就没有别的亲戚吗？”

“我们本来定了她一个同事当伴娘，伴娘礼服都订好了，但卉卉出车祸的时候，头部受了伤，还没有彻底痊愈，脑筋总是不清楚，言行举止时不时就有点怪异，大喜的日子，她害怕会在一群亲戚宾客面前出丑。想来想去，只有你的脑子最灵活，酒量最大，气场最强，能搞得定所有亲戚，保护好卉卉，当然是伴娘的最——佳——人——选！”

最后四个字，他夸张地一字一顿，说得像老鸨推荐自己手上的头牌姑娘。

“结个婚而已，又不是抢亲，‘保护’这词是不是夸张了？”

我哭笑不得，招一招手，又点了杯威士忌。

“瓦砾，你可不要小看了那些亲戚的战斗力，我跟卉卉去参加过一次别人的婚礼，新郎都被折腾哭了！”李大腾用双手抓住下巴，一副心有余悸的惊恐样子，“就拿我的丈母娘来说吧，卉卉受伤都没敢告诉她，不是怕她担心，而是怕她出去乱说，她那张嘴碎得——这么说吧，我觉得她每天出门，见了石头都要聊两句！”

“说到你丈母娘……你们找我当伴娘，她能同意？”

“她应该没意见，是卉卉跟她谈的，我没在场。”腾哥耸一耸肩膀，将软饮往我手边推了推，意思是让我少喝点酒，“他们家现在一团糟，主心骨都没了，安雁龙被判了两年，安德高现在全靠人血白蛋吊命，可能撑不了多久。所以，这次婚礼全是我家这边准备的，他们家到时候能出席就不错了。”

“伴郎是谁呢？”

“小峰。”

他话音未落，我倒抽一口凉气。

不久前，冯启坤又召开了一次股东会议，宣布任命于彦峰为北京分公司的唯一负责人，同时，于瑞琴退出持股，其手中原本持有的6%股份也已经全部转让给儿子。目前，于彦峰占有34%股权，眼看即将超过他的父亲。外界纷纷猜测，冯启坤此举是在积极培养唯一接班人，他自己手中的那51%股权迟早也是于彦峰的，只是在等待儿子增加历练而已。曜创力集团，本来就是个家族企业，股东大多是自家人，高管入股份额极小，子承父业，并不奇怪。但通常来说，这种大规模的股权转移，都会安排在继承者经过长期的工作历练之后、在位者即将退休之前。于彦峰如此年轻就能获得这么高的持股占比，看得出此子大有野心，而且深得他父亲的信任和赏识。

对于于彦峰的彦字，我猜测，是取“雁”字的谐音，意思是，尽管迫于形势，让这个孩子随母亲姓了于，但他依然是安家雁字辈的后代。

唉，心累啊！

能找来曜创力集团的接班人当伴郎，确实够有面子，那又找我当伴娘算怎么回事？本来我是继承人，他是私生子，现在他成了名正言顺的继承人，而我却成了一个没爹没娘的孤儿，不怕我跟他当场掐起来吗？

李大腾苦口婆心地劝我：“你不要再恨你父亲了，应该爱他，即使看到他的内心也不要回避，你们毕竟是至亲。你觉得自己被抛弃了，但他由于某些苦衷被亲哥哥坑得失去了女儿，何尝不是被至亲抛弃呢……”

“Stop！”我一抬手，迅速制止他的话，让他再说下我俩就要打起来了，“腾哥，你这串屁放得还带点《圣母之歌》的节奏啊！他有没有苦衷，我不想分析；他是不是可怜，我也不想判断；他有没有得到过爱、是否被至亲抛弃过，这些题目就留给像你这样的白莲花慢慢去做吧。怎么着？面对极度重男轻女、没有尽到抚养义务和监护责任的父亲，做女儿的还需要反思吗？腾哥，你的三观是不是在孕囊时期就被胎盘给吸收了，没有跟你一块儿生出来？我告诉你啊，宣扬对罪犯和恶人予以忍让、顺从甚至宽恕的，有一个算一个，都是帮凶——腾哥，你要是再劝我原谅冯启坤，你就是帮凶！你知道吗？”

“好好，我不跟你讨论这个……”

“你不敢跟我讨论这个，是怕听了难受吗？”我挑起眉尖，凶猛地截断他的话，“可是难受才能让人清醒！要不然，你还打算向我输出你那套愚昧仁善的价值观呢！”

“过去的事，真相也未必是你想象的那样……。”

“至少我首先寻找真相，而你首先考虑立场。腾哥，你看过《路西法效应》吗？在绝对权力面前，人性就会被‘秩序’和‘权威’所替代。公交车上有女孩被猥亵，要求司机停车报警，会有一大波乘客埋怨她小题大做，耽误时间；我被安家人欺负得那么惨，你却在埋怨我没有大局观，不愿当伴娘，耽误你结婚。这不是一个道理吗？如果代表公众的你，不能支持代表个人的我合理维权，社会环境只会愈加恶劣！”

“我说不过你，但我相信每个人做事都要凭良心……”

“我从来不寄希望于别人的良心！惭愧和内疚，当年没有人赐予过我，如今我也缺乏这两种感情！”

“瓦砾啊，不是我说你，太锋芒毕露了容易没朋友。”

——大部分人只要说“钱不钱的不重要”，肯定就是钱很重要！还有“不是我不同意”，那就是他不同意！“不是我小气”，其实就是他小气！“不是我说你”，那就是要说你！

我吵得口干舌燥，不想再说话了，只是恶狠狠地瞪着李大腾，他立刻就一脸心虚，苦笑起来：“好好好，你说得都对，是我糊涂！你看，你总说我是墙头草，立场不坚定，没有是非观。可是，从小，除了你妈，就属我最疼你了。咱们这么多年的感情，就算遇上什么大是大非的问题，难道还真要绝交啊？我这个当哥哥的，总还是希望你跟小峰能和好，上一辈的恩怨不要影响我们这代人的感情嘛，何况你俩还是亲——”

说到这里，他及时住嘴，总算还有一丝理智尚存。

我缓缓放下了手里的空酒瓶子，柜台后的酒保随即也放下了砖头，老板放下了折凳，他老婆放下了菜刀，门口的保安放下了警棍，十米之外的中国队长也放下了他手中那一面用振金和原始热得快合金锻造出的盾牌……

这桩婚事是我近期唯一的期待了，无论有多少糟心事，能看到他们修成正果，也算安慰。

李大腾补刀："而且，我根本不信你能把小峰怎么样。"

这回轮到我苦笑了，威士忌里的冰球像水晶灯，诡光四射，我端起来一口喝干。

"改天我把伴娘礼服送过来，你试一下，现在改尺寸还来得及。"他敛了笑容，眼中有不容置辩的严肃和恳切，"大哥的婚礼一辈子可就这么一次，算我求你，行吗？你就满足我和卉卉的这个心愿吧，行吗？"

我徒劳地张了两次口，都说不出话来，只能默许。

唉，我这一生本应该有所作为，全都毁在心软二字上了。这世上的爱啊，都有代价，说到底离不开利用和依附。我和大腾、小峰那么多年的交情，自从拜把子那天起，深深的依附感就已经侵入骨髓了。

大家都很忙，事情聊完，便结账走人，在门口我多嘴问了一句："那个孩子呢？怎么安排了？"

李大腾顺利完成未婚妻交代的任务，正意气风发地笑着跟我道别，听了这话，瞬间沉默不语。片刻，他才无奈地咂了咂嘴："没办法啊，婚礼第二天我们就要飞到马尔代夫去度蜜月了，楠楠只能先交给保姆，带回她老家去住一段时间……"

——那可是一个刚满两周岁的自闭症儿童，随便就让保姆带走。安家人想要儿子的时候不择手段，不想管的时候也真是丧尽天良啊！

我鼻子都气歪了，但那孩子偏偏是安雁龙的，我不作评论，只能点头："好！你们真行！"

羞愧的神色在腾哥的脸上一闪而逝，毕竟是快要结婚的男人，兴奋还是主要情绪："我们会补偿他的，我和卉卉说好了，等蜜月一结束，立马就送楠楠去最好的早教学校！”

我内心很复杂，怔怔地发了会儿呆，呵呵一笑，招招手，打车回家。

洗了澡，我的内心仍然久久不能平静，于是走到露台上，伏在栏杆上，吹着晚风，试图理清思绪。

楼下老夫妻家里传出一首悠扬的歌曲，是一首安静温柔的男声说唱小情歌，用我有限的英文知识分析，应该是位大胡子男生像念经一样在唠唠叨叨地诉说着：“你不在我身边，我真的无所适从。我试图带领你走过这一切，但我并不是一个好向导。我以为离开你很简单很轻松，所以我就这样尝试了，现在我在这儿独自面对自己的决定。我要努力忘记和你发生过的点点滴滴，但我脑海中挥之不去的始终是你的声音，请告诉我，我该怎么做……”

谁能告诉你，你该怎么做？又有谁能告诉我，我该怎么做？

自从知道了冯启坤是我父亲、于彦峰是我弟弟，已经过去好些天了，我不知道怎样才能冷静下来思考，是走是留？何去何从？为了理清楚思绪，我试过在冷水里学游泳，满池子学员每人趴一个充气垫子在水上漂，老师拿根长竹竿儿绕着池边行走，一会儿拨拨这个，一会儿拨拨那个，跟炸油条似的。我也试过在热水里泡温泉，结果端木希鸣给我网购的泳衣掉色，泡着泡着，只见身边冉冉升起了两圈儿红蓝颜料……

她前几天还网购了一个立式大沙袋，竖在露台上，孙大圣没事就蹿上来给它几下子。

摸着被重拳鞭腿蹂躏得伤痕累累的沙袋，我惆怅地想：这个沙袋不就是我自己么，生活就像在拿我练散打一样，给了我一拳，紧接着就会补上一脚。

——等腾哥和卉卉结了婚，我和冯启坤之间，是该做个了断了吧！

（二）

杨大烟枪和刘曦蔓携手归来的时候，是 7 月第一个周末。当时我正在品牌店里试穿伴娘礼服，这家店的妹子服务特别热情，裁缝也够专业，定制礼服已经按照我的尺码改好了，店员妹子打来电话，用甜得发腻的声音邀请我抽时间过去一趟，再试穿一次礼服，如果确认不需要修改，已经满意的话，就可以包装好带走了。

恰好搏击馆迎来一批刚放暑假的大学生，我紧急拟出一个暑期团体报名的优惠方案，修理厂又接了个改装大单，需要订配件，等我脚不沾地忙完两家店的活儿，时间已进入 7 月份。

匆匆忙忙赶去店里试了礼服，七天后，就是李大腾和安雁卉的婚礼。

他俩挑的伴娘礼服挺好看，是一件背后绑带的银灰色短裙，硬纱及膝，两片薄袖上各有一圈精美的刺绣花纹，亮闪闪的缎面在阳光下微微泛着紫色，等到婚礼当天，再配上一双裸色高跟鞋，完美！

我拎着礼服回到家，老杨和小曦也收拾妥当了，正在发礼物。

孙大圣回来后也收到了一份礼物，非常兴奋，殷勤地献媚："小曦姐，陪杨哥出差这种脏活累活哪用您亲自去呢？交给别人就行了！我们搏击馆的壮汉，您尽管使唤！立即加入杨哥后援团，杨光棍热炕欢迎您！"

杨叔面色不善地瞥他一眼："滚，老子已经不是光棍了！"

孙大圣马屁拍到马脚上，一脸懵逼，我们都哈哈大笑。这个粗神经的家伙，至今不知道自己错过了什么，仍然是一副丈二和尚摸不着头脑的模样，纳闷地挠着胸毛："还生气了，咋听不出好赖话呢……"

要想让孙大圣闹明白这些复杂的人物关系，除非端木希鸣亲自来解说。但是最近，端木反而比孙大圣还要忙，她之前定做制服的时候，跟槐南周边的不少档口和工厂都混熟了，大量的网购经验，也使她对女性服装市场略有了解，因此事业心萌芽，动了心思，准备开一间网店，做个高端成衣品牌出来。

对于这件事，孙大圣绝对支持，挣钱还是亏本都是次要的，他的态度一贯是只要老婆高兴干什么都行，没有底线。

——"要什么底线？为了我媳妇，我连底裤都可以脱掉，还要什么底线！"

孙大圣就能不要脸到这个地步！

我们正聊着天，外婆开门进来了，她手里拎着个买菜用的环保布袋，应该是刚去超市买了菜。见到老杨和小曦在家，她特别高兴："都回来啦？正好，小笼包想吃肉丁烧卖，今晚我多做一点，大家都尝尝！就是菜可能买少了……"

"需要啥您说话，我去买！"孙大圣拍了拍自己强壮的胸大肌，"跑腿的力气活都交给我！"

老杨给他一个赞赏的眼神，伸头朝门外望："小笼包呢？"

他给女儿买了一个巨大的维尼小熊公仔，造型可爱，憨态可掬，满脸横肉，有一米多高，这会儿迫不及待想要献宝了。

外婆微笑："她一放学就在楼下画画，还不知道你们回来呢。"

小笼包是个天生的小交际花，漂亮、活泼、爱笑，无论跟谁都能飞快地混熟。最近她喜欢去我们楼下家里玩，那对老夫妇也很喜欢她，经常给她讲故事、教她画画，还特意向我夸过小笼包，表示这孩子对绘画很有兴趣，也非常有天赋，应该好好加以培养。

"我去喊她。"

目前在场的所有人，除了外婆，就数我跟楼下那家最熟了，喊孩子回家吃饭这种事当仁不让。出门前，我拿起小曦给我带的丝巾礼盒，冲她眨了眨眼。她秒懂我的意思，报以一个伤心断肠的白眼。

第十五章　史密斯夫妇

（一）

楼下的那对老夫妻保养得很好，男帅女靓，又恰好姓史密斯，我觉得史密斯夫妇在年轻的时候肯定有过一段惊心动魄的故事。

下叠排包含地下室，还有一方天井式的下陷庭院，我当初找猫时没少往下爬。

我敲开门，礼貌地将丝巾礼盒送给史密斯太太，感谢他们一直以来对小笼包的照顾和帮助。老太太先是意外，然后开心地接过礼物，像个雀跃的小孩子一样急切地打开它，发现是橙底紫边缀满红玫瑰的丝巾套装，又惊又喜，感谢的话说个不停。

当我提出要带小笼包回家吃饭时，她一愣，吃惊地反问：“小笼包出去玩了呀，你们不知道吗？”

我也大吃一惊：“什么？”

“是我的外甥，今天在我这儿，他带小笼包出去玩了。”毕竟有过国外生活的经验，看得出来，老太太对这种事很谨慎，“小笼包说，她已经告诉监护人了，也得到批准了。你别着急，她一定是告诉她外婆了吧。”

“他们去哪儿玩了？”

“老太太可不知道孩子们爱玩什么，有时他们就在外面吃饭，我那外甥细心又有教养——”

“抱歉打断一下，请问您的外甥，他多大？”

“二十出头了，他是个才华横溢的年轻画家，长得也是一表人才啊。”史密斯太太笑眯眯地盯着我，眼中颇有深意，“安小姐，他挺喜欢你的，年轻人的心思瞒不过老人家的眼睛，否则他为什么要百般讨好一个六岁的小姑娘呢？”

“他见过我？”

“见过，我还想当红娘来着，你还记得吗？”

我皱起眉头，努力回想，隐约记起了好像是有这么一回事，史密斯太太曾经殷勤地询问过我，是否有男朋友，如果还没有的话，她想介绍一个不错的小伙子给我。当时我根本没把这当一回事，打个哈哈，随便诌几句给敷衍过去了。

“您外甥是位画家，所以，一直都是他在教小笼包画画吗？”

我回想起小笼包最近画技有长进，试探着问。

老太太微笑着，俏皮地挑起了一边眉梢，点了点头。

我曾经在她家里参观过，工作室的桌面上铺得一片狼藉，画笔、橡皮、小刀、颜料、胶水……光是圆的方的各样式的调色盘就摆了五六个。我一直都先入为主，认定了是这对老夫妻爱好画画，从来没有细问过，原来这段时间以来，教小笼包画画的，从来都不是他们俩，而是一个陌生的小伙子。

想到这里，我心中先是一凉。

——史密斯太太很信任她的外甥，可我怎么知道他有无教养、品行如何？对一个六岁小女孩来说，任何一个比她强壮的异性都是潜在的危险！

我记录下外甥的联系方式，迅速向老太太道别，准备回去问外婆。

走到楼梯中央，我脑中忽然灵光一闪，停下脚步，迅速从裤兜里掏出手机，登录 QQ。果然，小笼包用她书包里的 Ipad 在 QQ 上给我留了言："妈妈，我去骑会马可以吗？"而我设置了自动回复，好死不死正是刚刚开始流行的那句"那你很棒棒哦！"。

——妈妈，我去骑会马可以吗？

——那你很棒棒哦！

我苦笑着捂住脸，小笼包不懂什么是自动回复，从她的角度来看，确实像是监护人批准了。

嗯，至少有了线索，她骑马去了。

整个槐南市，只有一个马场，就是亓稷带我去玩过的那个，叫"骑士农场马术俱乐部"。我早就听说过，这是一项贵族运动，半年会员收费两万，配齐一身专业的行头也得好几千起步，跟他们相比，我们搏击馆简直就是平民运动啊！不，应该是贫民运动！不过，骑士农场的营业时间，是早八点到晚六点，现在去了，正赶上人家休息时间，能骑什么马？

多半，是个阴谋吧！？

我来不及通知家里的人，也不想让外婆知道了瞎操心，含糊交代一句"小笼包去游乐园玩了，我去接她"，便跳上刘曦蔓借我的车，一路疾驶，直奔马场而去。路上，我按捺不住地胡思乱想，难道是冯启坤的魔掌已经伸到我家楼下了？是不是他利用了史密斯夫妇，想绑架小笼包，来胁迫我签那个什么狗屁保密协议？

打了几通电话，外甥没接，这让我心中不祥的预感更浓了几分。

马术俱乐部停车场，一个高个儿的男人正要上车，只留给我一个侧面，他戴着那种神秘高冷有逼格被人从旁边砍一刀都看不清对方模样的兜帽，虽然看不清面孔，但那身材却给我一种熟悉的感觉。我不禁多看了几眼，突然发现他低头上车时，从脖子里滑出一条银色项链，小枚吊坠在灯光下闪着恍惚的亮光。我心猛地一跳，还来不及定睛看仔细，那人已经闪身上了车，车门一关，飞也似的绝尘而去。

我呆呆地站在车旁，直到一位制服美女迎上来："对不起，现在不是营业时间。”

“请问，里面还有人没走吗？”我回过神来，跟她比画小笼包的外貌，“我来找一个小女孩，六岁，大眼睛，长头发，长得非常可爱，她名字叫杨怡勤。”

“您是她的——”

“我是她妈妈。”

“哦，原来您是杨妈妈啊！”她恍然大悟，笑容更加热情了，又是鞠躬又是伸手：“请进来吧，我带您去找她。”

马场浩荡开阔的草地上，一匹小马正轻盈地行走，鞍上驮着个小姑娘，看身形正是小笼包。

我的第二眼立即扫向牵着马的那个人，是个年轻的男性，瘦高个儿，斯文白净，穿着看起来很舒适的印花圆领T恤，白色五分裤，整个人清爽又阳光。他正在笑着跟小笼包说什么，时不时抬手比画一下，样子特别亲切，几乎让人第一眼就认定他是个值得信赖的男人。

这个人我认识。

上一次我跟他见面的时候，骑在马上的那个姑娘，就是我。

“亓稷！”

我脱口喊出声，讷讷地问：“怎么是你？”

他一回头，表情由诧异变得欣喜，只是冲着我傻笑，没有说话。

“妈妈！”小笼包勇敢地高高扬起右手，向我打招呼。她自己原本穿的那件裙子已经换掉了，现在穿着一件粉红色POLO衫，浅米色骑马裤，条纹长筒袜子勒到膝盖弯处，戴着一个精致酷炫的小头盔，还穿了件防护背心，笑容满面。斜刺里一层金灿灿的阳光照过来，浮动在她脸庞上，宛如置身于璀璨的幻境。小女孩天真烂漫的开心模样，真是让人觉得眼前的夕阳比旭日初升更加蓬勃美好。

“小笼包，该回家吃饭啦。”

“可是，哥哥答应了带我去吃肯德基呀，我再玩一会儿！”小笼包骑马骑得兴起，说什么都不肯下来，也不愿意回家吃晚饭。我很无奈，只好拿出了杀手锏：“今晚我们要吃外婆亲手做的肉丁烧卖哦！”

“哇！”

小笼包很明显地纠结了，骑马的新鲜感和美食的诱惑，正在她小脑袋里进行天人交战。

让她先纠结着，我望向亓稷，把心底的疑问一股脑儿抛了出来：“谢谢你照顾我女儿，亓稷，你就是史密斯太太的外甥吗？是你一直在带小笼包玩、教她画画吗？为什么你从来没有跟我提过这件事呢？”

“哦，”他停顿一下，说“我……其实我有很多秘密，你想知道吗？”

我猛点头：“想啊！”

“下次告诉你，免得再也约不出来你了。”

他以二十九岁高龄冲着我顽皮地一笑，我知道他的心思，曾向我表白的那个夜晚还历历在目，既有意疏远，便也不好再娇嗔着追问，只好生生咽下了许多疑问。

小笼包终于决定，先回家吃蒸笼婆婆做的肉丁烧卖，下次再来骑马。

亓稷牵着马与我并肩走回起点，将小笼包抱下马，立刻有男教练将缰绳接了过去。他又招手喊来一位制服美女，把小笼包带进更衣室去换衣服，取书包。高档的会所就是不一样，连给孩子换衣服都不用家长亲自动手，我叹为观止。

走到停车场时，路过刚才那个兜帽男停车的位置，我忍不住问：“亓稷，刚才，你有没有……”

稍一犹豫，又觉不妥，终于还是没有说出在门外看见的那人。

“什么？刚才怎么了？”他追问。

“没什么，我刚才想问，你们在这儿玩了多久？”

“哦，两三个小时吧。”

“你为什么选这个时间带她来骑马呢？上次你是上午九点钟带我来的，这会儿，别人都快要关门了吧？”

“哦，带孩子来玩嘛，安全第一，当然选人最少的时候，没有什么时候比现在人更少了。”

“老板不会撵你吗？”

“不会。”

他隐晦地笑了笑，笑容背后的那层意思，我猜测可能是“老子有超级贵宾卡，像你这种穷逼是不会懂的”这类的含义。

“你今天开的玛莎拉蒂吗？”

“没有，今天赶时间，我借了朋友的车。”

亓稷指了一下离我不远的那辆深蓝色雷克萨斯，我踱过去摸了摸车前盖，点一点头，评价道：“嗯，这车不错，外形我非常喜欢，前脸凶悍，屁股霸道，攻气十足——对了，咱俩是不是一路？你晚上还回史密斯夫妇的家吗？”

“不，我今晚要去复仇者联盟那儿看看。”

我忍俊不禁地一笑，踱回自己车旁，招呼蹲在一旁摘花的小笼包过来。

“笼包，上车。”

我拉开车门，小笼包蹦蹦跳跳往里爬。

“安小姐，你今天穿得很漂亮。”亓稷有点紧张地帮我拉住车门，故作轻松，戏谑地调侃道：“红头发的女孩子，简直让人神魂颠倒，我朋友钢铁侠喜欢的女孩子叫小辣椒，我准备帮你取个昵称叫——‘小甜橙’！”

我看了看车窗上倒映出来的女孩身影，短发及肩，长期没有补染，已由姬胡桃红略显暗金了，穿得也很随便，上衣是一件胸前系着皮绳的牛仔吊带背心，露出了一截腰，毛边牛仔短裤，平底凉鞋。这身穿着再平凡不过了，颜值这东西啊，果然是三分天注定，七分靠打扮，剩下的九十分全得靠感情加分，这个心理现象在古代叫作“情人眼里出西施”。

想到这里，我不由心生感动，礼貌地抱了他一下，笑道：“谢谢，但甜橙不太好听，你还是叫我丑橘吧！”

亓稷哈哈大笑，紧张氛围一扫而空。

“帮我跟哥哥说再见。”

小笼包熟练地吩咐我一声，替她向亓稷道别。

我一时很尴尬，笼包喊我妈妈，却喊他哥哥，这个辈分排得是不是有一点罔顾事实了？亓稷倒是挺无所谓的，等我上了车，他还微笑着在驾驶室窗外弯下腰，眼中满含关切，一再地叮嘱我：“安小姐，你要注意安全！你懂我的意思吗？注意安全！”

（二）

这天晚上，我翻来覆去睡不着，马场的每个片段在脑海中一一闪过。

亓稷没有换装备，他穿的还是一条中裤，小腿及膝盖全都裸露在外，这样很容易被马腹擦伤，经常骑马的人不会不懂这个常识，会穿成这样进入马场，只有一个解释：他非常匆忙！而我刚刚赶到时，正准备上车离开的那个兜帽男，他穿的好像还是一条骑马裤，俱乐部里面明明有更衣室，他为什么没有去换？是不是因为，他也非常匆忙！

另外，那辆雷克萨斯的引擎盖，是热的。从史密斯夫妇家出发，到马场不过40分钟的车程，行驶时间并不算久，如果他真的在马场玩了两三个小时，那么引擎盖早就该凉了。

综上所述，我判断，亓稷很大可能是在撒谎！

他应该是刚赶到不久！

那么，在最后道别的时候，小笼包那一声甜甜的“帮我跟哥哥说再见”，有没有可能，其实也不是在跟我说话，她是对亓稷说的——因为她口中的那个“哥哥”，实则另有其人，而且对方并不在场。

这个推断让我心中既恐惧又兴奋。

瞪着天花板，我强迫自己不断地深呼吸，调整过快的心律。

就这样不知过了多久，我隐隐听到窗外传来歌声，耳廓动得比意识更快，像猫似的转向声源，随即一个美人鱼打挺跳将起来，拉开窗户。果然，楼下又在播放一首英文歌，男歌手的声音略略沙哑，但触及灵魂，音乐旋律缓慢而伤感，听在耳中令人止不住地持续心颤。我虽然英语负八级，但这首《Bulletproof》曾经听过好多遍，所以努力倾听，还是能分辨出那段令人心碎的歌词："你难道不懂吗，只有水才能浇灭火焰，你徒劳地拼命抗争或许会让你输掉整个世界，虽然我看起来坚强，内心其实很脆弱，但让我陪你一起抗争吧，不再放弃和逃避……"

史密斯夫妇跟我品位接近，放的歌全都是我喜欢听的类型，怀旧老节目"每周一歌"啊！

静静地听完了整首歌，我心中蓦然冒出一个大胆的想法——会不会，其实，这些歌都是那个神秘的外甥特意选的？他是特意放给我听的？我不相信亓稷会这么了解我，所以，史密斯夫妇的外甥到底是谁？

我俯瞰一圈，见四下无人，从抽屉里拿出一捆 11 毫米静力绳，配了 D 型快挂锁扣和 8 字速降环，野外探险专业装备。

没错，我要爬下楼去，偷窥一眼那个外甥！

我试过用这种静力绳拉车，两根就可以拉得动 2 吨多重的皮卡，所以承重方面没问题，垂降绝对安全。这会儿，夜已经很深了，不会有人注意到我的，万一当真不幸被小区里的巡逻保安发现了，厮打起来的时候，我还可以解释说是在找猫，毕竟豹哥有过走失的前科，这个借口也很合理。

将静力绳在窗户上缠了几圈，用快挂锁死，然后人先翻出窗外，开启垂直速降模式。

速降途中，我首先经过了史密斯夫妇的卧室，老夫妻俩已经睡熟了，但窗户还大开着，不知是忘了关上还是特意拉开吹风。今夜风大，将白纱窗帘吹得飘扬不定，细细的下弦月挂在云朵中，忽明忽暗，将我的影子投映在浅色木地板上。云移光浮，黑色的人影在床前微微晃动，床上一对老夫妻正在酣睡中，史密斯太太花白的长发摊散在丈夫臂弯中，场景非常美，是一种静谧而诡异的美。

这季节，蚊子已经摆开了吃人的架势，我轻手轻脚地帮他们关好了纱窗，继续往下缓降。

循着音乐，我缓缓降到下叠排的负一层，那个天井式庭院。着地前，我解开腰间锁扣，脚踏墙壁一个后空翻，静悄悄地落地。

庭院的空气中，还遗留了些许酒精的辛香味道。

我抽动鼻翼，仔细嗅了嗅，似乎是威士忌，这人连选酒都很合我的胃口。

蓦地，屋内的音箱切了一首歌，只听一个妖冶男声不断地唱着“Legs Up”——抬高你的腿。我默念着这句歌词，略一沉吟，若有所思地点了点头：嗯，这歌一听就是外国的火车乘务员唱的，推着小车忙碌穿梭于车厢的制服小哥一般都这么喊：“啤酒饮料矿泉水！卖花生瓜子八宝粥！哎，把腿抬一抬啊！”

伴着妖冶男的歌声，我猫下腰贴近窗户，慢慢将面孔伸到玻璃上。

屋里似乎开了空调，窗扇紧闭，紫色的丝绒窗帘将玻璃遮得严严实实，我运足目力，却还是什么也看不见，里面只透出些许昏黄的灯光，可以判断出屋内的人还没有睡。通往庭院的木门上有两块装饰玻璃，我凑近去，隔着磨砂玻璃似乎看得到人影，但想看清具体长相，实在考验视力，不知不觉间，我的整个身子已经紧紧地靠在门上。

因此，当门突然被拽开的时候，我立即一个踉跄栽了进去。

真的汉子，即使一跤磕断了鼻梁，也会咬紧牙关，坚决不发出惊恐或痛苦的尖叫。

——毕竟还是心虚，我怕把保安招来。

然而，一双大手稳稳地拉住我，没让我摔倒，而是跌入一个散发着浓烈酒香的怀中。紧接着，一个无比熟悉的声音贴在我耳边发出低语，带着轻微的鼻音，无奈而又暧昧：“姐姐，你大半夜这么闲，一定没有性生活吧？”

猛抬头，只见这人俊眉朗目，不笑时脸色沉郁，但我知道他一笑起来便纯真得有几分傻气。

就是于彦峰啊，真的是他！

我耳朵中被自己内心的狂呼声填满，不知是喜是怕，只觉得心脏瞬间跳到了嗓子眼，胸腔如同没有经过预热就被灌入开水的玻璃瓶，砰然爆裂，滚烫的热流一股股呼啸上涌，却如鲠在喉，无法表达，亦无力倾诉。

当我在马场看见他的侧影，从兜帽中滑出一枚乳牙吊坠，就隐隐有了几分猜测和期待，

我猜测，一直以来，在我情绪低落时，为我播放温柔情歌的，是他；

在一楼修建花棚的，是他；

让史密斯先生夸我美丽的，是他；

教小笼包画画的，是他；

带着她去学骑马的，也是他；

甚至，为了撞停钱锐的面包车而导致颈部受伤的，还是他。

关于亓稷，我猜测，他的身份很大可能是冯启坤的某一位合伙人，住得离槐南很近，甚至就定居在市内，经常被冯家父子临时差遣，各种顶包，所以，在马术俱乐部时，两人才会仓促得都来不及换装备。

是的，突然之间，所有意外都可以解释了。

这一刹那，我大脑像失控般转得飞快，脸色也剧变几次，呆得半晌才恍然想起他刚刚说的话，自觉今天的行为狼狈失礼，仍强装镇定："呵呵，你这话我没法接——"

我话没说完，他一低头，下巴沉甸甸地压在我肩膀上，浓重的酒味将我裹住。

又来了，令我少女心爆棚的埋肩杀。

"姐，你是不是，不要我了？"

他咕哝着，一句话说得断断续续，拥抱太用力，箍得我肋骨疼。

自从知晓冯启坤的真实身份之后，我对于彦峰是又气、又恨，幻想过一万种骑着他打的场面，可怎么也没想到，再见他时会是这种失去理智的状况，只感到啼笑皆非。我咬着牙，用自己瘦弱的肩头扛住他足有八十公斤重的身躯，目光越过他的斜方肌，落在桌边的一瓶金方威士忌上，酒只剩下小半瓶了，我皱着眉头拍拍他的背："你喝了多少？"

"不用你管，你是个坏姐姐。"他吸着鼻子，装哭，"你抱别人了。"

"我——"

我纳闷地仰头望着天花板，并不知道他在说什么。绞尽脑汁思索了半天，我才算想起来，在马场分别时，我出于感动，确实礼貌性地拥抱了亓稷一下。于彦峰在我来的时候就走了，他怎么可能会知道这件事？难道他离开后又返回现场，亲眼目睹了？

“你看见了？”

我试探着问这个醉汉。

“我错了……你别不要我，我……我想要你啊……”

他的嗓音一向清澈，此刻却有种酒后的沙哑，手掌一紧，用身体将我压在墙壁上，然后倏地俯首吻住我。宛如一杯醉人的烈酒倾入口腔，刹那间天旋地转，我瞪大了双眼，却几乎目不能视，只能拼尽最后一点力气用颤抖的双手紧紧攥住他的衣服，辛冽的酒香从他唇舌间不断传递过来，迅速融入我的血液，仿佛万马奔腾，又如一条竖起了浑身逆鳞将我刮痛的游龙。

（三）

徊旋的夜风，从门外带进来一丝红薯的清甜气味，很快被汹涌的酒气淹盖。

7 月，是晒红薯干的季节，外婆打发孙大圣去菜市场买点当季红薯，结果孙大圣作为一个地道的东北人，手提肩扛从菜市场买回来四十多斤当季的黄心红薯。外婆当场就傻眼了，她老人家一直住在南方，买菜都是一个番茄、两根小葱之类的，面对一麻袋红薯大惊失色，遂号召全家齐上阵，帮忙洗净、切头、去坏皮、上屉蒸至半熟，放凉后快刀切成薄片或细条，整整齐齐地码在竹筛上，摆到露台中间阳光最好的通风处，先暴晒，再阴晾，直到软硬适中，便可以收回家中装袋食用了。还好，四十多斤红薯，晒好之后只剩下十斤左右。做这类干货全靠蒸笼火候和晾晒时间，外婆亲手做的红薯干，嚼起来香甜粘牙，口感极好，是家里一帮高龄熊孩子最爱吃的零食。

——这种时候，我在想什么红薯？

被于彦峰强吻短短几秒，我脑海中浮现出数个光怪陆离的意念，一种恐惧、晕眩，以及邪恶的快感将我攫住。

拼命夺回理智，我挣脱他的钳制，退开一步：“别这样，我要打你了。”

他对我的警告置若罔闻，身体像磁铁般紧附过来，左腿撞翻了一个放置花盏和杂志的小茶几，却视若无睹，再一次将我抵在墙上，右手从我腋下抄过细心地垫在我后脑，嘴唇贴在我耳边低语：“姐姐，我已经二十二岁了，不是小孩子，你还要打我吗？”微带醺意的耳语，听起来明明满是色气，可黏腻的口吻又像个天真无邪的少年。他俯身环抱我时，上臂肌肉正好抵在我胸部，而我刚起床，还没来得及穿戴整齐，他手臂触碰到柔软丰盈的女性身躯，呼吸倏忽急促，将我抱起来一转身放倒在柔软的床榻上，脸孔迫在我眼前，目光炽烈，流露出了一个成年男性的昂扬欲望：“好多年前，我就想，就像现在这样，用一个男人的身份抱着你，而不是弟弟……从十六岁开始，我没有一天不想你，你陪我度过了整个青春期的每个夜晚……”

“你……你还叫我快滚呢！”

我恨恨地别开脸，躲避他下落的嘴唇。

“唉，你是不是傻？”他叹口气，又轻笑一声，温柔又沙哑的笑声苏到不行，“我这么爱你，你看不出来？”

这是他第一次，面对面地向我告白。

原来，他亲口说一句简单的“我爱你”，就远比从微信上发给我的那些花式告白，还要甜蜜浪漫得多啊。

2016年的夏夜，室外很热，屋里很凉，床很软，燥动的情人散发着我最爱的威士忌香气。

这就是幸福来临时，我所感受到的一切。

我脸颊火热，屏住呼吸，任由他双手从背后游走至胸前。

屋内音箱放完了一首歌，开始自动播放下一曲，开头就是一段恢宏雄壮、气壮河山的纯音乐，仿若梦回盛唐帝都，听起来像是《中华小当家》里小当家战胜反派的BGM，令人禁不住神色一凛，陡然心生一种祖国有任务要交给我的使命感。

能在正气凛然的BGM里滚床单，这种人，还有什么事做不出来？

我噗嗤一声笑了场，于彦峰尴尬地仰起脸，摸到手机，按了几下，切了一首小黄歌。

“我希望你喜欢我

带着你从床上驰骋到浴室地板

我会让你尖叫着祈求更多

我们的邻居会大动肝火

而我会告诉他们我们没有在做爱”

于彦峰将脸深埋在我胸口，贪婪地寻索着，呼吸之间，喷出湿热的气息。他身上还有威士忌纯饮的余味，烟熏味之下隐藏着焦糖的甜醇，犹如淋了蜂蜜的培根。这个时候，狂暴的情欲已经淹没了理智，他表现得像要吃人般激烈，嘴唇不断游移，双手覆盖于我半裸的身躯，仍战栗不已。不知是他的，抑或我的喘息声在房间里回荡，充满挑逗意味，听起来异常媚惑动人。当我正沉湎于此刻时，忽然感到一阵辣痛，像是皮肤在激烈的摩擦中被蹭破了。

疼痛使我惊跳起来，撞开他的胳膊，差点儿顺势使出一个十字固将他制服。

他猝不及防，退开两步，手扶在身后的桌子上，碰翻了那瓶威士忌，砰一声摔成碎片。

“你疯了吗？我是你姐姐啊！”我厉声喝止他，感觉后脊梁刷刷冒出一层冷汗，刚才发生的一切简直像中邪般不可思议。

“不，你不是——”

他捂着脸，声音瓮瓮的，高挺的鼻梁差点被我肋骨撞塌。

我皱一皱眉：“你说什么？”

于彦峰没有回答，靠在桌角盯着我看了很久，亮晶晶的眸子逐渐黯淡并熄灭，清澈的眼神由狂热慢慢转为冷漠，似乎被打之后理智了一点。我们各怀心事，在古怪的气氛中对视了快一分钟，他才低下头，慢吞吞地对我说：“安瓦砾，我麻烦你，以后别再大半夜到邻居门外偷窥，会被人当成贼的。”

他的声音突然就平静下来了，熟悉的落差感袭上心头，一瞬间，我心丧若死。

“为什么住我楼下？”

我盯住他，冷冷发问。

本来，我就是想看看这位外甥的真面目，最好再了解一下他接近我的目的，是敌是友。然而刚才那一番激情，害得我将自己的来意都给忘了个干干净净，小王八蛋还我智商！

“跟你无关，凑巧而已，Mrs. Smith 是我姨母。”

“那小笼包呢？你接近她也是凑巧咯？我告诉你，如果以后没人写书，就是因为全世界的巧合都让你一个人给凑完了！”

“是啊，你还凑巧是我姐姐。”

“呵呵。”

在气氛攀上剑拔弩张的危险高峰之前，通楼梯的木门响了两下，被狠狠踹开。

有人从外面破门而入，两束手电筒的刺眼强光在房间里不断晃动着，最后一齐聚集在我脸上，我下意识地闭起眼，抬手挡在脸前。

“别动！”

“Freeze！ Hands up！”

大声喊话的正是史密斯夫妇，他们语气非常紧张。我透过手指缝看去，两人都穿着睡衣拖鞋，老先生手里拿了根棒球棍，头上还戴着一顶造型可爱的睡帽，样子滑稽又显得仓促。看来，他们是听到负一层的房间传出茶几倒地、酒瓶摔碎的异响，误以为于彦峰在跟什么歹徒搏斗呢。光柱照清楚我的脸，老太太一脸惊喜地捂住嘴，急忙向我道歉：“哎呀，原来是安小姐……太抱歉了！打扰了！”

史密斯先生还想贫几句，被太太挽住手臂，一个劲儿往外拉扯，他只好仓促丢下一句：“这歌不错，老邻居马上就走，请尽情享受你们的夜晚！”

他们前脚离开，我后脚便走进了庭院，抓着绳子，艰难地往上攀爬。

于彦峰咳嗽一声：“你可以从大门走。”

“没带钥匙！”

就这样，小峰久久伫立在院子里，手扶额头，一脸无语地目送我沿着墙壁往楼上的窗口蠕动。

第十六章　婚礼变奏曲

（一）

7 月 9 日，农历六月初六，我哥李大腾和我妹安雁卉的大喜之日。

我是伴娘，伴郎是于彦峰。

早晨六点半，我换好了银紫色小礼服，对着镜子化妆的时候，脑海中不断回响起昨晚刘曦蔓对我说的话："瓦砾，我刚刚得到了一个消息，但愿现在告诉你还不算太晚——安雁卉出事故的那辆车，其实是属于安雁龙名下的财产，当初他被抓进看守所，本来那辆车也应该被司法部门扣走抵债的，结果就在这儿，安雁卉出了车祸，车毁人伤，这事便不了了之。"最后，她发表总结："我认为车祸不是意外，你妹很有心计，并不像她的表面那样人畜无害。"

我怔怔地盯着镜中人，豆沙色口红很搭这条裙子，自带柔光特效，显得那么温婉低调。

双手撑在妆台，对着镜子盯了片刻，我清清楚楚地看见对面女子的眼神由凄凉逐渐转为狠辣，抽出张纸巾，重重擦掉了唇膏，重新挑出一支

MAC 子弹头口红。这个色号叫作“Dare you”，被翻译为“你敢吗”，甚至更为霸气的“谅你不敢”，我嫌这个颜色太红太张狂，不够日常，素颜时很少涂它。

搏击馆试营业那天，我涂过一次，连杨叔见了都特意赞美一句：“今天化妆了？气色不错！”

严格来说，我每天都有化妆，然而直男只看口红。

这支口红厚涂，嘴唇会显出美到极致的红宝石色，偏深，偏暖，滋润的丝滑质地夹杂一些金属感闪光，足够醒目。

Dare you. 你敢不敢。

对于女人，它有“敢不敢涂这个色”的意思，对男人似乎也有“敢不敢来吻我”的深层含义。

我背了一个小小的手机包，坐在玄关换鞋，刘曦蔓从楼上三步并作两步冲下来，头发乱蓬蓬的，坐到我旁边，先仰天打了个大哈欠，然后才将下巴搁在椅背上，睡眼惺忪地为我鼓气：“瓦砾酱，干巴爹！”

“嗯！”我点点头，转身出门。

大禹路的那套小房子，我很久没去过了，但路还认得。敲门后，是大妈开的门，见到我一愣，虽然尴尬但也没说什么，闪身让我进去了。毕竟大喜的日子，不好意思现场给女儿死个妈助助兴，不打招呼，已经算得上是她最硬气的抵抗了。

安雁卉的婚纱已经穿好，头上戴个小王冠，化妆师正在细心地为她画眼妆。

她的婚纱我第一次见，色如雪，形如花，非常漂亮，露肩长袖，细细的水晶腰带在背后扎成一枚精致的蝴蝶结，裙摆最外一层白纱设计成花瓣，蓬松且微微翘起，挺括而不失柔美，加上半透明的长长头纱，脚尖上停栖了一只水晶蝴蝶的高跟鞋，再多插一双翅膀的话，她就活脱脱是个落入凡间的花仙子了。

她的五官本就长得标致，在白纱和浓妆的衬托下，更显娇艳。

新娘妆化完了，安雁卉拉着我的手，逐一给我介绍客厅里坐着的安家亲戚们，大部分人依稀面熟，我十一岁时在爸妈的葬礼上应该都见过。听说失踪的安雁朵回来了，老老少少纷纷围上来，假意寒暄，然而，看他们的脸色皆是意外多于欣慰。

这段时间十分难熬，我心烦意乱，好想推开他们躲起来打一局王者荣耀。

九点整，接亲车队到了，浩浩荡荡从小区门外一直停到单元楼下，我没有亲见，听说至少有三十辆车，打头的花车是辆劳斯莱斯幻影，后面跟的是十辆宾利、十辆宝马、十辆奔驰，给足了女方家面子。

在亲戚们此起彼伏的恭维声中，大妈笑得眼睛都成了幻影。

车门逐一打开，新郎腾哥带着伴郎团隆重登场。我站在新娘闺房的窗口瞟了一眼，六个伴郎统一服装，穿的都是白衬衫黑西裤蓝领带，衬衫下摆掖裆里，一看就符合我大妈的审美。男士们虽然穿得土了点，但胜在雄姿勃发、气宇轩昂、喜气洋洋。他们当中，最高最帅气最耀眼的那个，无疑便是于彦峰了，我盯着他穿正装的模样，迅速联想到他将来结婚的那个场面，不由心中一动，继而又是一酸。

新郎推开门，要进闺房，女眷们嘻嘻哈哈地上前拦住。

伴郎团中有个小伙子比较莽撞，一把推开堵门的伴娘团，就要硬闯。

我拎起裙摆几步上前，腿一勾，手一推，干脆利索地撂了他一个跟头，然后手撑门框，斜睨群男："堵门有堵门的规矩，接亲有接亲的规矩，大喜的日子请用红包说话，别让新娘的亲戚们手里空着，我才能让路，否则谁也别进来！"

李大腾赶紧喊回那个莽撞爷们儿，掏出数十封红包，一一递给在场的亲戚。

新郎得以顺利进入闺房，见到身披白纱的新娘子端坐在床边，唇角含笑，两颊酡红，明亮的双瞳流转间如波光潋滟，带着盈盈水色。我从来未见过李大腾如此激动，他眼眶都湿润了，几步迈上前握住安雁卉的手："卉卉，你今天太美了……"

说着说着，他还哽咽了。

李大腾伸手抱起他的新娘，转身就想往门外走。

我站在旁边看着，虽然也很感动，但还是抬手制止了他。

安雁卉方才悄悄叮嘱过我，她的爸爸和哥哥都不能来参加婚礼，家里没了主心骨，如果接亲气氛再冷冷清清的，一定会被亲戚们格外瞧不起的。她那几个伴娘朋友又没什么闹场经验，所以，主伴娘到时候必须想出一些整男方的点子，让气氛热闹一点，最好沸腾起来，才好给她家挽回点面子。

其实一开始我是拒绝的，因为我也没有经验，但卉卉一脸不信，她那犀利的眼神仿佛是在控诉："你都把我爸整病危了，还把我哥整得妻离子散，你现在说你不擅长整人？瞎谦虚啥呢？"

所以，我这也算是落下把柄了是吗？

"腾哥，等一下。"我清了清嗓子，"先看看你媳妇裙子下边。"

李大腾一愣，赶紧把媳妇又放回床上，掀起她婚纱的大裙子往里瞅了一眼。

这家伙也有二十六岁了吧？怎么还这么蠢萌蠢萌的啊？我又好气又好笑："喂，腾哥，我让你看脚，你往哪儿看呢？！"

宾客们又一阵哄堂大笑。

"你看，卉卉的婚鞋被藏起来了，新娘子总不能光脚跟你走吧？"我摊一摊手，"我这儿有几个节目，你和伴郎团每参与一次，我就告诉你藏鞋位置的一个关键字。"

腾哥一脸傻笑："你说吧，哥听你的。"

众宾客一听说要整新郎和伴郎了，都兴奋起来，纷纷出主意"啃苹果""摊煎饼""擀面条""脱八件""掏蛋蛋""裸照发朋友圈集32个赞"……这些人提的建议越来越三俗了，也没人管管，好害怕，我仿佛已经听到了"城会玩"和"村通网"的争论。

"请大家都控制一下自己的洪荒之力，这还有孩子呢。"我转脸安慰李大腾："腾哥你放心吧，咱们是文明人，伴郎团出一个人，伴娘团出一个人，公平比赛。"

六人伴郎团轰然一下就笑开了，一边讨论一边打趣。

"哥们儿，要比赛了，你紧张吗？"

"比赛什么？"

“哈哈，一帮大姑娘肯定跟你比十字绣啊，还能比俯卧撑？”

这句话正中我下怀，我邪恶地冲着李大腾微笑：“好，就比俯卧撑吧，怎么样，腾哥？对了，你还得把手机打开放在地上，每一次俯卧撑，必须亲到新娘子的照片才算数！怎么样？”

李大腾使劲抹着额角的汗，一脸苦笑。

他体型有点偏胖，咬咬牙也许能做五六个俯卧撑吧，我只要随便做十个，就能稳赢他。

“小混蛋，你就坑你哥吧！”

腾哥带着笑骂了我一句，咬了咬牙，满脸都是豁出去的表情，撸一撸袖子，就准备往地下趴，于彦峰一把拽住他：“哥，我来吧。”

我正开怀大笑，笑容瞬间僵在脸上。

宾客们见有一个伴郎挺身而出，立刻开始群嘲起哄。

“哟，小伙子长得挺壮的，这一局伴郎铁定赢的，稳如狗啊！”

“那他是不是也得亲到新娘照片才算数？”

“别瞎说，亲女朋友照片也行！”

“喂，你有女朋友吗？”

于彦峰一笑，拿出了手机，我以为他那么腼腆，可能会翻出一张心爱的红衣邱淑贞照片充数，谁知他突然举起手机，对准我，以迅雷不及掩脸之势“咔嚓”一声拍了张照片，然后大大方方地一弯腰，将手机摆在地板上，冲着我点一下头微笑示意：“好了，开始吧。”

所有人都看到了，他手机屏幕上，我圆瞪双眼的照片。

宾客们又是一阵哄堂大笑，别的伴郎围上来，一个劲儿地朝他竖大拇指：“高啊！这一招既占了便宜又表现得漫不经心，太高了！”

我恼羞成怒，好小子，居然反将我一军。

于彦峰在我心里的形象，可一直都是美貌淳朴的腼腆少年啊，他到底经历了什么，现在竟然变得这么腹黑邪恶了？！

来不及多想，他已经双手撑地摆开架势。

我整理一下裙子，跟他面对面趴下，熟练地做起标准俯卧撑。这种拼体能的比赛，我经常玩，还有掰手腕之类的，掰手腕我还经常输给刘曦蔓，而俯卧撑我从来就没有输过，史无败绩。

新郎新娘和宾客们开始拍着手计数：“一、二、三、四……”

做到第二十个，我忍不住偷偷抬起头来，正好看到于彦峰戴的乳牙护身符从衣领里滑落出来，亮闪闪地垂坠在胸前。他似乎感觉到了我在偷看他，俯身亲了一下我的照片，然后冲我挑眉一笑，眼眸带星。他从小笑起来就特别甜，还有点傻乎乎的，可是今天，他锋利的眉眼却像亮刃般直戳人心，笑容挑衅而又迷人，一股坏男孩的不驯味道简直扑面而来，我承受不住他这附了魔的攻击，双手直抖，差点没一头磕在地上。

我的内心在疯狂咆哮：把我无敌可爱的小峰还给我！！

他可能看见我手臂在发抖，误以为我累了，装模作样地停顿了一下，假作撑不起来，站起身，淡淡说道：“对不起，腾哥，我输了。”

演技太烂！有眼睛都能看出来，他这是故意让我！

可众人起哄声中，我并不想戳破。

“伴郎输了，新郎就得吃一块夹心饼干！是特殊的夹心饼干哦！”卉卉一个女朋友笑嘻嘻地从厨房里端出了提前准备好的盘子，里面盛了几块圆形饼干，每两片中间都夹了料，分别是芥末、豆瓣酱、蜂蜜、新鲜柠檬片、100%可可含量巧克力。除了涂蜂蜜那个，别的只要咬上一口，保证让腾哥怀疑人生。

又玩了几个游戏，伴郎都发扬了于彦峰的作风，陆续让伴娘赢了，反正特殊饼干不是他们吃，腾哥吃得眼泪都快流出来了。

欢乐的时光总是过得特别快，十点一刻，差不多是时候出发了，不能耽误酒店开宴。

腾哥龇牙咧嘴地吃掉了最后一块柠檬饼干，拿起一瓶纯净水，拼命喝了漱口。

“腾哥，为了卉卉，你连人生五味都吃得下去，现在我才能放心把她托付给你。”我指了指藏匿婚鞋的衣柜顶部，示意他去取来替新娘穿上，可以一起离开这里了，“婚姻生活，五味杂陈，甜蜜，只是其中的一味，无论未来你们经历到酸、苦、辣，还是咸，我希望你们在犹豫或困顿时，都能想起今天的这份勇气和决心，携手互助，相爱一生。”

老气横秋地讲完这番陈词，我仿佛是新娘的父亲，差点把自己都感动哭了。

（二）

按照大妈的要求，整个接亲车队都是一水儿黑色，看着就气派，安家亲戚们上车的架势个个都像公务员。

新郎新娘的花车是劳斯莱斯幻影。

主伴郎和主伴娘的座驾，是紧随主车的一辆宾利慕尚。

跟在我们后面的，是九辆宾利飞驰。

再往后，我就看不清楚了，脖子都快要扭断了。

“假装在看车？偷偷在看我？”

于彦峰突然问我。

闻言，我倏地转回了头，可能由于用力过猛，只听颈椎发出轻微的咔哧一声，这下脖子真的快扭断了，疼得我说话都有点口吃：“谁、谁稀罕看、看你这个 94 年的老、老男人啊？你真是臭、臭不要脸！”

于彦峰打开后排扶手箱，拿出一条盐牛奶糖，递给我。

“吃颗糖就不疼了。”他笑着将手臂伸长，硬塞到我眼前，“没事，吃吧，这辆车是你爸的。”

“是你爸！”

“好好好，咱爸，行吗？”

“当然不行！我没那个不孝的爸爸！”

司机师傅在前面噗地笑出声，赶紧掩饰地闷咳两声使劲忍住笑，憋得浑身颤抖，好像方向盘漏电了似的。

我根本不想要他的糖，揉了揉脖子，转脸盯住他：“于彦峰，你接近我的目的是什么？”

谜一样的男孩，我始终猜不出他的谜底，是时候索要提示了。

“嗯？”

他似乎猝不及防，怔得一怔，垂手放下了糖。

“你的种种表现非常奇怪，是敌是友，我根本无从分辨，你今天能不能把话说清楚？”

“没什么好说的，你我之间，怎么也沦为了需要解释的关系？”他淡淡反问了我一句，原本盛满笑意的眼神以肉眼可见的速度变得黯然，然后扭过了头，望向窗外，不再理我。

看着他的后脑勺儿，我有些激动，克制住了上手将他脑袋拧个 180 度的欲望。

“你小学一年级给我递了张纸条，我们十六年的友谊，由此开始。如果从那时候起，你接近我就是一个计划，那么，作为一个六岁的孩子，你当年的心机也未免太深了！从那时起，你对我就只有恨吗？恨我霸占了你的父亲？那么，你后来不仅抢回你的父亲，还摧毁了我对你的十六年感情，我该如何报答你？小峰，如果有机会给我认识的王八蛋排个号的话，你能进前三！你明明什么都知道，却一直装成傻白甜来博取我的好感！一直以来，我都以为你是个笨蛋，我得保护你；原来一直以来，我才是个笨蛋，而你只是在利用我。那几年，我最难堪最狼狈的样子你都见过，我对你没有任何提防，然而直到亲眼看见冯启坤的那天我才知道，这些痛苦其实都是你赐予我的！你知不知道，其实你什么坏事都不用去做，你的存在，就已经对我造成了最大的伤害！”

我一时热血上涌说了太多，最后几句，简直字字剜心，声声泣血。

前面那位司机师傅频频抬手抹汗，他可能未料到自己开这一趟婚车，获取的信息量如此之大，吓得一声不吭，连大气都不敢出。

车厢内沉默良久，于彦峰的声音才悠悠传出：“太阳底下，没有新鲜事，只不过有些藏得好。”

这话的意味太过深长，我有点听不懂。

他对人生的感悟，似乎远超他的年龄。

车子一路疾驰，我们距离终点也越来越近，细小的风噪像往事匆匆流逝的背景音效。我怀着孤注一掷的念头，一股脑儿向他抛出了所有问题，当面摊牌："小峰，你老实回答我，在我情绪低落的晚上放小情歌给我听的，是不是你？"

"在我家楼下修花棚的，是不是你？"

"让史密斯先生每天夸我的，是不是你？"

"教小笼包画画的，是不是你？"

"带着她去学骑马的，是不是你？"

"为了逼停钱锐那辆面包车，开车撞上去的，是不是你？你戴颈托是不是那时受的伤？"

"老实说，我并不想与你交恶，无论你是什么身份，我们毕竟曾经相依为命，我不希望这段关系就此走入绝境。你是我视为最重要的人，我希望你给我个机会原谅你，如果能抛开上一代人的恩怨，假如我们没有血缘关系，你会不会——"

于彦峰可能预料到了我要说什么，毫不客气地打断我："姐姐，请自重，自审你的说话内容，注意伦理尺度。"

"哦，你为人这么正直，那牵手硬是怎么回事？"

我话音还没落，只听司机师傅"噗"的一声，喷得车前窗上全是茶叶片。刚才前方路口亮了红灯，司机缓缓减速刹车，一边全神贯注地聆听八卦，一边拿起保温杯喝几口，结果他这一受惊不要紧，整口水全喷在玻璃上，还耽误了刹车操作，差点儿一头怼上前车屁股。

于彦峰满脸通红，瞟了我一眼，嘟囔道："还不是……小时候被你亲过……留下后遗症了……"

这副模样，倒像是我记忆中那个腼腆男孩了。

我正自感慨万千，然而，还没感慨到一分钟，司机师傅战战兢兢地开口提醒我们："二位英雄……酒店到了……"

"再见。"

车门一开，于彦峰立刻敛起笑容，又恢复成了那个面孔冷峻不苟言笑的曜创力继承人。

我眼睁睁看着这个男孩潇洒离去的背影，由略带稚气的活力四射，变得成熟世故却暮气沉沉。为了得到冯启坤那些财产，他到底用了什么去交换？小小年纪便有野心接手一个名闻遐迩的家族企业，他所承受的又是什么？到底是贪欲，还是执念，促使他在我和冯启坤之间作出了这一坚定的抉择？

我的试探并没有结果。

好在结果本身并不是我非常需要的东西。

尽管于彦峰似乎为我做了很多事，但他不肯承认，就代表不想对此负责。

也就代表，他对我有愧，却不愿忤逆父亲。

那么，我是不是应该成人之美呢？让他得到财富，而我得到自由，就这样放过彼此？他正在努力果断地作出自己的选择，而我面对现实，又该如何抉择？是继续做一个纯粹的复仇者，还是宽恕这些愚蠢的人类？

这个问题困扰着我，司仪登上舞台，热情洋溢地说着开场白，我一句也没听进去。

十一点半左右，陈美娅也来了，穿了条明黄色的镂空针织小裙子，缀满亮片，紧紧裹在身上，人群中格外醒目。她一来就缠在于彦峰身边，对于我跟他们出现在同一场合非常不满，老远就给我递了个“别忘了我们之间交易”的眼色，我没空搭理这个除了炫富秀恩爱之外就没事可干闲得蛋疼的小姑娘，屁颠屁颠跟着腾哥忙活别的去了。

路过陈美娅身旁时，我听见她讥笑了一句：“这家选伴娘也不太讲究嘛！”

我心情正低落，老实不客气地嘲讽回去：“就你讲究，穿得跟条锦鲤似的，待会上菜时你最好离桌子远点，免得别人把你当成红烧鱼戳戳吃了。”

“你——”

陈美娅气急败坏，一时想不出话来反驳。

于彦峰掩饰地低下头去，用手掌支住额角顺便也挡住了脸，肩膀不停抽动。

我怎么可能留给别人思考和反击的时间，丢句“拜拜，我去找个粉色海豚转发一下”，转身就走。

司仪废话太多，还穿插了几个十八线小明星的歌舞节目，弄得跟剧场演出似的，快十二点了才开始播放婚礼进行曲。所以说，有钱人破事就是多！放在普通人家，早就吃完散席了，不耽误亲戚打下午场麻将。庄严激昂的音乐中，新郎先登上舞台，虽然朴素却真诚表达了对新娘的感情，唠唠叨叨说了很多细节，说着说着竟有些哽咽，我在台下感动得热泪盈眶。接着，一身白纱的安雁卉踏着红毯走上前去，腾哥在舞台上拭了拭泪，伸长手臂将她紧紧揽入怀中，台下掌声雷动，那幅场面甜蜜至极。

新郎新娘互戴婚戒，然后掀头纱、亲吻、倒香槟、切蛋糕。司仪激情四射地说道：“下面，我宣布，婚礼宴席正式开始！趁着各位品尝美食的时间，我们来共同欣赏一段 VCR，见证新郎与新娘的相识、相爱、相守……”

舒缓的音乐旋律响起，背景屏幕上，逐渐淡入了两个可爱小婴儿的合影，左边的宝宝才几个月大，咧着嘴憨笑，连牙齿都没长；右边那个女娃娃也不过刚满周岁，堪堪能站稳的样子，稀疏的头发用小红花扎了两个小揪揪。

有宾客惊呼：“哇，这么小就认识了，何止青梅竹马，简直就是指腹为婚啊？”

也有眼尖的客人发现了问题：“咦，女孩好像比男的大一点？”

当我目光扫过屏幕时，心中不由得暗暗一惊，下意识地抓住了身旁的椅背，手掌紧紧攥成拳。

——这张照片，我见过。

——小时候，我在家里的相册曾经看到过很多次，这分明就是我和安雁卉幼儿时期的合影。

——他俩的婚礼，放我俩的照片干什么？

我不知道他们夫妻俩葫芦里卖的究竟是什么药，但脊背发凉，顿生一种不祥的预感。

许多照片，一张接一张地显示在屏幕上，最初是我一岁多，才学会走路不久，而卉卉刚满月，两个娃娃一起傻呵呵地冲镜头流着口水；接着是两个穿公主裙的女孩头贴头一起啃雪糕，我已经掉了一颗大门牙，她抿着嘴害羞地笑；最后一张照片是两周之前，我第一次试穿伴娘礼服的时候，她用手机自拍的一张姐妹合影。总共在大屏上闪过约莫二十张照片，在我十一岁之后，合影明显减少了，镜头中的她依然笑得羞涩又开心，而我稚气未脱的脸上总是带点阴郁叛逆的冷笑，就像她们家夺了我的屋占了我的田。

台下宾客先是沸腾热议，纷纷猜测，然后陷入一片死寂。

大家都看出来，这婚礼出了点意外状况。

腾哥的父母坐在主桌，不知所措，他妈妈已经站了起来，扭头四顾，寻找李大腾的身影。

舞台一侧的阴影里，李大腾正在向安雁卉激动地询问着什么，急得都开始比画手势了，卉卉却始终板着脸一言不发。司仪一开始还深情款款地解说了几句，“这对新人青梅竹马，一起长大”之类的，后来发现是两个女孩子的合影，非常尴尬，一溜烟跑到新郎旁边，压低声音问：“怎么回事啊？是不是放错了？”

他的麦克风没关，虽然离得远，但这句话，全场都隐约听见了。

我看见安雁卉咬了咬嘴唇，一把抢过麦克风，提起婚纱的裙裾以一种决然之姿走向舞台中央。

“照片里的另一个女孩，是我姐姐，也是我今天婚礼的伴娘，安雁朵，相信安家的各位亲戚都认识她。”她伫立在聚光灯之下，声音发涩，还因为紧张而略带颤抖，“从小到大，我都很崇拜她，因为她身上有一种我所没有的勇敢。可是我万万没有想到，她消失六年之后再回来，居然会将这份勇敢用在对付我的家人上。”

“我的爸爸，被她气得住进医院，医生说可能活不过这个夏天；”

“我的哥哥，被她亲手送进监狱，现在我嫂子带着两岁大还患有自闭症的侄子，艰辛度日；”

“我的丈夫，差点被她设计出轨，故意让我结不成婚。”

“她已经不再是我认识的那个姐姐了，今天，我要当着所有亲戚的面，揭穿她的真面目！”

李大腾刚从震惊中反应过来，冲上台去，一边向台下宾客道歉，一边试图将安雁卉抱住拉走。

“她父亲根本就没死！曜创力的冯启坤就是她爸爸！冯启坤的儿子于彦峰就是她的亲弟弟！这一切都是阴谋！都是阴谋！我爸爸上你家的当了！”安雁卉拼命挣扎，死死抓住手里的麦克风，飞快地用视线在台下巡睃到我，撕心裂肺地朝我喊：“——我不管你叫安雁朵，还是安瓦砾，我恨你！你的所作所为，我永远都不会原谅！”

腾哥抢过她的麦克风，慌忙解释：“对不起，她前段时间出了车祸，撞伤了大脑，有点失去理智了——”

卉卉尖叫：“我为什么会出车祸？安瓦砾！你不清楚吗？你不清楚吗？！”

似乎是为了配合她在台上的卖力表演，大妈在台下突然一嗓子嚎出哭腔，一手捂脸，一手拍大腿，放声痛哭，旁人越劝，她哭得越是惊天动地，最后干脆白眼一翻直挺挺地倒在亲家母怀里，晕死过去。

司仪迅速喊来表演嘉宾，试图挽回气氛，然而一切都是徒劳。

整个宴会厅里，像炸开了锅。

台上，歌舞升平。台下，一片混乱。

我抱着胳膊，靠在一张空椅子边，由手心的冷汗判断出自己脸色肯定很难看。慢慢环顾厅内，视线所及之处，看到的都是惊异、耻笑与鄙夷的目光。于彦峰面无表情地坐着，陈美娅则是一脸撞见皇上吃屎般的震惊，伸手将他脸孔扳向自己，频频追问。

每当此时，我就觉得自己的人生无比荒谬。

原来，安雁卉早就搜集到了所有对我不利的消息，然后让李大腾出面，说服我当伴娘。万事俱备，就等待在婚礼这一天，当着所有亲戚的面，拆穿我这一家人罪恶的真面目——假如，我和冯启坤以及于彦峰能算是一家人的话。

为了报复我，她甚至不惜搭上自己一生中可能只有一次的婚礼。

要不然，我怎么说她是个蠢姑娘呢？

（三）

我并不难过，只是心里满满的苦涩，再次往外溢出。

这种大庭广众之下的难堪，或许对常人来说，是被钉上了一生都难以挣脱的耻辱柱，但对我的杀伤力十分有限。看着眼前的人们乱成一团，熟点的围住主桌长辈询问，不太熟的纷纷打120叫救护车，将戏精大妈抓头捉脚地抬起来，转移到沙发上，灌水的灌水，拍背的拍背，我的内心却毫无波动，甚至想说一句“请开始你的表演”。

该配合你演出的我，只觉得，腹背受敌，身心俱疲。

但不难过。

永远别为不值得上心的人难过。

李大腾不知是否已经安抚好了安雁卉，从舞台一侧急匆匆走出来，在一大堆宾客中找到了我，立刻狂奔过来，忙不迭地赔礼道歉。

“别生气，她的安排我事先不知情，我要是知道——”

我不动声色：“你要是知道，会怎样？”

“我会劝劝她。”

他这句话，我听过好多遍，跟我幼年被安家人欺负的时候，如出一辙。

“我会劝劝他”，可能是最没有说服力的安慰了。但我不怪腾哥，他这辈子唯一的缺点就是人太好，被自己手下的一个店长偷了钱包都不愿声张，生怕会影响别人前途，耽误人家谋生养家，他大概永远也学不会如何以牙还牙、以德报怨，但世上像他这样的人越多，才会让人间越多几分希望，不是吗?

李大腾慌张地看着我，将领带结拽了又拽，焦躁得满头大汗。

“这就是你说的，她受伤后脑筋不清楚，举止怪异吗？”我抠了抠眼角，讪诮一笑，“得受多重的伤，才能完成这么周密的安排啊？”

“我确实没想到她会这样，她一向胆小怕事，总之，真对不起。”

腾哥面色沉痛。

婚礼进行到这一步，宾客们也不好意思再待下去蹭饭，纷纷起身，陆续向主桌的李大腾父母告辞，准备退席。

大屏幕忽然又亮起来，像老影片一样，闪烁着十秒倒计时。

10、9、8、7……1、0！

这个意外变故，再次吸引了所有人的注意力。

“其实，我也给你们准备了一份惊喜。”于彦峰乍然开口，我才发觉他不知什么时候坐到了我们旁边。他神态自若，轻咳了一声，用下巴一指舞台上的背景大屏，继续说道：“腾哥，咱们一起看看吧，我这个肯定比你准备的那个更精彩。”

“不是我准备的，唉……”

腾哥苦恼地搔了搔头，还想再解释几句，影片已经开始播放了。

一开始，就是晃动的录像画面，像是拿着相机的人在移动，画面外还传来小孩子急促奔跑的喘息声。不一会儿，镜头突然一转，俯投下去，看位置像是从楼上偷拍的，画质虽然不是高清的，但足够清晰。于是，所有人都看见了，几个社会青年模样的大男孩将一个扎辫子的初中女生堵在墙角，嘻嘻哈哈，动手动脚，带头的那个手里夹着一根烟，伸手去摸那女孩的脸：“跟我倔没有好下场的，你还是搬回来住吧，咱俩是堂兄妹，我又不会真的把你怎么样。”

另一个男生接口：“龙哥，就算你真把她怎么样，也是肥水不流外人田嘛！”

青年们发出一阵心照不宣的浪笑。

女孩倔强地仰着头，眼中喷出冰冷的怒火，顶了一句：“你们爹妈就是这么想，才生下你们这群智障吧？”

带头那男生一巴掌将她扇倒在地，还不解恨，又踢了一脚。

后面他们又断断续续说了什么，听得不是很清楚了，只能听见画面外那小孩子愤怒又悲伤的抽泣声。

这幅画面刺痛了我的眼睛，热泪直往眼窝里冲。

这个女生，就是高一那年的我。

那几个社会青年，是安雁龙和他当时的伙伴。

我真的不知道，这些屈辱的往事，居然会被当年不过十二三岁的于彦峰拍了下来，而且保存至今。刚才被安雁卉当众责难，我都丝毫不觉得难过，可这会儿看到当年那个小女孩倔强又无助地被众人殴打欺凌的时候，我心痛到快裂开了。

这段录像不到一分钟，下一段，是从生日蛋糕上闪烁的蜡烛光芒开始。

三个孩子围在一起，唱着生日快乐歌。

女孩子看起来是刚上初中的年纪，闭着眼睛，认认真真许了个愿，然后吹灭了蜡烛。在身边两个男孩“生日快乐”的祝福声中，她迫不及待地问：“现在可以吃了吗？我真的快要饿死了！”

大男孩皱起眉头：“你多久没吃饭了？”

女孩嘿嘿一笑：“不多，才一天半。”

小男孩机敏地问：“这次你又犯什么错误了？”

女孩无所谓地一歪头：“他扔了我的狗，我砸了他的锅。”

大男孩一脸同情，又问：“因为这个，他就罚你不许吃饭吗？”

女孩不吭声，只是点点头。

小男孩恨恨地说：“你大伯那么坏，你别回家了！”

“小峰，你别瞎说！”大男孩斥责一句，安慰地摸了摸女孩的头发，“多吃点，吃完了，就快回家去吧，不然你大伯又要生气了。”

小女孩笑得像没事人似的，拼命往嘴里塞蛋糕，一通猛吃，眼泪却止不住滚落。

第三段录像是在乡下，一座长满野草的坟包前，这个女孩和一位老妇人蹲在地上给亡人烧纸，两人都很沉默，也没有落泪，纸快烧完时，女孩似乎不经意地说了一句：“外婆，我今天中午想吃莴笋。”

“我去地里拽点新鲜的，你在这儿等我一会。”

外婆一走，女孩神情就垮了下来，跪坐在母亲的坟边，用力拽掉了几根石碑前的杂草，忽然将额头紧紧贴在墓碑上刻的“汤君”二字上，无声地痛哭起来，哭到浑身抽搐，才渐渐止住泪水，抱住自己膝头喃喃地诉说着什么，隐约能听到：“……妈妈，我觉得你们太自私了，为什么不把我也带走，活着太苦了……”

镜头摇摇晃晃地一转，我竟看到外婆当时就躲在不远处的树后，看着外孙女抱膝痛哭的背影，捂着嘴，泣不成声。

第四段录像非常短暂，一只手拿着被撕碎的录取通知书，虽然大部分粘好了，但入学纪念卡还是缺了几块，姓名一栏赫然写着“安雁朵”。

画外音，男孩问：“那你还回来吗？”

女孩沙哑带鼻音的声音回答：“不，我不会回去的，他逼我结婚，我的人生不能就这么完了！”

男孩抽泣着：“其实……其实我……”

对话到此戛然而止。

这一次，视频有短暂的黑暗。

屏幕逐渐亮起来时，画质变得高清了，这第五段录像时间最长，是在看守所里的一段对话。

安雁龙已经是现在的模样了，阴阳怪气地说：“那个贱种命太硬了，把爸妈都克死了，迟早也要祸害我们家人。反正这种人自己不检点，只会让身边的亲人也跟着倒霉，我无论对她做过什么，都问心无愧！”

他对面那人只有背影，看不见脸，问他：“她爸没死，你知道吗？”

安雁龙怏然：“你胡说什么？我亲眼看见他下葬的！”

“我有必要骗你吗？”

接下来，那人一五一十，将实情和盘托出。

听着听着，安雁龙的神色从震骇地反问“真的”“怎么可能”，表现出种种的难以置信，到猛地站起身，几次欲言又止，最后平静下来，默默不语，不知是不是在反思自己家人对一个无辜女孩子所做的一切。沉默了半晌，安雁龙突然自嘲一笑：“我觉得我这辈子已经够混蛋了，比起上一代人，我还是差远了。”

第六段录像，似乎是用监控视频拍下的，虽然是夜晚，但画面非常清晰。

那是我家三楼的露台，某个夜晚，我一脸落寞地坐在摇椅上，轻微的声音断续传出来：“妈，我想跟你说说话。你不要担心，我没有别的意思，不是难过，也不抑郁，日子还能撑得下去……朵朵快要结婚了，腾哥可能还在犯糊涂，我也不知道该怎么办……我从十一岁开始一看见车子就害怕，长大以后却要以车谋生，人生真是处处充满惊喜……你一直希望我能考个好大学，可我好不容易走狗屎运考上了，却没机会去念。妈，你给我托个梦吧，告诉我，那个冯启坤到底是谁？也是亲戚吗？我小时候有没有见过他……唉，我不能再哭了，家里人多，外婆也在，你和爸在一起要乖乖的……”

这是最后一则录像，伴着《我曾经也想过一了百了》的歌声，放完后，整个屏幕陷入黑暗。

大部分事件都是实拍，少量剪辑和配音，我像是一口气看完了自己的前半生。

宴会厅里虽然人满为患，但久久无人开口。

李大腾用力拍了拍我的肩膀，我随即转过头去，看见他两只眼睛里亮晶晶水汪汪的，像是也落了泪。

“对不起，做哥哥的，没有保护好你。”

他声音越发悲恸。

“没事……你们慢聊，我先走一步。”

我眼睛有点疼，只想尽快脱身，哭成这副鬼样，得赶紧回去补个妆了。

宴会厅一角，站着穿婚纱的安雁卉。

我装作没看见与她擦肩而过，走出几步，又退回去，从手提包里掏出一封红包，冲她晃了晃：“这是我早就给你准备好的份子钱，密码是你生日。”我将红包丢在她身上，她没伸手接，任由红包跌落在地上，我继续说：“卡里是二十万，我这些年当卡车司机挣的钱，本来想攒起来买辆福特猛禽，但我觉得你比车重要，所以我都舍不得花，留给你用。我知道你家现在境况不好，你爸妈没给你留嫁妆，虽然老公疼你，婆家有钱，但不管怎样你自己也得留点压箱底的——”

我咬咬牙，说不下去了。

她恢复了不知所措的娇弱惊惶模样，低着头，默默落泪。

“别人说，宰相肚里能撑船。”我笑了笑，心酸得可以去泡一杯柠檬茶，“我觉得以我的度量，别说撑条船了，一支航母战斗群我都能给你装进去！”

周围宾客一片安静。

连门外拉二胡的瞎大爷都投来了敬佩的目光。

第十七章　沙漠的雨季

（一）

李大腾、安雁卉的婚礼邀请了许多名流与富商来参加，因此，曜创力教育集团董事长的丑闻，根本遮掩不住，很快便上了热搜。坊间、网上铺天盖地充斥着各种真新闻和假消息，甚至攻击性猜测和谣言。由于这件事不仅是曜创力主要创始人冯启坤的个人隐私，还涉及他十年之前与曜兰爱朵的收购事件——为了霸占本属于妻子汤君30%的股权，不惜杀妻弃女，最终走上行业霸主的巅峰，这个狗血故事远比一场普通车祸更吸引人眼球。无数的竞争对手悄然介入，开始调查当年安德民的妻子汤君的真正死因。于是，以《冯启坤还是安德民？曜创力集团爆出年度最大丑闻！》、《商业帝国背后的肮脏交易》《一场被假死掩盖了十年的阴谋》《震惊！一场婚礼引出一桩十三年大案，原因竟是……》等这类耸人听闻的句子为标题的文章呈井喷式增长，一时间闹得沸沸扬扬，甚嚣尘上。

这一则新闻包含了太多传播要素：婚变、私生子、商战、家庭伦理、霸凌、猥亵女童、复仇、逆袭……简直可以演一部七十集电视连续剧，短时间内稳稳占据热门头条。

我拒绝了所有来访，闭门不出，每天只在网上搜索相关的事件动态，刘曦蔓也跑断了腿帮我找校友打听，消息不断传来。

——于彦峰被软禁。

——冯启坤遭此打击，一蹶不振，很快便宣布引咎退位。于彦峰以绝对的股权优势和惊人的支持率，继任曜创力董事长的位置。

——于彦峰依然被软禁。

——冯启坤再次申请亲子鉴定，以确定于彦峰是否有合法的继承权。

——曜创力内部决策层口风发生变化，对于彦峰能否保住他继任短短几天的董事长位置，众说纷纭，甚至表示存疑。

冯启坤，也就是安德民，他侄女的这场婚礼之变，也被认定为于彦峰急于逼宫而特意作出的安排，史称“曜创力继承人逼宫事件”。许多年后，当大家回顾这段历史时，会发现当初正站在转折节点上的我们，还以为那只是一场再有趣不过的午餐风波。

所以，我到底被谁利用了？

又是谁，最终得到了他 / 她想得到的一切？

没过多久，一天，我家门外来了两位我无法拒绝的来访者，是史密斯夫妇。我让他们进屋里坐下，倒了两杯茶，史密斯太太没有浪费时间在无谓的寒暄或解释上，她开门见山，笑着告诉我：“我们要回国了，探亲签证到期了。”

“哦，那祝您一路平安。”

“我的中国名字，叫于瑞珍，是小峰的姨母，家中长女，比他妈妈足足大了十二岁。我们的母亲去世得早，可以说，是我一手把他妈抚养长大的。想不到我过分娇纵她，导致她长大后犯了很多错误，插足别人婚姻、未婚先孕、不懂养育小孩，连个完整的家庭都得不到，我只好继续再帮她抚养她的儿子，也就是小峰。”

她说的这些事情，我大概也了解一些，不知她到底想表达什么，含混地嗯了一声。

“所以，我对小峰的关心，远比他的母亲更多。”她任何时候都带着盈盈的笑意，天然令人想要亲近，“今年三月份，小峰说他遇到了点困难，我特意办理了探亲签证回来帮他，这事连他母亲也不知道。”

“我想告诉你，是他安排我们住在这里的，这样他来看你就方便了，免得一不小心你又跑掉个六年八年，他再也等不了那么久了。”

“他说你喜欢花，就在楼下建了个小花棚。”

“你爱听的歌，他每次回来都会放给你听，说真的，我对这个小区业主之间的包容力还是很惊讶的，半夜放歌其实是扰民……”

“除非是情歌，”史密斯先生插了句嘴，“A boy can do everything for girl！”

“Like you？”

“Yes！ And you are the girl.”

两人相视而笑。

我无奈地用指尖咔咔敲着桌面，感觉自己被劈头盖脸撒了一把狗粮，虐得我肝儿疼。

“还有，他上次颈椎受伤，是为了救你朋友，你知道吗？”

“我知道。”

见老太太一扬眉，满脸意外，我又补充了句：“我猜的。”

“安小姐，我虽然不太关注新闻，但也知道最近曜创力出事了，小峰和他妈妈都失联了很久，他俩现在的处境可能非常糟糕。我已经没时间了，必须要回美国，如果你有机会见到他，请跟我联系一下，我很担心这孩子。另外，有件礼物，是小峰托我转交给你的，请你收下。”

她从挎包里拿出一大串钥匙，轻轻放在桌子上：“他知道你不想留在这儿，可能你离开槐南也最安全，做回自由的自己吧。”

用半生不熟的中文高唱：“在你的心上，自由的飞翔……”

这洋老头无时无刻不充满激情，一边唱还一边示意我跟着他打拍子，搞得我啼笑皆非。

“关于小峰的身世，其实有个秘密，我希望你能亲自去发现。”

史密斯太太说完，两人双双告辞离开。

我坐在桌边，心情非常复杂，无意识地把玩着那串钥匙。一个铜圈，挂着十几把钥匙，其中一套两枚是汽车钥匙，其余都是一楼那套下叠排的房间钥匙。车钥匙背面有蓝色椭圆形的“Ford”标志，看这熟悉的外形，应该是我梦寐以求却暂时还买不起的福特猛禽 F-150。我不禁感慨万千，随手按了一下寻车键，阳台窗户那边传来车喇叭声，我趿着拖鞋，啪哒啪哒走过去，隔着窗玻璃俯瞰，只见一楼的露天车库内停了一辆崭新的猛禽皮卡，宝石红色，体魄是美国车特有的彪悍粗暴，巨大的保险杠，霸气的进气格栅，看上去就是一只凶悍无比的越野怪兽。

飞快地换上鞋，我冲到楼下，几乎是纵身跃进了车内。

皮革包裹、镀铬装饰，驾驶舱内无比安静，我摸摸这里，试试那里，还爬进车底盘摸了几把下置备胎，开心到飞起。直到我关好车门，准备试驾，目光扫向车内后视镜，才愕然发现有一条银色吊坠挂在此处——那枚乳牙护身符就悬挂在这车里。

自从我回来，于彦峰这个护身符就从未离过身，现在他还给了我，代表什么？告别吗？

我的心猛地一沉。

手扶着方向盘，握了又握。

眼盯着护身符，望了又望。

我大脑中飞快地盘算着一个危险的念头。

（二）

出门前，杨叔警告我，做事前要想清楚后果。

他的经历决定了他在处理人际关系和对待恋情上特别谨慎，在年少轻狂的事业巅峰期，因为得罪了人，腿被打残，职业生涯就此断送。所以，他担心我会重蹈他的覆辙，因为识人不明，得罪权贵，自酿恶果。

我点点头，往嘴里扔个口香糖，背上脏不兮兮的帆布双肩包，转身要走。

“等等。”

杨叔喊住了我，冲孙大圣一挥手：“大圣，跟着她，机灵点。”

我犹豫一下：“不用了。”

“安老板，你从来没有问过我，为什么二十六岁就退役了。”孙大圣满不在乎地咧着嘴笑，“因为见义勇为，下手太重，把对方打残了。俺老孙这一辈子疾恶如仇，要是有什么惩恶扬善的好差事，你就把我带上呗，对付流氓打击无赖，我最内行。”

我果断点点头：“上车！”

一路高速开到上海，孙大圣在旁边睡得大呼噜此起彼伏，口水拖了二尺多长，亮晶晶地黏在我新车座椅上，心疼得我屡次把他揍醒。一个小时下来，我们俩的势力关系就由亲密变成了敌对。下车时，风太大，我抬手整理一下头发，他立刻下意识地做了个格挡反击姿势，要不是醒悟及时，一个鞭腿把我踹到马路中间去了。

我开的临牌皮卡，不能进外环，好在于彦峰并不在自己家。

曜创力CEO李远庆名下有栋房子，位于外环一个荒凉低调的别墅区。刘曦蔓得到了一则可靠消息，冯启坤辞职并接受调查之后，于彦峰和他的母亲于瑞琴，暂时就被李远庆软禁在那个地方。当初，于彦峰被任命为北京分公司唯一负责人，也是李远庆极力推动的结果，想从上海总公司将他排挤在外。如今，他趁着冯家混乱将于彦峰母子接到郊区居住，名为保护，实为控制，坐等集团股权之争尘埃落定。一如TVB八点档的古装宫廷剧，狼子野心的奸臣总会扶持一个年幼的小皇帝登基，自己便能以辅佐的名义，当上摄政王。

针对冯启坤的刑事强制措施，不包括他的儿子，因此，在争议解决之前于彦峰依然是董事长。

李远庆家的别墅门外，停着一辆旧轿车，车里有个男人将脚伸出窗外在睡觉，可能是望风的。我跟孙大圣简单商量好计划，他继续隐蔽，我将头上棒球帽往前一转，遮住脸，先走过去按门铃。果然，车里那个人起身推开车门，不耐烦地粗声问我：“找谁啊？”

我回过头，假装很意外：“这里是李总家吗？”

“你谁啊？”

我笑了笑，没吱声，给孙大圣使了个眼色。

孙大圣晃晃悠悠走上来，先亲热地把他肩膀一架，拖到车后：“来，老大哥，你坐下，咱俩说点心里话……”

我三步上墙跃入院内，攀着装饰柱爬上二楼阳台，一肘击碎窗玻璃，跳进屋。

有两人对话从一楼传来，其中一人说道：“我上去看看。”

我藏身在楼梯边，那人一上来，跟我骤然打了个照面，惊异之色刚浮上脸庞，我飞起一脚将他踹倒，只见一个壮硕的身躯顺着楼梯滚落下去，惨叫声不绝于耳。底下另一个男人赶紧冲过来，扶住他哥们儿，抬头就喝问：“什么人？你干什么的？”

一踹之下，我就试探出来了，这些不是练家子，只是身强体壮的社会青年，拿人钱财，替人消灾，打一架收两三百，八十块钱摆一天 pose 那种。练过跟没练过的，在速度、反应、爆发力方面都有天壤之别，空手搏斗的情况下制服对方就跟玩一样。即便是普通人对打，稍微懂点格斗知识的也能完虐对方，只要你不是骨瘦如柴的弱鸡，打下巴就能一拳干翻一个。

我没废话，直接把两人都放倒，身后又有动静，我一转身，看见于瑞琴小心翼翼地从卧室里伸出个脑袋。

见了我的脸，她面色刷一下煞白，可能比见了那两个男的更惊恐。

“小、小峰！”

她退回去，大声呼唤自己的儿子。

于彦峰闻声从另一个房间冲出来，口中喝道：“滚开！别碰我妈！”他动作不是很利索，而且衣服上都是斑斑血迹，似乎受伤了。

看到我，他又惊又喜。

我见他脸上有血，伸手撩起他留长了些的头发，看见额角有个伤口，血肉模糊而且已经凝结，心里一痛，继而怒火滔天——我的男孩子，我自己都舍不得打，谁敢下这种毒手？！

来不及多问，也来不及解释，我吩咐道："换件衣服，跟我走！"

他转身回屋，忽然想起了什么，又掉头对我说："还有个人——"

话音未落，一个满脸横肉的壮汉用钥匙开门进来，手里拎了几个超市塑料袋，一进门看见他两个兄弟都倒在地上，而旁边站着我这个陌生人，他迅速丢开袋子，从后腰掏出一把匕首，二话不说就冲着我直捅过来。

这家伙动作麻利，是个狠角色。

可惜他气势汹汹地捅到一半，后脑儿突然挨了一花盆，扑通倒在地上。

孙大圣出现在他身后，抛开盆栽，拍了拍手上的泥土，催促道："赶紧走吧，这鬼地方蚊子多得很！"

走到停车的位置，我把于瑞琴揪过来，塞了几张钞票："我只救我弟，你跟我没关系，滚吧。"

于瑞琴怨毒地看了我一眼，接过钱，转身就走，对儿子毫不留恋。

一直紧张的于彦峰吁了口气："谢谢——"

不等他道谢的话说完，我从货厢拎出一根粗绳，丢给孙大圣，言简意赅地下令："绑起来！"

于彦峰惊恐万状，拔腿想要逃跑，被孙大圣一脚绊倒，按在地上强行将他五花大绑，连嘴都堵严实了，打开车门塞进后排座椅。然后，孙大圣用玩味暧昧的目光扫几眼这个相貌英俊的小青年，冲我露出个邪恶笑容："老妹儿，玩腻了就赶紧回来，咱们拳馆可不能缺你这个头牌！"

"嗯。"

我点点头，跳上车，冲孙大圣挥挥手。

就这样，我成功绑架了于彦峰，沿着公路一直向西北飞驰，那厮躺在后座倒也老实，不挣扎，也不出声。

很快太阳下山，进入夜晚。

"饿吗？"

我端着一份盒饭回车上，转身问他。

他点点头。

“那我替你多吃点。”

我笑了笑，风卷残云将饭菜吃个干净，找地方扔了盒子，继续开车北上。

直到他表示尿急，我才替他松绑。

从公厕出来，我已经收好了绳子扔回货厢，没再绑他。他也不再逃跑，虽然不知道我到底想干什么，但他选择了乖乖地坐在车上，免得挨打。不知道他会不会偶尔后悔送车给我，没良心的我竟用来绑架他。午夜十二点，我累了，在路边找了个小旅馆休息，洗澡、敷面膜、睡觉，一觉醒来后，随便吃了几口早饭继续上路。

这一次，于彦峰尝试从后座改坐到副驾驶，我没有制止。

但他试图问我任何问题，我都不回答。

无比沉闷地开了两天两夜的车，路上加了五趟油，吃了六顿饭，睡了两觉，还敷了四张面膜，我带着于彦峰进入了大西北地区。按照地图，这个位置离敦煌已经很近了，但我并非为了仰慕它的盛名而来。

我特意减慢了一点速度，到晚上十点多钟，才开进荒无人烟的戈壁公路。

到了这里，随便往哪边开，都是沙漠。

全时四驱的猛禽，在沙地中越野能力依然强悍，我开进沙漠腹地很远才找地方停下。下车时，我明显看见，于彦峰陡然精神一振，仰头望天，久久没有说出一句话来。

这里的大漠星空，是我一生中见过最美的地方。

第一次来这里，是杨叔带我路过，那段时间他听信谣言，练气功治瘸腿，养成了在沙漠高处打坐以吸收宇宙能量的习惯，当天晚上我就被满天灿烂的星斗深深地震撼了。那以后的六年之间，我在这条路线跑过无数趟，对这一地区无比熟悉，尽管张口一个深呼吸就是一嘴沙，但我心内早已将此处视为约会旅行的绝佳地点——够美，够荒凉，但不是无人区，位置不偏，手机也有信号，万一真出现状况可以随时叫救援拖车。只可惜装备跟不上理想，两驱车多半进不了沙，容易陷车，即使冒险进去也只敢在公路边缘开个一两百米，否则下场很悲惨。更别提重型卡车了，开进沙地那就是送人头的。每次，我将车停在路边，自己坐在沙丘顶上看会儿星星，都感叹人世间无限空旷与寂寥，清绝之美令人欲念都灭了，唯一值得挂念的只剩下记忆中那个眉眼好看的男孩子，若能并肩坐在这冷风里，才是我想象中爱情应有的模样。

若你喜欢Coldplay乐队的《Yellow》，此时，脑海里就会渐渐响起那个旋律，以及它的歌词“Look at the stars，Look how they shine for you”——仰望满天星斗，看它们正为你闪烁不休。

只要一想起十八岁时的遗憾，繁星便落满沙丘。

自此，在我心里，于彦峰就莫名与沙漠星空有了极大的关联，即使血缘注定我们之间不可能有爱情，我也想了却掉一桩数年的心事。以后，你不仅要记得我，也要记得，曾经和我一起看过的绝美星空。

这，就是我带他来的原因。

（三）

今日农历二十，月亮是个不规则的椭圆，在沙漠地平线上，尤显其大与其美，似乎连环形山都能看得一清二楚，巨大天体恐惧症患者来到这里或许能被治愈。人说月朗星稀，虽然月光太好，会显得星星少些，但璨灿的银河自带特效，凝目望得久了，依然能看见密集的星星如钻石般闪烁。沙漠地区昼夜温差大，夜风已然凉爽扑面，而脚下的沙子却还带了些白日的余温。我光着脚，在沙上踩出一串浅浅的脚印，于彦峰亦步亦趋跟在我身后，像个没见过世面的小孩子一样欢欣雀跃，月亮的银光将周边景色照得一片清朗，他拿出手机对星空拍个不停，兴之所至，还伸手把我揽过去拍合影，成功抓拍下了我满脸不耐烦地挥拳把他面孔打歪的精彩一幕。

细沙随风扬起，轻轻抽打在我们身上，像无数条缠绵的软鞭。

远处，偶尔传来一两声不知名小野兽的短叫。

“那几年，我最大的梦想，就是每天穿着软底鞋，踩在家里的地毯上。”

我抬起左脚，动一动脚丫子，好让钻进脚趾缝里的顽皮沙粒都漏下去：“最好，能戴着真丝眼罩，睡在缎子铺的大床上。”

“现在你可以了。”

“不，自从回到槐南，我发现，我根本不适应安稳的生活。”

“看出来了，你开车的样子就像奔向自由。”

“于彦峰，你这个名字是我爸取的吧？因为，彦是雁字的谐音，他打心眼里认定你也是安家雁字辈的这一代，对吗？”

“你猜得不错，另外，这名字也有纪念意义，据说他俩是在鱼雁峰下认识的。”

“哈，谢谢你告诉我这些，太浪漫了，我很感动。”

“安瓦砾，你要知道，我父母的错跟我没有多大关系。其实对我来说，过去那些世态炎凉，真的没什么大不了……”

“你和你妈抢走了我爸，现在，你跟我说没什么大不了？你一句世态炎凉，就可以概括我的上半生，可是那段时日，对一个十几岁的孩子来说，是什么样的苦难，你懂吗？！”

“你凭什么说我不懂？”

“你当然不懂！你有亲生父母陪在身边，你还是曜创力的继承人，现在已经是董事长了，你会懂我那种痛彻心扉的孤独感吗？明明住在自己家，却没有亲人，没有朋友，每天我眼睛一睁开看见的全都是仇敌。给予我生命的父亲，也是夺取我一切的凶手，而你，就是我一切不幸诞生的源头！曾经，你是我黑暗之中的良心，就像天上这星河，夜幕再黑它都依然发光，但现在，我连良心都没有了。”

“你这样已经有点病态了……”

“我人生的惨烈与绝望，没有亲历过的人，永远无法理解和想象。其实，我无处可去，背负着锥心的苦难，没有救赎，也没有解脱！”

我听出了自己声音的干涩和喉头的颤抖，不得不停下脚步，试图调整一下情绪。

于彦峰沉默了一下，在我面前站住：“我想告诉你，无论发生什么事我都会选择相信你，可你是不是已经不再相信我了？你总觉得我是上一代人钩心斗角的获益者，其实是你自己不能忘记上一代的恩怨。你知道吗？我从来没有想过放弃你，尽管你可能不信，尽管我的身份会让你产生敌意，尽管仇恨会让你忘记过去美好的回忆、忘记我所有的承诺，尽管我知道，我也许说得再多也无法改变你的想法。如果你肯相信我，请给我时间，总有一天我会改变你对我的看法。如果你还不肯相信我，我也不会像小时候一样哭哭啼啼，等你回头，因为我知道，这一次你可能不会再抱住我安慰我了。”

若我仔细去听便会发现，他这段话与我当初在上海想对他说的，何其相似。

然而，此刻我已经被莫大的悲伤冲昏了头脑，对我来说，他这一整段话只是一个拖沓冗长的语气词，跟“噫嘘唏”是一个意思。

“你说得对，我不相信你，一个为了利益出卖感情的人，你还真是继承了我爸的优良血统。”

“大老远带我来这儿你就想说这些？”

“不止呢！我还想把你扔在沙漠最深处，让你也荒野求生个六年试试。现在，你看出来了吧，我其实特别恨你，还有你妈，最好我从来没认识过你，或者你在我回槐南之前就死了！”

“你神经病！”

于彦峰气得半晌才迸出这么一句，扭头就走，显然是恼怒至极。

我望着他的背影消失在夜幕里，由控制不住自己的激动，慢慢平静，最后沮丧地抱着头蹲下。

心里的话，说不出口，说出来的都是伤害。

——冯启坤是我爸，远没有于彦峰是我弟，带给我的打击更大。

——我不希望他是我同父异母的弟弟，我不愿意接受这个事实。

在外漂泊的第六年，我挺起胸膛，回到故乡，以为过去的悲伤都是假象而已。电影里，主角号啕大哭之后，迎来的结局总是美满幸福。我已经拼命活下来了，我也拼命去复仇了，我拼命想要得到别人过腻了的平淡生活。可是，总有些坎儿，我永远也跨不过去啊 ——是，我冷血，我残酷，你以为我只对别人这样吗？我对我自己也是这样，不然我依靠什么才能活到今天？！

脑中天人交战，我慢慢走回车边，周围却空无一人。

于彦峰没有回来。

我爬上车顶，用强光手电筒照向四周，360 度寻觅下来，却连人影也看不见一个，心脏不由陡地一沉。这地方，给个指南针我闭着眼都走不丢，可于彦峰是第一次进入广袤的戈壁滩地区，他未必能认得路。

扬尘的旋风从我脚边刮过，带来一股湿润的气息。

无垠的沙漠夜晚，温度正在迅速降低，星光黯淡，天空也阴下来了，遮天蔽月的乌云中隐有电光闪动。

天公不作美，要下雨了。

我上学的时候就读过一篇阅读理解的短文，名叫《戈壁滩》，作者写道："戈壁滩上难得有雨，如果有雨就是暴雨。"我对这句话，深有感触。西北沙漠地带气候干旱，小雨没等接触到沙地就已经蒸发了，只有暴雨才能形成一定的降水规模。对于沙漠中的植被来说，夏季的暴发性阵雨是救命之水，但对于人类，尤其是夜晚出行的游客来说，却是异常糟糕的恶劣气候。尤其是暴雨之后，沙地泥泞，会加大行车难度，猛禽虽然被誉为沙地的王者，但谁舍得主动开着自己的爱车下泥地？磨合期都还没过呢！

眼看要落雨，于彦峰还没回来，他下车时没穿外套，现在气温已经降低了 10℃以上，暴雨时只会更冷。

我开着车到处找他，在旷野中喊他的名字，很快，倾盆大雨劈头盖脸地浇下来。

雨水仿佛汇成了瀑布一般，将视线挡得严严实实，车灯虽亮，但我已看不清方向，完全根据地图在周围没头苍蝇似的乱开乱喊，为了让喊声传得更远，我打开了车窗，雨柱狠命地抽打着我的头脸，温柔的沙漠像突然之间变成了一只恶魔。

这一带路线我跑了五六年，从未见过这么大这么久的暴雨，今天都让我赶上了。

徒劳地寻找了一阵子，一无所获。

我关了车窗，气馁地趴在方向盘上默默伤怀，心中凄楚难耐。

——他若就此走失，我永远不能宽恕自己。

突然，远方有一串灯光缓缓闪过，应该是路过的车队。我脑子里有根弦随之一跳，忽然想到，我是不是找错了方向？于彦峰虽然不认识路，但他有脑子，迷路之后，应该要往马路那边走才容易获救，而不是像我一样在沙漠里乱窜！

我立即驾车冲出沙地，沿着公路，驶向我们来时的地段。

远光灯下，我看见辽阔的路边蹲着一个人，看身形，是于彦峰无疑。这一带没遮没拦，连棵像样的树都没有，暴雨从天而降，淋在他身上就像在冲刷一颗小小的鹅卵石。

我抓起珊瑚绒靠枕跳下车，冲到他面前，迅速拆开靠枕抖成毯子，将他裹住。

他整个人看起来就像从水里刚捞上来一样，头发缀满雨水，凝结成缕，衣服湿透了贴在身上，而且浑身冰凉，在大雨里冻得瑟瑟发抖。

我无言地抱了抱他，拉着他要去打开车门。

他拽住我的手。

我回过头。

“安瓦砾，我不是你弟弟。”

他抬头望我，突然傻笑着冒出了这么一句。

这声音明明已经冻得发抖，他却还是努力朝我挤出一个有点僵的微笑，俊俏的脸上淋漓纵横，不知是雨是泪。

看见我一脸惊疑不定，他继续说：“于瑞琴的确是我妈，但冯启坤并不是我爸。那年我姨母回国来看我们，我妈认为我才六岁，还听不懂他们的谈话，所以把什么真相都对她和盘托出了。所有一切，我早就知道了。我知道，是我妈从你那里抢走了你的爸爸。我知道，你就是我名义上同父异母的姐姐。我还知道，其实我的生父另有其人，我跟你并没有一丁点血缘关系。你还记不记得，你小时候放学路上被人绊了一跤，膝盖破了，那是我妈干的，她带我去抽血的时候，用你的血替换了样本，所以，那份亲子鉴定是假的，可惜冯启坤一心求子，信以为真。”

“当年我对她们的对话一知半解，我只知道，那个叫安德民的男人是我爸爸，你是我姐姐。”

“慢慢长大，我越来越清楚，真相是什么。”

“但我不能说出来，只能放在心里，否则我妈就完了。”

“我不是心血来潮刚好需要你，我是从明白了真相的那一天开始，就作出了决定，要一辈子保护你。”

他说得斩钉截铁，暴雨哗哗，嗓门格外大才能听得清楚。

我皱着眉，担心地摸了摸他的额头，这孩子从小一发烧就容易说胡话。

“我没撒谎，是真的。”他站起来，用力抓住我的手，珊瑚绒毯子差点滑下去，他赶紧一把拽回来，“这事我没告诉任何人，是想利用这个身份，帮你夺回所有你失去的东西。冯启坤把我当成儿子，联合别人夺走你应得的继承权，那我就以他继承人的身份，帮你把所有东西都拿回来，曜创力的股权我至少要拿到80%，然后还给你，因为那些本该是属于你的！”

虽然他说的每个字我都听得清楚，每句话我都听得懂，但是其中信息量太大了，我脑子有点反应不过来。

这是撒谎？权宜之计？避免我把他丢进无人区？

蓦地，我脑中回响起史密斯太太那句神叨叨的叮嘱：“关于小峰的身世，其实有个秘密，我希望你能亲自去发现。”

“瓦砾，我知道你很辛苦。”小峰声音沉痛，“但你从来没问过我，这些年我背负了什么。”

“你为什么不早告诉我？为什么不和我商量？”

我因这番告白而动容。

“这是我一个人的计划，与你无关，不需要征得你同意。无论你要不要你爸的遗产，我都要给你。而且，我还怕你心软，我怕你无论一开始多么恨他，到最后都会选择原谅。”于彦峰叹了一口气，嘴唇都冻得发紫哆嗦了，还在笑，“唉，老是扮演你的弟弟，其实我也很累啊！既不想让你交别的男朋友，又不能对你有过分的举动，你知道有多难吗？明明是自己最喜欢最想要的人，却不能亲，不能碰，生怕被你看穿了，真是煎熬。”

“那在腾哥的婚礼上，你怎么又……”

“为了达到自的，总要做点牺牲。安雁卉为了替家人复仇，牺牲自己的婚礼，那我为了保护你只能牺牲长远计划，提前公布。虽然功亏一篑，但总算没让她的阴谋得逞，我看她在槐南这辈子也抬不起头来了。李大腾是个好人，安雁卉未必，我当伴郎完全是为了保护你，你懂吗？”

“不，卉卉她不是坏，她只是蠢。”

“你看，这种时候你还在帮她说话。”小峰温柔地帮我撩一下头发，脸上带着了然与怜爱的笑容，“如果我早就告诉你，我忍辱负重这么久就是为了把你爸爸彻底整垮，以你的尿性，你会不会阻止我？”

我认真思考一下，释然了。

——安德高一家人受到法律和道德的制裁，我的仇恨已被释放，可能无法再刻骨铭心地报复谁了。

铺天盖地的暴雨，阻隔不了于彦峰炙热的目光，也掩盖不住我咚咚的心跳。就在我终于知道他并不是我弟弟，放下心中所有疑虑的这一刻，霎时，什么蓝天啊大海啊春天啊鲜花啊祖国啊，所有美妙的赞歌都一齐在我脑海中高唱起来。

我紧紧捂住耳朵，生怕歌声漏了出去，被他听见，嘲笑我的这点儿出息。

第十八章　故事刚开始

（一）

这一场雨下了很久，或者说，是在我后来的印象里，它下了很久。

月亮不见了，整个沙漠阴沉而漆黑，像被一块巨大的蓬布捂得严严实实，几乎伸手不见五指。还有风雨挟裹泥沙，借着黑暗的掩护，在旷野上疯狂地嘶吼翻滚，仿佛要掀开地表。只有马路边停的那辆红色猛禽是唯一的光源，灯光撕开了夜幕，散发出锐利的温暖，顽强地与凄冷雨夜抗衡。我和于彦峰裹着毯子坐在车里，头发都没干，衣服也湿着，却仿佛一对刚刚认识彼此又互有好感的陌生人，说了很多话。

“……那时候我上初三，每个周末你骑车带我出去玩，我的耳机都会分你一半，放的歌一直是《U make me wanna》，‘You make me wanna love, you make me wanna fall，You make me wanna surrender my soul’，我已经表达得这么明显了，你个学渣听不懂歌词，怪我咯？”

于彦峰摸着我的头发，从一个学霸的角度嘲笑我。

我们都蜷在后排座椅上，空间虽然大，但架不住他腿长一米二我腿长两米八，膝盖还是不时碰到一起。

而他的一只手总黏在我头发上，不愿放下。

我无奈地耸耸肩膀："我那个时候，只会唱一首英文歌。"

"什么歌？"

"Happy birthday to you，Happy birthday to you，Happy birthday to my dear，Happy birthday to you."

他笑得前仰后合，借机又朝我挪近了一点。

"不管你承不承认，你就是我的初恋，真的。我从小没有父母管教，性格孤僻，几乎没有人愿意跟我玩。只要成绩好，老师也懒得过问我的私生活。你这个姐姐的出现，对我来说就像救赎一样。我记得，那一次，你被安雁龙打得脸都青了，还不忘安慰我，让我帮你在伤痕上画个乌龟。后来，你不在的那几年，每次我路过天桥想要一跃而下的时候，每次拿小刀在手腕上比画的时候，我都会想起，有个很爱我的姐姐还在远方，我要等她回来……我不肯剪头发不是学娘炮，是效仿古人蓄发明志，我怕我会忘记你，我要永远记得你……"

广袤无垠的天地之间，雨夜，车内，听着这样含情脉脉的低语，叫人如何不心动。

我的内心既激荡，也宁静，默默闭起眼睛偎向他的肩膀。

"不只是你一个人过得辛苦，我也……也背负着很多不为人知的秘密。"他垂下头，慢吞吞地说，"我妈为了稳固地位，一直想跟你爸再追生一个儿子，后来她顺利怀孕，却因为一个意外流了产，从那以后，别说儿子，她连孩子都没再有过。"

"意外？"我玩味地瞥向他，试探着问，"真是意外？"

他身躯猛然一僵，恶狠狠地问我："你是什么意思？！"瞪着我的眼神既凶恶，又带有几分恐惧。

我感受到了他的惊惶，挺直腰，伸手将他搂过来按在自己肩上。

似乎，他在心情低落的时候，非常喜欢蹭肩。

可能在他心中，这是个获得安慰的动作吧。

于彦峰紧紧抱住我，将脸埋在我湿漉漉的头发里，闷闷地发出声音来：“他这么对你，根本不配有亲生儿子……这个世界上，只有你才是我最亲的人，我只要你一个人……”

我想到冯启坤，忍不住讥诮地冷笑。

——这人一生可笑至极，为了有个儿子不惜抛妻弃女，结果这个男孩根本不是自己亲生的。

“安瓦砾，我是你前半生悲剧的源头，也要是你下半生幸福的开端！”于彦峰恶狠狠地说出这一句话，犹如誓言，眼神中夹杂着一往无前的孤勇和毁天灭地的戾气。

我心疼地摸了摸他的头，唉，傻瓜。

他抱着我一动不动，脸颊蹭在我的脖子上，温度似乎有点高。

我吃了一惊，立刻将右手伸进他的毯子，掀开湿透的衣裳，小心翼翼地摸了摸他发烫的脊背，悄声问：“喂，你该不会真的发烧了吧？还冷吗？”

他没有回答我，但我触摸到的每一寸皮肤都在战栗，看来烧得不轻。

“抬手，给你脱衣服。”

我认为是湿衣服的问题，扯起他的T恤，准备帮他脱下来。车里虽然没有事先准备男人的衣服，但我自己的衣服有不少，大不了我先拿条背心裙给他穿着，外面套件冲锋衣，换一条干点的毯子，应该不会冷了。

可他死死抓住衣角，不让我动，我感到他呼出好大一口热气，把我后脑勺儿的头发都吹了起来。

我惊讶地转过脸，看见了他受到巨大冲击仿佛五雷轰顶般的表情，面红耳赤，头顶上还袅袅冒着热气，不知情的人猛一看，准以为他练成什么绝世神功了。

车顶灯倒映在他瞳孔里，璀璨闪烁，比刚才见过的银河还要好看。

四目相接时，我的手还没来得及拿出来，仍然停留在他身上，并滑到了胸前，于是意外感觉到了他强劲而急速的心跳，一次又一次，猛烈地通过胸腔撞击着我的手掌。他慢慢将手覆盖在我手背上，掌心滚烫的温度让我知道，我面对的，是一个血脉贲张的男人。

——他在想什么羞羞的事情。

当我意识到这一点，连光晕都忽然间暧昧了许多。

我咬了咬嘴唇，这可能是我最少做的动作之一，毕竟它代表着羞涩或者挑逗，眼下，它显然是第二种意思。然后，我再一次命令他："抬手。"

于彦峰乖乖抬起双手，我顺利脱掉了他的上衣，扔在一旁。

他全身肌肉紧绷，满脸通红，完全不敢有丝毫逾矩，跟威士忌喝醉了强扑我的那一次，简直判若两人。

我本来只是诚心诚意想换掉他的湿衣服，至于做不做羞羞的事，那等换好衣服之后再考虑。

可是他裸体太好看了，加上颜值逆天，足以让我犯罪。

所以，我立刻把他扑倒了。

一手压在他胸膛，一手撑着车窗，主动亲吻他的嘴唇。

他呼吸急促，紧紧抱住我，慢慢将一只手沿后腰伸向我的大腿，在臀部滑动了几下，手发着抖。我温顺地依偎在他怀中，轻轻噬咬他的嘴唇、下巴、喉结、耳垂。很快，他带着忍受不了的粗暴，一手搂住我的腰，一手撑着脚垫，勉勉强强地翻了个身，将我压在座椅上，火热的身躯紧贴着我，双手像雨后疯长的藤蔓般迅速伸进我衣服里，攀援了每一处高地。

人生头一回，我触摸他鼻梁上的神奇按钮时，没能中止他的行动。

猛禽空间够大，堪比卡车的驾驶楼，我肢体舒展得开，但于彦峰太高，不小心就会咣咣撞头。

很快，所有玻璃都凝起一层雾，只听见外面的雨点啪啪打在玻璃上，什么都看不到，像身处一个闷热且摇晃的封闭空间。

这种感觉柔软、恍惚、既远又近，仿佛飘飘扬扬随手就可抓住一把柳絮。

"小时候，看见你洗澡都不觉得色情。"于彦峰附在我耳边，喘息声粗重又急促，无比性感，"现在，你舔下嘴唇我就会硬。"

每次听到他这种低沉沙哑的嗓音，我都感觉目眩神迷。

车内充斥着两个人的喘息，压抑又释放。

时为夏末，却是春色撩人。

（二）

我醒来时，发现于彦峰正以一种局促的半蜷缩姿势沉沉睡着，而我还压在他身上。窗外的雨早就停了，微风正从车窗上沿的细缝吹进来，还算清新。我俯身亲了亲于彦峰的额头，穿好衣服，拎着鞋，爬到驾驶座去穿好，然后发动了车子。

折腾了一夜，我又累又饿，是时候找点东西吃了。

而且，我们最好在天亮之前离开戈壁滩，别看昨晚下了雨，明天早上太阳一出来，照样把人晒成咸鱼。

车子沿着公路平稳疾驰，于彦峰在后座酣睡。路两边的荒漠戈壁，似乎与我们来时一模一样，但很快就会显现出区别了，昨天夜里刚刚下过雨，戈壁滩上几天之内就会冒出大片的绿植，更加生机勃勃。

清晨的阳光已露出威力，到了城里，我喊小峰下车吃早饭。

他穿好裤子，下车后，先搂住我狠狠地亲了一口："你先吃，我去买点东西，马上就回来。"

"买什么，急得饭都不吃……"

我纳闷地喝了一碗汤，啃了两个包子。

十分钟后，于彦峰拎着一袋杜蕾斯走了回来。

我一口老血喷到嘴边，被我咬着牙硬生生咽了下去。默默地扶一扶腰，我又给自己多要了两个肉包子，顺便给他拿了一瓶营养快线，好害怕这个故事最终会由于男主角营养跟不上而变成 sad ending。

正是李广杏的成熟季，我买了很多，准备带回家，结果都在路上吃完了。

开进西北，我们花了两天两夜；开回槐南，我们花了半个多月，等我把果子带回家估计都霉掉了——于彦峰实在是个疯狂的男孩子，只要跟我目光一接触就凶相毕露，或扑倒或按倒或含情脉脉"官人我要"，各种体位，不一而足，只有短暂的贤者时间，我们可以正襟危坐地开会儿车，聊会儿天。

“瓦砾，你还记得韩国强吗？”

“记得，小强嘛。”

“他找到女朋友了，也有150斤，如果两人相向飞奔，妄图相拥的话，一定会被双方的肚子弹开的。”

我听得乐不可支，很快回忆起那个热心男孩子的模样。他叫韩国强，自称“猪身人面兽”，未来他准备写一本小说叫《少年猪八戒的烦恼》。据说，他上发蜡的时候，经常对着镜子陶醉地赞美道：“妈哒，又帅了！比上个月帅了二十多斤！”

这边厢，我笑得花枝乱颤；那边厢，于彦峰的眼睛又泛起饥渴的绿光。

“于先森，你要控计你计几啊！”

我惊呼一声，无力反抗，迫于淫威，只能找个小树林靠边停下。

就这样，半个来月过去了，我们终于进入槐南市的地界，倍感亲切，看到城里闯红灯的大爷都觉得人家长相慈眉善目。走的时候，我们都没带多少钱，尤其是于彦峰，他是被我绑架出来的，连证件都没有带，洗澡想换个内裤都得现买。福特猛禽又是个喝油怪兽，我们省吃俭用节约下来的钱，大部分都用来加油了，剩下的一小部分用于添置杜蕾斯。

——这十来天，把我上半辈子缺少的性生活都补齐了。

外婆单知道我要带男朋友回来，并不知道这男孩跟我父母有什么关系，兴冲冲地给我们包了一顿饺子。我也没蠢到什么事都向家人禀明，于彦峰的身世，她不知道，远比知道更好。天气热，吃别的没胃口，饺子馅儿是韭菜猪肉海米和小南瓜猪肉，剁肉是孙大圣的绝活儿，外婆负责拌馅，煮熟，捞出，热热闹闹摆了一大桌，味道细腻鲜美，我徒手能吃二十个不是梦。于彦峰长得好看，性格温和，五讲四美三热爱，颇得我家庭成员欢心，跟小笼包相处得也分外默契，我外婆一高兴劝他吃了四十几个饺子，恨不得把一锅饺子汤也让他喝了。

刘曦蔓拉住我说悄悄话，“要珍惜啊”，她说，这个小男生在餐桌上自始至终没仔细瞧她一眼，她战无不胜的露肩杀，第一次在男人面前变成露肩死，“不是弯的，就是真的爱到眼里只有你了”，她总结道。

于彦峰手机一开，收到无数条信息，半小时内，他接到的和拨出去的电话加起来有好几十通。

尔后，他决定连夜赶回上海，我要陪他去，他不肯。

“瓦砾，你相信我，处理完公司的那些破事，我一定会带着80%的股权回来找你，你在楼下，要永远给我留着一张床的位置知道吗？”于彦峰双手捧住我的脸颊，温柔地将我抱了又抱，亲了又亲。我从车里拿下那个乳牙护身符，郑重地给他戴好，指头大的银色吊坠灿亮如星，中间露出一颗白生生的小乳牙，像个既精明又慈悲的眼眸，寄生在他胸口，静静地注视着苍生，也凝望着万象。

“我等你，任何时候，任何地方。”

（三）

李大腾和安雁卉在婚礼作死事件之后，冷战了一个月，不过很快得到改善，因为卉卉怀孕了。

腾哥这人忠义仁厚，你替他生个把孩子，他能为你去死。

“虽然她打瞎子骂哑巴踹寡妇门挖绝户坟，但李大腾相信她是好女孩。”刘曦蔓不无讥讽地评价此事，转脸又问我：“那你什么时候结婚呢？”

“爨字还没一撇呢。”

“什么字？”

“爨字。”

我从小笼包书桌上找支铅笔写给她看，她阅后，沉重地点了点头：“那你们未来还挺坎坷啊。”

“那我摆酒，肯定在你们之前！”孙大圣嘴里叼着牙刷从洗手间跑出来，喜滋滋地参与讨论，说话时嘴里喷着白沫，像刚在洗手间吃过屎，中毒不浅。

他岳父母最近口风有松动，同意他们在一起，只要求赶紧回家乡摆酒。

杨叔正坐在沙发上算账，听闻此言，不屑地抬头瞅了他一眼，踌躇满志道：“那可不见得！”

“怎么着？杨哥跟小曦姐你俩还能快过我们？”孙大圣笑眯眯地捂住屁股，忽从他臀下传出一阵丝竹之声，隐隐约约，断断续续，其声幽长，哀怨婉转，正要细听，又戛然而止。孙大圣贼眉鼠眼地环顾众人，原地一个后空翻，企图掩盖掉自己放屁的声音。

杨叔连眼皮都懒得翻上来：“你这个屁，后坐力挺大啊！”

屋里开了空调，窗户关得密不透风，只觉一股恶臭弥漫开来，气味呛鼻。

“你在裤裆里开大了吧！？”

我们纷纷喝骂，逃离现场。

紧紧关上卧室的门，我还听见孙大圣在外头扯着嗓子喊：“媳妇，咱俩要不先把娃生了？生娃这方面我有核心竞争力啊！”

端木希鸣在楼上怒吼一声：“滚！”

刘曦蔓去健身房撸铁了，回来得晚，杨叔给她准备的晚餐是三文鱼扒蛋加几根芦笋和西兰花。我看了她今天发表的朋友圈照片，满满都是秀恩爱，白天她跟老杨两人去了露天游泳池，照片里，她枕着男朋友的腹肌，躺在门廊下的大椅子上。阳光漏过庭院里的参天大树，细碎地洒在她脸上，像蒙了一层薄薄的黑蕾丝。她穿的是黑色镂空细带比基尼，头发湿答答黏在胸前，妆容依旧精致，完全没有被水和汗破坏，唇釉是光彩夺目的莓紫色，扎着鲜艳的蓝丝绸头巾，还戴了副大墨镜，浑身充满性感的复古文艺范儿。

老杨的评论是：“你们这些淫邪，让男人一见就想过性生活！”

外婆在帮小笼包洗澡，漂亮的新衣服摆在床上，准备试穿。她的学前班已经结业，快要正式开学了，我给她挑了一件色彩鲜艳的开学装，是廓形的娃娃裙，领口和肩膀彩色树叶印花，百褶裙摆，娇俏烂漫。

小曦吃饭也不闲着，招手喊我过去陪她聊天。

“我帮你咨询过，如果你还愿意继承家族企业，可能有权力购回 50%的股权吧。”她叉起一块三文鱼，神采奕奕地向我汇报最近的心得和收获，“那位律师跟我讲了《合同法》，其中规定合同无效的条件是：恶意串通，损害国家、集体或者第三人的利益。也就是说，如果你能够证明，冯启坤和安德高曾经恶意串通，变卖曜兰爱朵的公司资产，就能申请合同无效，你有权购回股份，虽然追溯时间可能久了一点，也许我们能想想办法——”

“不用了。”

我歪着头趴在桌上，毫不在乎地冲她微笑。

她手中的叉子停在半空，皱起眉头：“为什么？你就甘心这样拱手把霸道总裁的位置让给于彦峰了？我告诉你，千万不要被美色所迷惑，谈恋爱归谈恋爱，涉及财产方面的事情自己要有个底线……”

我笑了笑，在手机上翻出一则《冯启坤退股曜创力，新大股东神秘现身》的新闻推到她面前。

“现在，我就是曜创力的最大股东。”

小曦目瞪口呆地看了半天，不顾肉沫从嘴里掉下，喃喃说道：“这小子，他还真是——拾金不昧的好少年啊！！”

微信上，于彦峰不停地给我发消息，他朋友圈封面是我们亲吻三连拍，唯美又甜蜜。

小峰：今天我吃了个特别甜的西瓜，跟你一样甜，真想把你尝遍。

小峰：外面天阴了，明天可能要下雨，你在干吗？

小峰：虽然我不能陪在你身边，但我有一颗给你撑伞的心。

小峰：安老板，本月模范员工求奖励，要抱抱！举高高！

小峰：深更半夜你在干吗？快向组织汇报。

小峰：你不爱我了，我要学坏！我要抽烟喝酒烫头！

小峰：我把夏天送给你。

配合最后这句话的，是一张他刚刚发过来的照片。我打开一看，于彦峰对镜头咧着嘴笑得好开心，右手肘搁在副驾驶窗边，高高摊开的掌心中，托着一只似乎是意外捉到的蝉，献宝似的举给我看。这个笑容和动作，经典而又熟悉，电视上卖假药的明星一般都是这个架势。

用蝉代表夏天，好文艺！好浪漫！好感动！

我抓耳挠腮地想了老半天，抓起一个空调遥控器拍了张照片："我把命根子送给你！"

小峰：别抢我台词啊！

小峰：不行了，明天我要旷工去看你，全勤奖八百块钱，你记得赔我！

刘曦蔓见我时而狂笑时而无语，好奇心爆棚，一个劲儿地追问，就差把我绑起来严刑拷打了："说什么呢？他到底跟你说什么呢？我今年满十八岁了，你快告诉我吧！"而我竟无言以对，只好捂住脸，哭笑不得——喂，于先森，你要控计你计几啊！！